EM UM PISCAR DE OLHOS

SUZANNE REDFEARN

EM UM PISCAR DE OLHOS

ALGUMAS DECISÕES NOS MARCAM PARA SEMPRE

Tradução
Úrsula Massula

Principis

Text copyright © 2020 by Suzanne Redfearn
Publicado em acordo com a Amazon Publishing, www.apub.com, em colaboração com Sandra Bruna Agência Literária.

© 2022 desta edição:
Ciranda Cultural Editora e Distribuidora Ltda.
Esta é uma publicação Principis, selo exclusivo da Ciranda Cultural

Título original *In an instant*	Produção editorial Ciranda Cultural
Texto Suzanne Redfearn	Revisão Fernanda R. Braga Simon
Editora Michele de Souza Barbosa	Diagramação Linea Editora
Tradução Úrsula Massula	Design de capa Ana Dobón
Preparação Walter Sagardoy	Imagens LeManna/shutterstock.com

Dados Internacionais de Catalogação na Publicação (CIP) de acordo com ISBD

R315u   Redfearn, Suzanne

Em um piscar de olhos / Suzanne Redfearn ; traduzido por Úrsula Massula. - Jandira, SP: Principis, 2022.
352 p. ; 15,50cm x 22,60cm.

Título original: In an instant
ISBN: 978-65-5552-765-0

1. Literatura americana. 2. Família. 3. Desenvolvimento. 4. Crescimento. 5. Superação. 6. Amor. I. Massula, Úrsula. II. Título.

2022-0619

CDD 810
CDU 821.111

Elaborado por Lucio Feitosa - CRB-8/8803

Índice para catálogo sistemático:
1. Literatura Americana : 810
2. Literatura Americana : 821.111

1ª edição em 2022
www.cirandacultural.com.br
Todos os direitos reservados.
Nenhuma parte desta publicação pode ser reproduzida, arquivada em sistema de busca ou transmitida por qualquer meio, seja ele eletrônico, fotocópia, gravação ou outros, sem prévia autorização do detentor dos direitos, e não pode circular encadernada ou encapada de maneira distinta daquela em que foi publicada, ou sem que as mesmas condições sejam impostas aos compradores subsequentes.

Para Halle

Prólogo

A senhora Kaminski já sabia.

Antes mesmo de ter acontecido.

Até aquele dia, achávamos apenas que ela fosse uma mãe psicótica, neurótica e paranoica. Pelas costas dela, nós a chamávamos de *sentinela* e sentíamos pena da Mo por ela ter de lidar com uma mãe tão fóbica e obsessiva. *Protegida* era eufemismo para se referir à forma como a senhora Kaminski guardava a filha. Festas de aniversário na praia ou na piscina estavam fora de questão, a não ser que um salva-vidas estivesse presente e a própria senhora Kaminski pudesse estar por lá também – uma quarentona à espreita na areia ou na beira da água, perambulando, vigilante, em meio à criançada de doze anos que estava ali se divertindo. Disneylândia também era algo impensável. Embora ela fosse uma mulher discreta e pequena, de apenas um metro e cinquenta de altura, sorriso gentil e educada até demais, era difícil acreditar como era inflexível quando o assunto era vigiar a Mo.

Secretamente, a gente se perguntava se algo traumático havia acontecido à senhora Kaminski quando ela era jovem, algum motivo para torná-la tão protetora assim, mas Mo dizia não ser nada disso. Segundo ela, a mãe apenas acreditava que ninguém mais cuidaria de seus filhos da maneira como você mesmo o faria. Visão generosa essa que a Mo tinha, e uma paciência muito maior do que qualquer um de nós teria se nossas mães se metessem nas nossas vidas da mesma forma como a senhora Kaminski interferia na da filha.

O acampamento de ciências da sétima série foi o momento em que a determinação da senhora Kaminski finalmente amoleceu – digamos que de granito para aço: um pouco mais maleável, mas sem tanta diferença assim. Todos os alunos do sétimo ano, exceto a Mo, iam para essa viagem. A senhora Kaminski foi chamada pela professora para conversar, depois pela diretora e, por fim, pela minha mãe. Foi minha mãe quem a convenceu. Meu pai iria como acompanhante e ficaria pessoalmente de olho em Mo. Talvez a senhora Kaminski tenha aceitado por acreditar em minha mãe, talvez por confiar em meu pai, ou talvez até por ter percebido que não poderia segurar Mo na rédea curta para sempre, ou quem sabe fosse pelo fato de o acampamento ser tão importante para o currículo daquele ano? Fosse qual fosse a razão, pela primeira vez nos doze anos de vida da minha amiga, ela foi autorizada a sair do ninho sem a mãe por perto.

Desde então, a senhora Kaminski nos confiou repetidamente sua filha, e cada momento sagrado desses era precedido pelas garantias dos meus pais de que "Cuidaremos bem dela", "Ela está em boas mãos", "Mo é como uma filha para nós" – lugares-comuns que não consigo tirar da cabeça esses dias, perguntando-me se essas palavras clichês e despreocupadas tiveram alguma influência no que aconteceu ou se elas não tinham mesmo sentido e que as coisas teriam sido como foram, independentemente de promessas irrefletidas.

Durante muitos anos, também fui confiada à senhora Kaminski, mas meus pais jamais pediram garantias da minha segurança. Por Mo ser filha única, eu sempre era levada como companhia para ela nas férias dos Kaminskis. Fui para África, Espanha, Tailândia e Alasca. Meus pais concordaram plenamente com cada convite, sem pensar duas vezes ou exigir promessas recíprocas de proteção, como as dadas por eles quando levávamos Mo com a gente. Pode ser que, na cabeça deles, isso valesse para os dois lados. Ou talvez, no fundo, meus pais soubessem que a promessa não seria acatada, o que teria tornado a decisão de permitir que eu me juntasse a eles um tanto embaraçosa. Imagino que meus pais acreditavam que os medos da senhora Kaminski se baseavam em uma autorreflexão já arraigada, em que ela poderia ter considerado a possibilidade de um sismo acontecer, ou um vulcão entrar em erupção, ou um navio naufragar e sabia que, diante da terrível escolha, ela cuidaria dos seus, e, embora Mo e eu fôssemos como irmãs, eu não me qualificava como um dos dela.

Desde as minhas memórias mais distantes, consigo me lembrar das minhas irmãs e amigas, e de mim também, todas revirando os olhos sempre que o nome da senhora Kaminski surgia, e de como a achávamos uma louca.

Ninguém mais a chama de louca.

Ela sabia. Antes mesmo de ter acontecido. E eu me pergunto: como? Ela era uma profetisa, uma visionária dotada de premonição sobrenatural? Ou foi exatamente como Mo disse, uma postura de proteção racional e bem ponderada, baseada no simples entendimento de que ninguém mais cuidaria dos dela como ela mesma o faria, e sabendo que a dela ficaria em segundo lugar se uma escolha precisasse ser feita?

E essas são as coisas que eu me questiono agora. Depois.

1

Mais uma discussão sobre laço rosa ou dourado e eu vou pirar! Quem se importa? Só deem o fora e se casem. Acabem logo com isso. Tô morrendo!!!

A mensagem da Mo me respondendo é quase instantânea: "Tá se divertindo?"

Tirar um dente seria menos doloroso. Por cinco meses, tenho sofrido essa tortura. Desde o anúncio do noivado da minha irmã, as minúcias das núpcias dela têm sido dissecadas e regurgitadas *ad nauseam*, e o grande dia ainda será daqui a três meses. *Ad nauseam*. Está aí uma bela palavra que nem chega perto de ser usada com tanta frequência quanto deveria (ou seriam duas palavras?), mas muito apropriada para o momento: toda essa excursão é mais do que consigo suportar.

É sexta-feira, uma linda tarde de céu azul e a oportunidade perfeita para eu estar na praia, curtindo um *skimboard*, surfando ou apenas me divertindo com meus amigos. Mas não, em vez disso aqui estou eu, sentada no chão de um provador de um ateliê de noivas, de costas contra a parede para que minha irmã possa modelar seu vestido para minha mãe, minha tia e eu, a relutante dama de honra dela. Minha outra irmã, Chloe, não veio. Uma semana após o noivado, ela lançou alguns comentários sobre a instituição do casamento ser uma construção patriarcal antiquada que oprime as mulheres, fazendo-a ser imediatamente demitida da coisa toda, e eu, promovida.

Onde será que ela está agora? Provavelmente, andando por aí com o Vance, os dois atracados um no outro ou passeando de mãos dadas no centro da cidade, aproveitando este dia incrível. Quase chego a gemer de inveja e me pergunto, não pela primeira vez, se aquele comentário foi feito intencionalmente. Chloe é brilhante nesse nível. Ela sabe como fazer as coisas acontecerem, e trabalhar lado a lado com minha mãe por oito meses é definitivamente algo que ela se empenharia muito em fazer "desacontecer".

Sorrio com desprezo de toda a genialidade envolvida nisso: minha irmã conseguindo se libertar dessa missão sem realmente desistir e repassando com sucesso a responsabilidade de ser o braço-direito da Aubrey. Até consigo imaginar a Chloe sorrindo enquanto esquematizava o plano, sabendo o quanto detesto esse tipo de coisa e sabendo também que oito meses consecutivos de "converse" me fazendo levar um sorriso alegre e de apoio na cara realmente atrapalhariam meu temperamento normalmente radiante, do tipo *jamais-faça-compras-a-não-ser-em-caso-de-extrema-necessidade-de-roupa-de-baixo-limpa*.

– Finn, o que você acha? – Aubrey pergunta, fazendo com que eu tirasse os olhos do meu telefone, que agora mostra os memes mais engraçados do mundo animal. Na tela, um gato monta um husky com a pata levantada com a legenda "Siga o rato!".

Eu pisco, e meu sorriso some do meu rosto ao mesmo tempo que um nó surpreendente se aloja em minha garganta. Mesmo eu não gostando de todas essas coisas rendadas, de menininha e relacionadas a casamentos, um poço de emoções bem de menininha cresce no meu peito. Já faz duas semanas que Aubrey vem falando descontroladamente sobre o vestido dela, contando de novo e de novo como ele é perfeito. Na maioria das vezes, eu apenas me desligo... cetim isto, seda aquilo, colares de pérolas, alguma coisa sobre nervuras, outra sobre um decote em pedraria. Mas agora aqui está ela parada diante de mim – na verdade, elevada em seus saltos altíssimos –, ondas de cetim cor marfim, fluidas como líquido, espalhando-se de sua cintura inacreditavelmente fina, e filetes de pequeninas pérolas espiralando e pendendo do que suponho ser o decote em pedraria, e ela se parece com uma princesa de um conto de fadas, a mais bela de todo o reino encantado, e eu fico boquiaberta com o quanto ela está linda – e talvez eu esteja até com um pouquinho de inveja.

Atrás da minha irmã, minha mãe junta as mãos em frente ao rosto, orgulhosa, e tia Karen envolve os ombros da minha mãe com o braço. As duas encostam uma na outra e admiram minha irmã, suas cabeças louras platinadas quase idênticas se tocando.

– Bonito – digo, como se não fosse nada de mais, então volto a olhar para o meu telefone. Um cachorro preto aperta os olhos, com um picolé amarelo pingando na frente dele e escrito: "Congelamento de cérebro". Sorrio e continuo a rolar as imagens enquanto minha mãe e tia Karen falam sem parar e dão voltas, admirando o vestido de todos os ângulos, e Aubrey balança para a frente e para trás.

Tia Karen então para ao meu lado.

– Tira uma foto com a Finn. Vocês duas.

E eu me contraio de vergonha só de pensar em ver minha foto no Facebook da tia Karen com alguma legenda ridícula do tipo "As deslumbrantes noiva e futura noiva em fuga, Aubrey e Finn Miller".

– Não, não – minha mãe diz, me salvando. – Não até o grande dia. Dá azar tirar foto da noiva com o vestido antes do casamento.

Suspiro, aliviada, e me afasto um pouco mais da Aubrey, preocupada que até mesmo minha proximidade possa sujar seu vestido. Ela sorri para mim e diz "Obrigada". Depois se vira de volta para as duas matracas, que deixaram para trás os comentários de admiração e agora se alvoroçam com as alterações a serem feitas no vestido.

Sinto minhas faces queimando e digo a mim mesma para deixar disso. Aubrey já me agradeceu um bilhão de vezes. Aquilo não foi nada de mais. A conversa que tive com a futura sogra dela demorou menos de cinco minutos, e a senhora Kinsell foi super de boa sobre o assunto.

Eu nem teria feito a ligação se Aubrey não estivesse tão chateada. Na minha opinião, o vestido de noiva da senhora Kinsell parecia bonito e era até meio que legal Aubrey ser a quarta geração a usá-lo... "linhas clássicas, pedrarias *vintage*, uma gola de renda vitoriana e botões forrados de cetim nas costas". Mas Aubrey praticamente chorou ao recitar essas palavras, e, como eu meio que sou um zero à esquerda em todos os outros deveres de uma dama de honra, achei que essa seria a única incumbência que eu poderia cumprir. Mo diz que minha maneira de lidar com esse tipo de situação é uma bênção, uma franqueza que, misticamente, parece jamais ofender alguém. Acho que é mais o caso de as outras pessoas complicarem demais as coisas. Se você simplesmente as diz como elas são, não há certo ou errado. Depois que a senhora Kinsell superou sua surpresa inicial, ela ficou bem com isso e chegou até a confessar que também desejou comprar seu próprio vestido quando se casou.

Ela deve ter entrado em contato com a Aubrey assim que desligamos, já que minha irmã me ligou meia hora depois agradecendo e agradecendo e agradecendo. E agora, aqui está ela, cinco meses depois, rodopiando e se admirando e sorrindo, e fico tão feliz por ter decidido fazer aquela ligação.

Na minha frente, tia Karen levanta seus seios extragrandes com as mãos e solta um "*va-va-voom*" incentivando um pouco mais de decote, e minha mãe balança a cabeça enquanto Aubrey acena, dizendo algo sobre como Ben aprovaria, e é aí que tiro a foto, as risadas delas encobrindo o sutil clique do meu telefone.

Olho para a pequena tela, as três sorrindo, suas expressões desfocadas em deleite, o vestido refletido no espelho, o sorriso da Aubrey preenchendo o rosto dela, minha mãe e tia Karen radiantes do lado. Envio a foto para Mo com a mensagem ELA ESTÁ MARAVILHOSA! seguida de muitos corações e muitas carinhas sorridentes.

A tela rola, revelando a resposta da minha amiga: Admita que vc é uma romântica enrustida. Por falar nisso, já decidiu?

Minha boca treme enquanto encaro a pergunta dela, talvez esperando que os pixels brilhantes me deem algum tipo de luz: a resposta ou a coragem que me faltou desde que confessei a Mo que estava pensando em convidar Charlie McCoy para o baile. É um baile do tipo *garota-convida-garoto*. No ano passado, fui sem par, acompanhada de um monte de outras meninas que ou eram muito tímidas, ou muito orgulhosas, ou muito feias para convidar um garoto. Usamos tênis Converse com nossos vestidos, arrasamos na pista de dança com movimentos ultrajantes *nunca-antes-vistos* e devoramos barras de chocolate enquanto tirávamos uma com a cara de todas as outras garotas, com seus calcanhares doloridos, sorrindo estranhamente para seus pares e olhando desejosamente para as calorias proibidas das comidas, exibidas como uma mesa de tortura. Eu tinha certeza de que neste ano eu faria a mesma coisa, mas isso foi antes de o Charlie aparecer. Foi como se eu o tivesse conjurado, do nada. *Querido Deus, por favor, me mande um garoto alto, lindo, um pouco pateta, jogador de futebol e de olhos verdes.* E, tcharam! Lá estava ele no primeiro dia na escola, no primeiro horário.

– Terra chamando Finn – Aubrey joga meu moletom em mim, e percebo que ela já tinha se trocado e que estamos saindo do provador.

Eu a sigo pela loja. Minha mãe e tia Karen pararam no caixa para conversar com a proprietária da loja, e minha irmã e eu fomos para o lado de fora. Aubrey imediatamente pega seu telefone para ligar para Ben. Ela dá risadinhas, toda entusiasmada, ao falar sobre o vestido de noiva e depois sobre o que deveria vestir para encontrar os pais dele. Neste fim de semana, ela e Ben voarão para Ohio para se juntarem aos futuros sogros da minha irmã.

Ela diz "Eu te amo" e desliga e em seguida leva à boca uma das mãos perfeitamente manicurada e rói uma cutícula invisível.

– Você está bem? – pergunto.

– Nervosa.

Puxo sua mão, antes que ela tire sangue de um dos dedos.

– Sim, eles vão te odiar. Você é completamente intolerável.

Reviro meus olhos, e ela enruga o nariz para mim.

– Pelo menos, Ben e eu temos uma desculpa para não irmos com vocês no experimento *família-unida* do papai.

– Quer dizer então que você e o Ben não estão supertristes por não passarem três dias em uma cabana isolada na floresta, sem televisão, sem rádio nem internet, com apenas a deliciosa companhia da nossa família para entretenimento?

– Não consigo acreditar que ele realmente acha que essa é uma boa ideia.

– Você conhece o papai. Ele é um otimista.

– Ele é iludido, isso sim. A viagem não vai consertar as coisas.

Dou de ombros e olho para o lado, esperando que ela esteja errada, mas pensando que, provavelmente, ela esteja certa. As águas revoltas atingiram proporções de verdadeira tempestade lá em casa. Entre as brigas constantes dos meus pais, os problemas crescentes com meu irmão, Oz, os frequentes atos rebeldes da Chloe – que parecem especificamente destinados a irritar minha mãe – e os meus próprios erros recentes, acho que passo mais tempo na casa da Mo nesses últimos dias do que na minha. Assim como um vulcão ativo, passar cinco minutos juntos inevitavelmente provoca algum tipo de erupção, e três dias juntos será como incitar o Monte Vesúvio a entrar em atividade.

– Bom, pelo menos a Mo vai – Aubrey diz.

Minha irmã ama a Mo quase tanto quanto eu.

– E Natalie – contraponho.

– O quê? – Aubrey pergunta, e sua expressão muda para uma de compaixão.

A retaliação passivo-agressiva da minha mãe ao plano ridículo do meu pai foi convidar tia Karen, tio Bob e a filha irritante dos dois, Natalie, para se juntar a nós, o que significa que Mo e eu agora seremos obrigadas a incluí-la em tudo o que fizermos.

— E Chloe vai levar o Vance — acrescento, colocando a cereja no topo do bolo que era aquele esquema desmiolado. A única razão pela qual Chloe concordou em ir foi porque Vance adora *snowboard*, mas está quebrado. A hospedagem e os passaportes para as pistas gratuitos eram ofertas tentadoras demais para deixar passar, mesmo que isso significasse aturar minha família no fim de semana. Não há quase nada mais no mundo que teria convencido Chloe a passar um minuto sequer com a minha mãe, muito menos três dias, exceto sua devoção ao Vance, devoção que o resto de nós definitivamente não compartilha. O cara é um belo de um bicho-preguiça com uma pitada de arrogância, porque se acha uma fera na quadra de tênis e pensa que vai virar profissional.

— Uau, parece superempolgante, hein? — Aubrey comenta com sarcasmo, e seu fim de semana na companhia dos sogros parece ficar melhor a cada minuto.

Tia Karen e minha mãe saem da loja, e minha mãe aperta o botão para abrir as portas do seu novo Mercedes, um SUV branco que ela mesma se deu de presente de aniversário há um mês.

— Deixa a Finn dirigir — tia Karen diz inocentemente, mesmo não tendo nada de inocente na fala dela.

Tia Karen é o que meu pai chama de baderneira. Como um duende, ela adora ver o circo pegar fogo: uma diabinha maliciosa cheia de travessuras para aprontar, o que a torna muito divertida, exceto em momentos como o atual, quando o alvo das brincadeiras é você. Suas sobrancelhas bem delineadas se levantam.

— Você já conseguiu sua permissão, não conseguiu, Finn?

Observo minha mãe ficar tensa, todo o corpo dela se retraindo com a ideia de alguém dirigindo seu belo carro novo.

— Olha, eu gostaria de estar viva para o meu casamento — Aubrey diz, em tom de pesar.

— Ah, mas eu tenho certeza de que a Finn é uma boa motorista — tia Karen insiste, arrancando a chave da mão da minha mãe.

– Talvez outra hora – minha mãe responde, tentando pegar a chave de volta.

– Bobagem! – Tia Karen põe a chave fora do alcance da minha mãe e entrelaça o braço dela no meu, me guiando. – Não existe hora melhor do que agora. – Ela então me dá uma piscadinha e um sorriso conspiratório.

Normalmente, eu adoraria isso. Não há quase nada de que eu goste mais do que ver minha mãe incomodada, e me orgulho da minha ousadia e destreza atlética. Então, a ideia de pular atrás do volante e passar rasgando pelas ruas como Danica Patrick, dando um belo susto em minha mãe e em Aubrey e encantando tia Karen é a minha cara.

Não fosse por um probleminha de nada.

– Vai – tia Karen diz, segurando a porta do motorista aberta.

Engulo em seco. Meu instrutor de direção, um careca com halitose severa e nervos de aço, classificou um impedimento meu como "dislexia de pedal", um pequeno grande problema que tenho de confundir o acelerador e o freio, problema este que não tenho conseguido corrigir, apesar de parecer tão simples.

– Mas eu nunca dirigi um carro tão grande. Talvez fosse melhor se...

Tia Karen me corta.

– Bobagem. É moleza. O Mercedes praticamente dirige sozinho. Anda, anda! - ela diz, com um sorriso *à la* gato de Cheshire, claramente determinada a se divertir.

A essa hora, Aubrey já tinha ido para o banco de trás, e minha mãe está colocando o cinto no banco do passageiro. Ela não tem ideia da minha aflição. Quando meus pais me perguntaram como estavam indo minhas aulas, respondi com um evasivo "Bem".

– Lembro quando fiz isso com você – minha mãe diz, olhando para Aubrey. – Cheia de neuras. Foram semanas até cogitar sair do bairro.

– Eu só estava sendo cautelosa – Aubrey responde, mostrando a língua para minha mãe. – Ainda bem. Ainda tenho um registro perfeito: sem acidentes nem multas. Já você não pode dizer o mesmo, né?

Minha mãe é conhecida por receber multas por excesso de velocidade – pelo menos, duas por ano, isso sem contar aquelas das quais se livrou.

– Chloe, claro, foi brilhante – minha mãe continua. – Era como se ela já dirigisse a vida toda. Uma aula, apenas, e estava pronta pra dirigir pelo país inteiro.

Meu espírito competitivo estremece. É isso o que acontece quando se tem duas irmãs mais velhas: elas sempre fazem tudo primeiro, e sinto a necessidade de ter de fazer melhor depois.

Olho para os pedais. O da direita é estreito e vertical; o da esquerda, largo e horizontal. *Direita, acelerador. Esquerda, freio.* Não é como se fosse uma cirurgia no cérebro. Um pedal para acelerar. Outro para frear. Qualquer um pode fazer isso. Na verdade, metade da pirralhada da minha sala já tem suas licenças, e a maioria é idiota.

– Finn? – tia Karen me chama com a cabeça inclinada, intrigada com minha hesitação.

Sorrio e entro no carro. Tia Karen bate palmas, animada, e depois fecha a minha porta.

– Tem bastante espaço aqui atrás – ela diz.

Deslizo o banco para trás para acomodar minhas longas pernas. Mexo nos retrovisores e no volante, ajustando-os e reajustando-os até que fiquem perfeitos. Minha cabeça está a mil. *Direita, acelerador. Esquerda, freio. Direita, vai. Esquerda, para. Sério, deixa disso, Finn. Você consegue. Direita. Esquerda. Vai. Para.*

– Claro que posso morrer de velhice – Aubrey provoca.

Sorrio sarcasticamente para ela por cima dos ombros, depois volto meus olhos para a frente. Cuidadosamente, coloco meu pé no freio, depois aperto o botão de ignição, e o carro liga. Verifico os retrovisores mais uma vez para me certificar de que nada está atrás de nós e depois, para ter certeza absoluta, viro minha cabeça em todas as direções.

– Sério? – Aubrey reclama. – Meu avião sai de manhãzinha. Será que vou conseguir pegar meu voo?

Minha mãe ri.

— Você está indo bem, Finn — tia Karen me encoraja, talvez com uma pontinha de culpa na voz. Ela também é uma pessoa de coração mole, do tipo que baba com bebês e cuida de passarinhos que caem no quintal. Ela jamais teria sugerido isso se achasse que me causaria algum tipo de angústia real.

Depois de colocar a ré, saio da vaga hesitantemente.

— Muito bem — tia Karen diz.

— E os Millers e a tia Karen estão finalmente saindo do estacionamento — Aubrey anuncia.

Minha mãe ri de novo.

Pego a Via Costeira, e seguimos rumo à nossa casa. Um quarteirão, depois outro, ninguém dizendo uma palavra, e sei que, apesar dos meus esforços para parecer confiante, elas sentem o meu estresse.

O primeiro semáforo aparece, o vermelho, e, com grande deliberação (*esquerda, esquerda, esquerda!*), piso no freio.

Paramos suavemente, e solto a respiração pelo nariz enquanto me dou um tapinha imaginário nas costas.

O sinal fica verde, volto a colocar o pé no acelerador, e lá vamos nós.

Após vários outros quarteirões e duas paradas no semáforo sem problemas, minha pegada tensa no volante afrouxa. Estou tirando de letra. Só tenho que me concentrar. Pense e execute, como nos esportes.

Elas também relaxam. Aubrey se inclina para ligar o rádio, e minha mãe se vira para comentar sobre algum detalhe esquecido que ela precisa contar ao florista.

E foi aí que aconteceu: quando ela está comentando algo a respeito dos lírios e de como eles não têm pólen, o carro atrás de nós buzina, um estrondo que faz meu coração palpitar e meu pé ricochetear. Ele escorrega e pisa com tanta força no freio que minha mãe precisa se segurar no painel.

O rosto dela vira para o lado rapidamente; o meu, queima de vergonha. Não ouso olhar para ela, a culpa irradia da minha cara sardenta irlandesa, e sei que ela sabe. Isso é o que acontece com a minha mãe: ela sempre sabe.

Aubrey e tia Karen não ligam. O buzinador passa por nós, e Aubrey mostra o dedo para ele, enquanto tia Karen me consola:

– Que idiota. Tem gente com tanta pressa neste mundo. Você está indo bem, Finn. Muito bem.

Meu corpo inteiro treme quando recomeçamos. Minha atenção está focada como um *laser* em nos levar pelo restante do trajeto para casa sem mais incidentes ou incriminações; meus olhos, fixos nas ruas tentando não pensar na minha mãe do meu lado ou no julgamento que ela está fazendo de mim.

Minha promessa foi feita havia menos de uma semana, e o perdão dela foi incrivelmente generoso, especialmente considerando meu último contratempo, que me levou à delegacia. Um desafio que deu errado: a pedra que arremessei enquanto estava brincando na gangorra foi muito mais longe do que eu esperava. Quase acertou uma das minhas amigas e, por fim, quebrou uma placa no parque. Minha mãe executou um trabalho brilhante com todo o seu jeitão de advogada para me livrar do problema, rindo e brincando com o policial que me prendeu até que ele não enxergasse mais o que fiz como um crime, mas, sim, como uma curiosa mente jovem testando as leis da física. Ao chegarmos em casa naquele dia, tudo o que ela me disse foi:

– Sabe, Finn, um pedido de desculpas só vale alguma coisa quando é sincero.

Aquelas palavras machucaram. Ultimamente, eu vinha pedindo desculpas demais.

Jurei e fiz promessa de dedinho que eu realmente falava sério, que a partir de então eu prestaria atenção antes de pular, o que a fez até sorrir, considerando meu crime de saltadora em gangorras.

Ela não está sorrindo agora. Como uma estátua, permanece parada olhando para a frente, e eu me sinto pior do que terrível. Cinco dias. Foi o tempo que levei para quebrar minha promessa e decepcioná-la mais uma vez.

Por fim, o último semáforo aparece, e quase chego a comemorar. Mais um quarteirão, uma curva para a direita, depois outra para a esquerda e estaremos em casa. Quando o sinal fica amarelo, eu, determinada a não nos chacoalhar dentro do carro mais uma vez, piso no freio do jeitinho que o instrutor me ensinou para que a desaceleração seja suave.

Estamos quase paradas, os pneus mal se movem, e meus olhos estão fixos no para-choque do carro à nossa frente, quando meu telefone toca. Uma mensagem chegando. Duas vibrações agudas, que começam no bolso de trás da minha calça antes de viajar pela minha perna até o meu pé, e o carro inesperadamente acelerar.

– Freia! – minha mãe grita, ao mesmo tempo do terrível ruído de metal ao acertarmos em cheio o carro à nossa frente. – Freia! – ela grita de novo, o que eu estou desesperadamente tentando fazer, mas, inexplicavelmente, continuamos a avançar, esmagando o pequeno carro contra a caminhonete em frente a ele.

– O outro pedal – ela diz, e meu pé pula para os lados.

Minha mãe já está fora do carro antes de eu estacioná-lo.

– Merda – Aubrey xinga atrás de mim.

– Oops – tia Karen diz.

Saio do carro com as pernas tremendo, o corpo inteiro pegando fogo.

A essa hora, minha mãe já está falando com a motorista do carro em que batemos, seu corpo inclinado na janela aberta. A mulher é a única ocupante do veículo – tem cabelos escuros até o ombro e usa um casaquinho vermelho. E leva um terço de contas pendurado no espelho retrovisor. Ela assente com a cabeça em resposta a algo que minha mãe diz; então a cabeça dela muda de direção. Não tenho certeza, mas acho que, pela maneira como os ombros dela balançam, ela pode estar chorando.

Começo a dar passos em direção às duas, depois recuo, meus músculos se retraem e se soltam, incertos do que fazer.

O motorista da caminhonete se junta a elas. É um homem mais velho vestido com uma camisa xadrez e calças *jeans* largas. Deve ser empreiteiro ou comerciante. Ele pergunta se todas estão bem, olha para mim, e então, certificando-se de que ninguém se machucou, dispensa com um gesto a oferta da minha mãe de acionar o seguro, volta para o carro e vai embora.

Observo o para-choque do carro dele. Está detonado, mas firme no lugar, e é difícil dizer se os danos são de minutos ou décadas atrás.

Já o da mulher não teve tanta sorte assim. É um Honda antigo, que parece ter sido dobrado em dois. O capô e o porta-malas se encaram, e o meio pende. A mulher pega o telefone dela, e minha mãe faz o mesmo. Permaneço assistindo.

– Finn, querida, por que você não volta para o carro? – tia Karen chama pela janela.

Caminho em direção à porta do motorista.

– Talvez seja melhor sua mãe dirigir o restante do caminho.

Dou a volta e me sento no banco do passageiro.

Vinte minutos depois, chega um reboque. Minha mãe fica com a motorista enquanto o carro dela é guinchado. A mulher não está mais chateada; já eu, incrivelmente grata. Minha mãe é brilhante desse jeito. É o que faz dela uma grande advogada: a maneira como ela é capaz de lidar com qualquer situação com absoluta calma e de lançar um encanto em qualquer pessoa, fazendo-a acreditar que ela é sua amiga. Quando a mulher entra no reboque, chega a parar para agradecer à minha mãe, como se, ao batermos no carro dela, tivéssemos feito algum tipo de favor.

Um instante depois, minha mãe está de volta ao carro e nos conduz pelos dois quarteirões restantes até a nossa casa.

2

Paramos, e eu desço do carro furtivamente. Observo minha mãe pisando duro em direção à porta sem dizer uma única palavra, mal olhando para meu pai ou meu irmão, Oz, que está na entrada lavando o Millermóvel, um *trailer* que meu pai comprou quando tinha dezenove anos e que tem servido a todas as aventuras dele a partir de então, desde a perseguição a tornados no centro-oeste até suas muitas excursões para surfar, pescar e ir à montanha.

Bingo, nosso labrador, vai até minha mãe abanando o rabo, mas depois se afasta quando ela o ignora, fechando a porta e deixando-o para trás com o restante de nós. Isso prova o nível de chateação dela. O único membro da nossa família com quem minha mãe está em paz nos últimos dias, além da Aubrey, é o Bingo. Com frequência, encontro os dois juntos, ela sentada no gramado com uma taça de vinho em uma mão e a outra fazendo carinho nele.

Tia Karen aperta meu ombro e me dá um beijo na cabeça:

– Fica firme, garota. Acidentes acontecem.

O máximo que consigo fazer é assentir sem entusiasmo, e ela se afasta em direção à casa dela, que fica duas portas abaixo. Aubrey olha para mim e depois para a frente amassada do Mercedes, balança a cabeça como se eu fosse uma idiota e depois se aproxima do meu pai para contar a ele a história do meu erro colossal.

Acidentes podem fazer parte da vida da maioria das pessoas, mas não na de minha mãe. Até onde sei, ela jamais havia sofrido um, e agora, graças a mim, o carro perfeito, que ela finalmente comprou após falar anos sobre ele, está detonado.

A poucos metros de Aubrey e meu pai, Oz molha o Millermóvel com a mangueira, e a água esguicha para todo canto. Ele está encharcado da cabeça aos pés, e, apesar do terror do momento, sorrio como sempre faço quando vejo meu irmão desfrutando dos pequenos prazeres da vida, imune às preocupações com realizações ou aparências que parecem atormentar constantemente o restante de nós. Embora ele tenha treze anos, as capacidades intelectuais do meu irmão são de um menino com a metade dessa idade; as emoções, ainda mais simples: simples como as de uma criança que dá seus primeiros passos.

Meu pai gargalha enquanto Aubrey lhe diz que eu tenho talento para criar instrumentos: o Honda Accord em que bati agora é um "Acordeão". As mãos dela se juntam e se separam como se ela estivesse tocando o instrumento enquanto imita o som do metal sendo esmagado. Ao contrário de minha mãe, meu pai é o tipo de cara que apenas deixa estar, e um amassado não é nada de mais. A caminhonete dele é a prova disso: mais velha do que eu, está marcada com, pelo menos, uma centena de cicatrizes.

Oz então chama:

– Pai, vem lavar o M&M!

Meu pai não o ouve. Ele está curtindo demais a narrativa da Aubrey. Seu sorriso vai de orelha a orelha enquanto ela range "Vruuummm", e suas mãos continuam a tocar o acordeão.

– E o grito da mamãe, "Freia!", que faz a Finn pisar no acelerador de novo... Vruuummm...

Quero ir embora, mas não sei para onde ir. Ficar com minha mãe dentro de casa está fora de cogitação, e Mo não está na dela, porque foi comprar roupas de esqui para a nossa viagem. Só me resta ficar ali, mortificada e irritada, desejando que Aubrey acabe logo com aquilo e vá embora.

Oz se sente do mesmo jeito. Ele quer que meu pai volte e lave o *trailer* com ele. A sobrancelha dele franze, e a água que sai da mangueira começa a formar uma poça no gramado.

Percebo como a impaciência dele só aumenta, a mão dele apertando o bocal da mangueira com mais força e sua cara fechando.

E eu podia parar aquilo.

— Vruuummm — Aubrey diz mais uma vez.

Mas não o faço.

— E a mamãe grita: "O outro pedal!"...

O jato de água acerta primeiro os cabelos dela, depois viaja rapidamente para sua blusa de seda, descendo por sua calça *jeans* de grife até chegar às suas novas botas de couro. Ágil como uma serpente, meu pai pula para ficar entre ela e a água, mas já é tarde demais: minha irmã está encharcada da cabeça aos pés, seu cabelo de chapinha grudado no rosto, e a blusa, na pele. Como um cão, ela ladra e sacode a água dos braços. Depois, sem dizer uma palavra, segue na direção do carro dela.

— Oz, para — meu pai repreende, com as mãos em frente a ele para bloquear a água e a cabeça virada para olhar para Aubrey enquanto ela se afasta.

— Pelo amor de Deus — meu pai ladra. — Cinco minutos com minha filha, isso é pedir muito?

Ele olha furiosamente para o dilúvio em frente à porta fechada, por onde minha mãe havia escapado minutos antes.

— Oz! Já chega! — ele grita.

O sorriso sai do meu rosto no mesmo instante, e meu sangue congela. Como resultado da severidade do meu pai, a feição de Oz se contrai de tal forma que a brincadeira para instantaneamente e faz minha nuca arrepiar. No ano anterior, meu irmão cresceu de um jeito que quase alcançou a altura do meu pai, um pouco abaixo de um metro e oitenta. No peso, ele o ultrapassou em, pelo menos, quinze quilos. Ao contrário do meu pai, que tem porte de atleta, Oz parece gorducho, mas, na verdade, ele é sobretudo forte. Isso, somado a uma grave falta de controle dos impulsos e o temperamento de um gorila, e você tem o quê? Uma bomba altamente volátil de pavio curto, que precisa ser manuseada com extremo cuidado.

Meu pai também nota essa mudança, esforçando-se para que a raiva em seu semblante desapareça, e dá um ar de leveza à voz ao dizer:

– Ok, garotão, vamos lavar este bebê.

A expressão de Oz suaviza, e meu pai e eu finalmente respiramos aliviados.

A mangueira continua apontada para o meu pai, o jato de água acertando a camisa dele, e, assim como meu pai sempre faz com Oz, ele aceita, como se o *spray* gelado que o acertava em cheio no peito e o ensopava não fosse nada irritante.

– Guerrinha de água – Oz diz, rindo.

– Não. Chega – meu pai responde, com um suspiro de cansaço.

Vou saindo de fininho, contornando Oz cuidadosamente para alcançar o Millermóvel.

– Guerrinha de água! – ele exige agora.

– Cansei de guerrinha de água – meu pai diz, claramente cansado de mais do que apenas isso.

De um balde ao lado do *trailer*, pego uma esponja e esfrego bem o símbolo da paz pintado com *spray* sobre a roda, esfregando com mais força para criar uma camada de espuma. Enquanto trabalho, assobio, e a música desvia a atenção de Oz, assim como o bico da mangueira, para longe do meu pai. Quando a espuma finalmente fica clara, tiro-a com a esponja, depois faço bolhas de sabão, e Bingo se levanta do gramado para pular nelas e mordiscá-las. O rabo dele balança vigorosamente ao tentar alcançar as nuvens flutuantes de espuma, uma brincadeira nossa desde que ele era um filhotinho.

Oz deixa a mangueira cair e corre para se juntar à nossa brincadeira. Pegando a esponja, ele junta mais espuma e as sopra no ar para Bingo persegui-las, assim como fiz.

"Obrigado", leio nos lábios do meu pai. Dou de ombros e me viro para sair.

– Ei, Finn – ele me chama –, quando a gente voltar das montanhas, vou te levar pra dirigir. Vamos resolver isso.

Dou um sorriso fraco. A intenção até que está ali, mas isso jamais vai acontecer. Oz não permite que coisas como aulas de direção aconteçam. Talvez Aubrey ou Chloe me levem.

3

A tarde é tão sombria quanto o humor da metade de nós, com nuvens espessas encobrindo o sol. Os da outra metade, a quem me refiro como os *bobos-do-copo-meio-cheio*, incluem tia Karen, tio Bob, Oz, Mo e meu pai.

Até mesmo o Bingo não tem certeza da ideia de nós dez viajarmos juntos. O rabo dele balança a meio mastro enquanto ele vagueia de pessoa em pessoa, procurando confirmação se deve sentir animação ou pavor. Ontem à noite, meus pais brigaram como hienas – rosnando e ladrando um para o outro por qualquer coisa, desde a marca de *pretzels* que meu pai comprou até a briga padrão de quão pouco tempo minha mãe passa com Oz. Chloe ignorou, com seus fones colados nos ouvidos e uma revista no colo. Vez ou outra, ela levantava os olhos e fazia uma careta para tentar me distrair. Se alguém entende como é ruim estar do lado oposto da minha mãe é a Chloe.

Houve um momento em que ela até me jogou o último pedaço do Toblerone dela, presente dado pelo Vance quando ele voltou de um torneio de tênis em Washington, uma semana atrás. Não funcionou. Não tinha como eu me distrair, não tinha como eu ignorar. Fui eu quem comecei: eu e meu pé disléxico. As coisas já andavam complicadas, e ajudei a piorar. A última coisa que minha mãe gritou antes de subir as escadas foi: "Vou aguentar até o casamento, Jack, pela Aubrey, mas depois é isso. Acabou!".

Não foi a primeira vez que o assunto divórcio surgiu, mas foi a primeira vez que acreditei.

Minha mãe está ao lado da tia Karen no gramado, com os braços cruzados e observando meu pai e tio Bob carregarem nosso equipamento de esqui para o Millermóvel. Ela não disse uma palavra para mim desde o acidente. Ela nem sequer olha para mim.

Sinto-me tão mal que chega a doer quando respiro. Não consigo entender. Não sou estúpida. Tiro boas notas. Mas é como se existisse uma grande desconexão da minha parte quando se trata de bom senso. Eu sabia que não deveria ter dirigido o carro dela, ou, pelo menos, deveria saber, mas continuei e fiz o que fiz. Olho mais uma vez para a frente detonada do Mercedes: para-choque rachado, pintura danificada, farol quebrado.

Sacudindo a cabeça, solto um suspiro pesado, depois volto a observar os preparativos. Oz está ajudando. Quer dizer, tentando ajudar. Meu pai leva as nossas coisas para dentro do *trailer*, e Oz as coloca onde ele acha que deve colocar... nos assentos, no corredor, no volante. Antes de sairmos, ele já estará distraído, então daremos um jeito.

Ao meu lado, Mo está tão entusiasmada que quase pula. Ela nunca esquiou na vida. O conceito de aventura do pai dela é fretar um iate tripulado para navegar com a família por vários portos da Grécia ou visitar ruínas antigas com um docente particular em Bangladesh ou degustar vinhos nas adegas subterrâneas de Bordeaux.

Sorrio vendo a animação e a roupa dela. Ela está vestida com belas e novíssimas roupas para montanha: uma calça *legging* preta, botas forradas de pelos, um suéter de *cashmere* azul-bebê e um cachecol infinito, que parece ter sido tecido à mão no Marrocos, o que pode muito bem ser verdade, já que o pai dela viaja o tempo todo e está sempre trazendo presentes exóticos. Faz por volta de quinze graus, frio para o Condado de Orange, mas quente demais para a roupa da Mo, e um brilho de suor se forma no lábio superior e na testa dela.

A senhora Kaminski espera com a gente, fazendo uma varredura no ambiente, e eu me pergunto o que ela acha daquela nossa estranha tribo. Chloe e Vance (Chlance, como Mo e eu chamamos o casal, já que os corpos dos dois estão sempre grudados, criando um ser metamorfoseado único, impossível de se distinguir como sendo dois indivíduos) agarrados na varanda, sussurrando e se beijando e, sem dúvida, conspirando sobre quando conseguirão sair de fininho para ficar chapados. Meus pais não fazem a menor ideia. Assim como eles não fazem ideia de que a minha irmã não é virgem ou de que ela bebe regularmente – e como é de fato regular!

Reparo minha irmã sussurrando algo ao ouvido do Vance; ele sorri para ela, depois a beija suavemente, e os cabelos pretos idênticos deles se tocam. Os dois fizeram dezoito anos há um mês, seus aniversários com menos de uma semana de diferença. E aí, para comemorar, decidiram fazer cortes de cabelo iguais. Chloe passou a tesoura em suas longas mechas acobreadas, e Vance raspou seu cabelo dourado a menos de um centímetro do couro cabeludo. O que restou do cabelo dos dois foi pintado de preto- -azulado. Apesar da autossabotagem, eles continuam bonitos. Ele é alto. Ela é pequena. E ambos têm uma pele impecável e dentes branquíssimos.

A poucos metros, minha mãe ri de algo que tia Karen diz, e eu me viro. Tia Karen não é realmente a minha tia, mas tem sido a "tia Karen" desde que eu e a Natalie éramos bebês. Ao longo desses anos todos, ela e minha mãe formaram uma amizade quase mítica, tão íntima que passaram até a se parecer uma com a outra. Minha mãe é poucos centímetros mais alta e uns dez quilos mais magra, e tia Karen tem lábios mais largos e nariz mais estreito, mas elas parecem irmãs – minha mãe, definitivamente, a irmã mais velha, embora tenham a mesma idade.

Então tia Karen comenta outra coisa engraçada, e o tio Bob diz, da entrada da casa:

– Ei, o que está acontecendo aí, hein? Podem parar, vocês duas.

Tia Karen mostra a língua para ele, fazendo tio Bob tirar um saco de *marshmallows* da sacola que ele segura e começar a jogar nela. Tia Karen se protege do ataque enquanto minha mãe se atira para pegar o saco, interceptando o míssil fofo no ar.

Às vezes, eu me esqueço de que minha mãe já foi uma atleta. Mas isso é compreensível, já que ela se parece muito com uma mãe comum. Com certeza, ela não está mais em tão boa forma como quando corria pela Universidade do Sul da Califórnia, mas ainda tem reflexos rápidos e leves.

Tio Bob pisca para ela, e minha mãe cora. Já tia Karen finge não perceber. Sempre acho que deve ser meio difícil para ela saber o quanto o tio Bob e a minha mãe se dão bem. Não é como se algo estranho estivesse rolando entre os dois, mas eles têm esse jeito, sempre desafiando um ao outro e competindo, coisa que a tia Karen simplesmente não consegue fazer. Minha mãe se esforça bastante para manter tudo sob controle. Como agora. Sei que o instinto dela é jogar os *marshmallows* de volta nele, mas ela não o faz. Em vez disso, ela os pega, leva até onde ele está e os enfia no saco.

– Não consegue arremessar – ele zomba.

– Se bem me lembro, você ainda me deve dezessete *snickers* da última vez que a gente apostou – ela retruca, com o brilho da competidora que há nela cintilando, o que deixa o tio Bob sorrindo quando ela volta para perto de tia Karen.

Natalie se levanta para ficar ao lado da Mo, da senhora Kaminski e de mim.

– Minha mãe diz que você vai ter de pagar pelo conserto do carro da sua mãe – ela diz, com um sorriso simpático, embora o tom de sua voz deixe transparecer certa alegria.

Apesar de Natalie e eu termos crescido juntas, a maior parte desse tempo foi passada com uma detestando a outra. Nos primeiros cinco anos, brigamos. Nos cinco seguintes, nós nos ignoramos. E, nos últimos seis, toleramos uma à outra, mas por bem pouco.

– Isso é verdade? – Mo pergunta, parecendo realmente preocupada.

Engulo em seco. Minha mãe não disse nada, mas, se foi isso que a tia Karen contou para a Natalie, provavelmente é verdade. Não tenho ideia de quanto o estrago do acidente vai custar, mas meu palpite é que será mais do que eu economizei até agora para comprar meu próprio carro. Meu estômago dá um nó só de pensar em todas aquelas horas de babá e passeadora de cães desaparecendo num estalar de dedos ou, no meu caso, no toque do meu telefone no bolso de trás da minha calça.

– Nossa, isso é, tipo, *hardcore* – Natalie diz. – Sabem o que meus pais vão me dar assim que eu conseguir minha licença?

Nem Mo nem eu respondemos.

– Um MINICooper. Tô tentando decidir de que cor. Amarelo ou vermelho, hein? Tem um vermelho bem lindo que eu vejo pela cidade toda. Ele tem um teto branco com a bandeira da Grã-Bretanha pintada nele.

– Você não é da Inglaterra – Mo diz.

– E daí? – Natalie retruca, claramente chateada porque a gente não está empolgada com a escolha dela.

Eu até gostaria de dizer que a Natalie não é bonita, mas isso seria uma mentira. Ela é bem bonita: cabelos dourados, olhos cinza, peitões. É só quando abre a boca mesmo que fica feia.

Voltamos ao silêncio.

Minha mãe grita para Chloe:

– Chloe, vai lá dentro pegar mais um jogo de cama.

Chloe a ignora e continua a trocar carinhos com Vance, apenas demonstrando ter ouvido a minha mãe por ter se virado ligeiramente, de um jeito em que se a pequena tatuagem de andorinha preta no ombro esquerdo dela, contra a qual minha mãe protestou tão veementemente, possa ser vista.

– Eu vou – Oz se voluntaria, largando a bolsa de esqui que ele carrega e pulando em direção à casa, desesperado, como sempre, para ganhar a aprovação da minha mãe.

Balanço a cabeça. Alguém vai acabar com a roupa de cama do Bob Esponja ou, conhecendo o Oz como conheço, ele vai trazer cinquenta lençóis e nem uma única fronha.

– Oz, não – minha mãe fala, impedindo-o de ir, com exasperação na voz e os olhos atravessando a Chloe. – Deixe os lençóis pra lá, apenas continue ajudando seu pai.

Com um suspiro, minha mãe vem andando na nossa direção. Tia Karen a acompanha. Esboçando um sorriso para a senhora Kaminski e evitando olhar para mim, minha mãe diz:

– Bom dia, Joyce.

– Bom dia, Ann. Karen. Obrigada por incluir a Maureen no passeio de vocês. Ela só tem falado nisso nas últimas semanas.

– Você sabe que adoramos tê-la junto de nós.

Segue-se então uma pausa um pouco estranha. Os olhos da senhora Kaminski deslizam para o Millermóvel antes de encontrarem o chão. Ela não diz nada, mas sinto a preocupação dela. Eu diria que o Millermóvel se parece um pouco com uma lata sobre rodas. Originalmente, era um *trailer* com uma cozinha e copa pequenas e uma cama, mas o artista de quem meu pai o comprou tirou tudo isso para transformá-lo em um estúdio, deixando apenas uma pequena dinete, uma mesa com um banco de cada lado. Depois que nós, as crianças, aparecemos, meu pai colocou assentos a mais: um par de bancos de um ônibus da Greyhound e um banco de couro vermelho que ele recebeu de um Bentley sucateado, criando este incrível e estranho *mix* de veludo azul listrado, couro vermelho e vinil verde cintilante.

Incapaz de se controlar, a senhora Kaminski pergunta:

– Tem cintos de segurança?

Mo fica tensa. No último ano, a frustração dela com a superproteção da mãe cresceu, e sei que ultimamente elas têm discutido sobre isso.

Minha mãe assente.

– Gostaria de dar uma olhada lá dentro?

Os olhos da senhora Kaminski viram na direção da Mo, e ela balança a cabeça.

– Não. Está bem. Confio em você.

As últimas três palavras têm uma pitada de desafio. Um que minha mãe aceita:

– Cuidarei dela.

Tia Karen completa:

– Todos vamos. Mo é como uma filha pra nós. Ela está em boas mãos.

Com um sorriso amarelo e um "obrigada" murmurado, a senhora Kaminski dá um beijinho na face da Mo, diz a ela para se divertir e se apressa em sair dali para ficar a sós com suas preocupações.

Ao meu lado, Mo suspira aliviada, e eu dou um esbarrão no ombro dela.

– Não foi tão ruim assim, vai? Nem faz tanto tempo que ela não teria deixado você fazer isso de jeito nenhum. Prometeu ligar de hora em hora?

– Na verdade, disse que não ligaria hora nenhuma. É melhor assim. Quando ligo, ela entra em parafuso, fica me perguntando sobre cada detalhe, depois obcecada pelas respostas que dei e como as coisas podem dar errado. Quanto menos ela souber, menos terá pra se preocupar. São três dias. Ela pode sobreviver três dias sem saber de mim, não é? Além disso, a experiência já fica como um treino. Daqui a dois anos vou pra faculdade, e vai ter hora em que ela quase não terá notícias minhas.

Acredito no que ela disse. Mo está louca para abrir as asas dela e voar o mais longe possível do ninho. Enquanto estou pensando em entrar para a Universidade da Califórnia, no *campus* de Los Angeles ou de San Diego, para poder voltar para casa nos fins de semana, o sonho da Mo é morar no outro lado do país ou, talvez, até no outro lado do globo. Ela quer fazer caminhadas pela Patagônia, viajar pelo Saara, escalar o Everest. Desde pequena, Mo arregalava os olhos enquanto meu pai entretinha a gente com suas aventuras dos tempos de juventude, e ele sempre dizia:

– Essa Mo, ela é uma pirata de coração.

– Vamos – meu pai grita do banco do motorista, e o semblante dele irradia tanto otimismo que quase me faz acreditar que aquela não era uma ideia tão ruim assim e que o passeio realmente poderia ser divertido.

Mo bate palmas e sai pulando em direção ao *trailer*. Vance arrasta Chloe da varanda, e eles vêm andando vagarosamente. Minha mãe suspira e caminha com tia Karen, o queixo erguido como se ela bravamente estivesse fazendo a caminhada de um condenado à morte à cadeira elétrica. Tio Bob finge lutar *boxe* com Oz, gingando com ele na direção da porta do *trailer*, os olhos desviando para minha mãe para ver se ela está olhando.

– Vem, Finn – meu pai chama.

Vou andando a passos rápidos, e ele me dá um *toca aqui* pela janela quando passo por ela.

– Cinto de segurança – minha mãe diz quando subo no *trailer*, mas ela não está falando comigo. É com a Mo.

Mo resmunga, depois coloca o cinto.

Eu começo a rir e me inclino ao lado dela, sem cinto e livre.

Tio Bob vai na frente com meu pai, e os dois imediatamente começam a discutir sobre o *Super Bowl* deste ano. Normalmente, eu prestaria atenção e participaria, já que amo futebol americano e sei mais sobre os jogadores do que qualquer um deles, mas não vou abandonar Mo com Natalie. Então, em vez disso, pego um baralho e distribuo as cartas entre nós, as três garotas, além da Chloe e do Vance, para uma maratona de *Duvido* que, espero, dure as três horas necessárias para chegar a Big Bear. O vencedor ganha o direito de escolher onde vai dormir quando chegarmos à cabana – um prêmio que vale a pena, já que dormir ao lado do Oz é algo a ser evitado, se possível.

Oz, sedado com uma dose segura de Benadryl que meu pai colocou no suco dele momentos antes, ronca pesado encostado na janela, com Bingo enroscado nos pés dele. Na parte de trás, no banco do Bentley, minha mãe trabalha com o *notebook* no colo. Ela vai participar de um grande julgamento daqui a poucas semanas, e anda estressada por causa disso. Tia Karen lê uma revista.

Estamos a caminho.

4

As nuvens se juntam à medida que começamos a subir a montanha. A cor e a luz são drenadas até o mundo se reduzir a um cinza fosco que nos faz perder a noção de tempo ou profundidade. Ainda é fim de tarde, mas o céu já está tão escuro. Nosso jogo terminou porque Natalie foi pega trapaceando, e Chloe bateu o pé, mesmo o resto de nós dizendo não se importar. Todas as apostas estão canceladas, e será um salve-se quem puder para pegar as camas quando chegarmos à cabana.

Oz ainda ronca, minha mãe ainda trabalha, e tia Karen pinta as unhas dos pés da Natalie enquanto a filha dela faz beicinho porque nenhum de nós está sendo legal com ela.

Mo e eu continuamos na mesa, nossas cabeças juntas olhando para o meu telefone.

– Não consigo – digo, com minhas faces queimando enquanto encaro as palavras que Mo digitou para mim no meu telefone. E aí Charlie, já tem planos para o baile? Se não tiver, estava pensando se a gente podia ir juntos??? Finn

A mensagem demorou mais de vinte minutos para ser escrita – simples e direta ao ponto. Meu dedo paira sobre o botão de envio, até que Mo, cansada de esperar, vai lá e o aperta por mim, fazendo meu coração disparar.

– Feito – ela diz com um sorriso de satisfação.

Meu estômago embrulha de nervoso, e fico encarando impaciente a tela, esperando uma resposta instantânea, ansiando tanto por ela e a temendo em igual medida; e o tempo de repente fica lento, cada segundo leva pelo menos o dobro do tempo que levava antes de a mensagem ter sido enviada.

– O que está feito? – Chloe pergunta, desenroscando-se do Vance e tirando o fone direito da orelha. Uma música barulhenta e péssima sai pelo minúsculo alto-falante, o tipo de tamborilar ribombante e berro cacofônico que te faz pensar em gatos sendo torturados, exaustores industriais e latões de lixo.

– Nada – respondo, impressionada como Chloe sempre faz isso: te ignora quando há algo que você quer que ela ouça e te ouve quando você não quer.

Ela pega meu telefone da mesa antes de eu poder reagir.

– Quem é Charlie?

– Ninguém.

Mo ri.

– Não é aquele cara do futebol com as fivelonas e as botas não, né?

– Ele é do Texas – defendo.

– Acho fofo – Mo diz.

Chloe revira os olhos e joga meu telefone na mesa:

– Difícil de acreditar que somos irmãs.

Nem posso argumentar contra. O quarto que compartilhamos durante toda a minha vida, nosso amor por palavras estupendas como a palavra *estupendas*, nossos cabelos acobreados e nossos olhos verdes são as únicas coisas que Chloe e eu temos em comum. Ela coloca o fone de volta e sorri, e sei que ela está feliz. Chloe tem torcido por mim no departamento do romance já faz um tempo, sempre me dizendo que sou bonita, mesmo eu fingindo não me importar. Só ela me fala isso, mas diz com tanta frequência e franqueza que às vezes eu chego mesmo a acreditar nela.

* * *

Quando finalmente chegamos à cabana, eu já tinha roído todas as minhas unhas e olhado meu telefone pelo menos duzentas vezes. O Millermóvel estaciona. Nós nos esticamos e ficamos de pé. A neve começou a cair, e, embora não sejam nem cinco horas ainda, o mundo está escuro.

Olho para a "cabana" através do véu translúcido, e meu coração se enche de alegria. Algumas das minhas melhores lembranças de infância vêm daqui. A cabana, que mais se parece com um pequeno chalé de montanha, foi construída pelo pai da minha mãe quando ele se aposentou. Era o sonho dele viver entre os pinheiros, o que durou dois curtos anos antes de sua morte. Mas a visão dele ainda está de pé, uma estrutura *A-Frame* majestosa de madeira e vidro, acessada por uma estrada particular, tornando-a a única casa por quilômetros.

Saio do *trailer* e, momentaneamente, esqueço Charlie e meu telefone, o frio me castigando enquanto a paisagem de inverno me rouba o fôlego. Na maior parte do tempo, com meus longos membros e meus longos cabelos brilhantes, sinto-me alta e conspícua, mas aqui, cercada por uma vastidão tão bruta, de repente me torno pequena e surpreendentemente consciente da minha própria insignificância.

Mo rodopia em volta de mim, também pega pelo momento, com a língua de fora para apanhar flocos de neve.

– Você sabe que a neve é suja, não sabe? – Natalie diz.

Mo continua com a língua para fora e se vira para encarar Natalie, que sai bufando. Mo e eu rimos.

Meu pai luta com um *cooler* carregado de refrigerante nos degraus do *trailer* e pede a Oz para fazer o mesmo com o segundo *cooler*, o que Oz prontamente obedece, carregando-o sem esforço logo atrás do meu pai, com Bingo atrás dele.

– Obrigada, meu camarada – meu pai diz por cima do ombro, fazendo Oz sorrir. Carrego minha mochila e duas sacolas de mantimentos e estou atrás do Vance, que não leva nada além da sua própria mochila. Ele anda se arrastando, de ombros caídos e daquele jeito lento e irritante dele, que consegue ser, ao mesmo tempo, preguiçoso e arrogante.

Meu telefone vibra no bolso do meu casaco, e eu dou um pulo, como se tivesse sido espetada com um aguilhão.

Chloe, que está atrás de mim, bate a sacola que ela carrega na minha bunda.

– É seu *namorado*?

Olho por cima do ombro para sorrir sarcasticamente, mas então vejo a carinha animada dela e, em vez disso, fico corada.

Quero desesperadamente olhar para meu telefone e revelar meu prêmio, mas Charlie terá que esperar porque acabamos de cruzar a soleira da cabana, e agora tem início a louca corrida para pegar uma cama. Coloco as compras no balcão e passo por Vance, que claramente não tem ideia de quão importante é essa missão. Oz já está nas escadas que levam ao sótão, subindo os degraus pesadamente. Quando o garotinho quer algo, ele pode ser ferozmente determinado, e sei que ele quer o beliche de cima.

Isso é uma coisa boa. Se ele for para a esquerda, vou para a direita. Seja qual for o beliche que ele quiser, pegarei o outro para Mo e para mim. Natalie está na minha cola, obviamente querendo nos sabotar. Seja qual for o beliche que eu escolher, ela vai querer a segunda cama dele para si, só para me separar da Mo.

Tenho uma ideia: decido ir para as camas de lona que temos nos fundos em vez disso. Vou pegar a do meio, assim Mo ficará ao meu lado, independentemente do que Natalie fizer.

Oz vira à esquerda, e eu sigo em frente, jogando minha bolsa na cama do meio, depois tiro minha jaqueta e a jogo na cama da esquerda.

Natalie morde a isca.

– Vou ficar com essa – ela diz. – Nada de guardar lugar para os outros.

Ela joga minha jaqueta no chão e depois a mala dela na cama menos desejável, a que está embaixo do aquecedor e mais próxima do Oz.

Pego minha jaqueta e a jogo na cama da direita, aquela que eu realmente queria desde o início.

Vance e Chloe vão dormir no segundo conjunto de beliches, e meus pais, no sofá-cama da sala de estar. Tia Karen e tio Bob ficarão com a suíte.

– Desfazer as malas... depois jantar – meu pai grita.

Eu me jogo na cama e pego o telefone. Mo se joga ao meu lado e olha por cima do meu ombro.

Gostei da ideia. Legal que me convidou. Charlie

Pulamos tão freneticamente que até achei que aquela cama frágil fosse quebrar.

– Ele ficou feliz que você convidou! – Mo grita.

Do outro lado do quarto, o rosto da Chloe se abre em um largo sorriso, e ela faz um joinha para mim.

– Será que ele vai usar botas de caubói? – Natalie zomba.

Eu a ignoro. Pelo menos na última vez que ouvi dizer, ela ia ao baile com o primo.

– Meninas, andem logo – meu pai grita do andar de baixo. – Grizzly Manor espera a gente!

A voz da minha mãe então entra em cena.

– Jack, talvez a gente deva ficar por aqui mesmo hoje. Parece que a neve vai cair mais forte.

– E perder as panquecas e as linguiças de porco do Grizzly no jantar? Sem chance – meu pai diz, com a voz cheia de entusiasmo.

Oz grita, empolgado:

– Panquecas do Grizzly no jantar!

E eu imediatamente sei que tudo está resolvido depois disso. Não teremos mais sossego se o Oz não ganhar as panquecas dele.

– Meninas, vou só terminar de esvaziar o *trailer*. Vocês têm dez minutos.

As palavras dele são direcionadas principalmente para a Mo, a senhorita Fashionista, que já vasculha a mala gigantesca dela para encontrar a roupa perfeita para usar no Grizzly Manor, o restaurante com toalhas de mesa de plástico xadrez e serragem no chão.

Natalie, que não é do tipo que fica atrás, desfaz sua mala, igualmente gigante, e faz o mesmo. Fico sentada de pernas cruzadas na cama com meu moletom e minhas botas UGG, olhando para a mensagem do Charlie.

– Vermelho ou preto? – Mo pergunta, segurando dois casaquinhos igualmente lindos.

– Vermelho.

– Com rasgo ou sem rasgo? – agora ela me pergunta sobre seus *jeans*.

– Está um gelo lá fora.

– Mas o rasgado fica melhor com o casaco vermelho – ela atira o *jeans* sem rasgos de volta na mala, e eu reviro os olhos. – Só preciso ir do carro para o restaurante e do restaurante para o carro.

Ela entra no banheiro para se trocar e, quando volta, parece uma modelo nova-iorquina pronta para ir a um restaurante cinco estrelas em vez de uma adolescente em Big Bear indo tomar café da manhã no lugar do jantar em um restaurante local.

– Prontas? – meu pai grita. – O *trailer* está partindo.

Pego minha parca, e Mo, um lindo *blazer* estilo espinha de peixe e botas de couro de salto alto. Natalie, vendo a escolha da Mo, procura na bolsa dela e escolhe uma bota parecida, depois veste um casaco cor creme que vai até os joelhos.

– Gostei do seu casaco – Mo diz.

– Comprei na Itália. Custou mais de setecentos dólares.

Mo faz um trabalho incrível não esboçando qualquer reação. Eu, por outro lado, balanço a cabeça e digo num impulso:

– Olha, comprei o meu em Paris e custou oitocentos dólares.

Natalie sorri com desdém, desce as escadas irritada e passa pela porta pisando fundo.

Mo se vira para mim, e nós duas caímos na gargalhada, depois imitamos a caminhada altiva da Natalie.

– Garotas – minha mãe fala rispidamente, interrompendo nosso comportamento grosseiro.

Saímos na noite, e o frio rouba nosso fôlego.

5

O mundo simplesmente se transformou enquanto estávamos dentro da cabana: a neve no céu se enlaça em um véu que o cobre infinitamente, e o vento faz os flocos dançarem e rodopiarem antes de se acomodar em um manto branco. Tremo embaixo da minha parca. A temperatura também se transformou, e o calor do dia agora é apenas uma memória.

– Vamos – meu pai diz, segurando a porta do Millermóvel.

Mo, Natalie e eu vamos nos arrastando em direção a ele. Mo escorrega e desliza em suas botas.

– Finn, vem aqui na frente comigo – meu pai chama. – Vou te ensinar como dirige na neve.

Eu então pulo para o banco da frente.

Atrás de mim, minha mãe diz:

– Mo, cinto de segurança.

Coloco o meu também.

Andamos devagar, e as correntes nos pneus rangem solidamente à medida que descemos com cautela a estrada carregada de neve. Os limpadores do para-brisa vão de um lado a outro, e a visibilidade que os faróis proporcionam mal é de um metro à nossa frente, com a neve caindo espessa através de suas luzes.

A estrada está vazia. Além de nós, os únicos que usam a estrada de acesso são o corpo de bombeiros e invasores ocasionais cortando caminho da cidade de Cedar Lake até as pistas de esqui.

Meu pai não me instrui como ele prometeu, a atenção dele toda voltada à estrada. Já eu me ocupo com pensamentos sobre Charlie e o próximo baile.

– O que é aquilo ali? – aponto para um brilho colorido na nossa frente.

Meu pai diminui ainda mais a velocidade, e agora mal estamos nos movendo, então vemos que o brilho é um pequeno carro vermelho. Meu pai para o *trailer*, desce e está na metade do caminho para chegar ao carro encalhado quando a porta dele se abre e um garoto não muito mais velho do que eu sai. Os dois trocam algumas palavras e vêm caminhando na nossa direção.

– Pessoal, este aqui é o Kyle. Vamos dar uma carona pra ele.

Por mim, tranquilo. Superpodemos dar carona para um Kyle da vida toda hora. Um metro e oitenta, ombros largos, cabelos cor de mel e olhos verdes tão brilhantes que dá para vê-los a três metros de distância.

Ele observa o interior do *trailer*. Oz está afivelado ao lado da porta, segurando o Bingo. Minha mãe, tia Karen e tio Bob estão no banco de trás do Bentley. Chloe e Vance, com seus fones explodindo nos ouvidos, sentam-se na dinete, encostados na janela. Natalie está de um lado da mesa, e Mo, do outro. Ele sorri quando os olhos da Mo alcançam os dele e se senta ao lado dela, provando, além de tudo, que é um cara inteligente.

Voltamos para a estrada, contornando cuidadosamente o carro do Kyle.

Ele tem sorte de termos aparecido. Não imagino que muitos carros vão passar por este atalho nesta noite, e teria sido uma caminhada longa e fria para ele até a cidade.

Atrás de mim, Mo já desperta a atenção dele, e, mesmo sem eu nem precisar olhar, sei que Kyle está condenado. Um bando de caras já foi deixado de coração partido com o despertar encantador provocado pela Mo. Ela é uma garota do tipo *ame-os-e-depois-deixe-os-devastados-e-desnorteados*.

Olho para trás para confirmar, e, como eu já sabia, Kyle está virado de frente para ela, completamente cativado, enquanto Mo tece a sua teia, hipnotizando-o com sua beleza e suas doces perguntas, que parecem tão genuinamente interessadas, ouvindo as respostas dele como se ele fosse o cara mais fascinante do mundo.

Do outro lado, Natalie os encara, calada, e chego a criar um minúsculo vínculo de simpatia por ela, feliz por não ser eu a garota presa perto daqueles dois sentindo-me completamente invisível enquanto Mo faz a mágica dela acontecer. Meu pai pisa no freio, e, ao virar a cabeça, vejo o piscar dos olhos assustados de um cervo à nossa frente. O *trailer* dá uma guinada abrupta, depois desliza, os pneus da frente travam, e os de trás afrouxam. Tudo isso acontece muito lentamente. Mal estamos nos movendo. A parte de trás do *trailer* se choca contra algo duro, e os pneus dianteiros perdem a aderência. Parecem ser apenas alguns centímetros, mas devem ser vários metros, porque o para-choque dianteiro raspa contra a grade de proteção, o metal range ao se dobrar, e então paramos.

Respiro, aliviada, que alguém foi inteligente o bastante para pensar em construir uma barreira nesta perigosa faixa estreita. E o pequeno suspiro é suficiente. Como pontos se rasgando, os postes que seguram a fita de aço se rompem na encosta da montanha... *pop, pop, pop.*

E caímos.

Não há tempo para gritar. Como um míssil, caímos, meu cinto de segurança me suspende sobre o para-brisa enquanto a montanha, a neve e as árvores passam rapidamente. O pneu do lado do meu pai bate em algo duro, e nós ricocheteamos para a frente, depois para baixo novamente, agora não mais em linha reta, meu ombro preso no canto entre o painel e a porta.

No segundo seguinte, o *trailer* está tombado, e eu só o observo... como ele continua a deslizar, derrapando sobre a rocha e a neve. Olho para cima, incapaz de acreditar de que altura caímos, a estrada acima em um cume tão distante que não consigo nem mais vê-la.

Encontro-me do lado de fora, não sinto frio ou atordoamento, mas apenas por um segundo.

6

Estou morta.

Tão óbvio quanto perceber que se está sangrando. Você olha para baixo e vê sangue. No meu caso, olho para baixo e não vejo nada além da neve e da floresta ao meu redor, tudo instantâneo demais, real demais para ser um sonho. Sinto meu corpo... meus membros, meu coração, minha respiração... mas não sinto mais nada do mundo, o frio, a umidade, a gravidade ou o ar.

É chocante, mas inteiramente natural. *Como o nascimento*, acho. Não me recordo do momento em que nasci, da dor de chegar ao mundo. Ainda assim, eu sabia como respirar, mamar e chorar. A morte é muito parecida: não tenho nenhuma lembrança da experiência exata, do trauma da morte, mas minha compreensão deste meu novo estado é inata. Um pouco difícil de aceitar e um pouco inacreditável, sim, mas intuitivamente reconheço que estou morta e que meu corpo não faz mais parte de mim.

O vento uiva, e é estranho ouvi-lo, mas não ser afetada por ele. Vou em direção ao *trailer*. Não é difícil. Assim como o cérebro envia uma mensagem para a mão agarrar algo, apenas quero seguir em frente, e assim o faço. Minha alma existe, mas já não tenho mais nenhum envoltório físico que a restrinja. Ando livremente para onde quer que meus pensamentos me levem. Não há nenhuma luz branca ou buraco negro diante de mim, e, até onde posso dizer, estou sozinha. Embora eu não esteja mais viva, ainda sinto fazer parte do mundo, minhas emoções tão desesperadas como se eu ainda vivesse.

O *trailer* bate com tudo contra uma grande rocha que o faz girar até se chocar em uma árvore, e ele finalmente para.

Meu pânico muda para Mo, e, de repente, estou lá dentro, olhando para ela. Ela está de lado, com os olhos arregalados e as mãos apertando o assento. Natalie está do outro lado em uma posição parecida, com a diferença de que está berrando.

Oz está pendurado pelo cinto de segurança no que agora é o teto e berra ao meu pai para parar. Ele segura Bingo, que está agitado tentando se desvencilhar dos braços dele, mas que surpreendentemente ainda não o mordeu para soltá-lo.

Chloe e Vance e Kyle, o menino para quem demos carona, estão empilhados contra o assento do motorista junto de todos os jogos de tabuleiro, que normalmente estão dentro dos armários. O dinheiro e as cartas do Banco Imobiliário, assim como as folhas de pontuação do Scrabble, rodopiam no ar. Minha mãe, tia Karen e tio Bob estão amontoados um em cima do outro no meio.

Meu pai geme, fazendo com que eu vá até a cabine.

Grito, chamando pela minha mãe. Eu grito e grito. Meu pai precisa de ajuda. Mas minha voz não sai.

A parte da frente do *trailer* o esmaga. O corpo dele está de lado, preso entre a janela lateral do motorista e o volante. A perna, fraturada. A metade inferior do fêmur espetando pela calça *jeans*, e o sangue, pingando. O rosto, cortado por estilhaços e congelado, com cristais de gelo pairando sobre ele. Há sangue por toda parte.

Por favor, eu imploro, *por favor, ajudem ele.*

Os olhos dele se abrem, e ele geme mais uma vez, contraindo-se de dor e pânico enquanto pisca, procurando focar a visão. Ele murmura meu nome, vira-se e solta um grito horrendo. Eu então me viro para ver e rapidamente desvio o olhar. Minha morte não foi instantânea ou indolor como imaginei. Meus olhos e minha boca estão congelados em um grito silencioso, e minha cabeça, partida ao meio, pende grotescamente em frente ao meu pai. Sangue, tanto sangue que não consigo acreditar que meu corpo era capaz de sustentar toda aquela quantidade, respingos e poças dele ao lado do meu pai.

Ele tenta me alcançar e luta para se libertar, causando a si mesmo uma dor imensa, e eu grito, dizendo para ele ficar quieto, que estou bem, que não doeu. Grito todas essas coisas. Berro, penso nelas, mas ele não consegue me ouvir. Desesperadamente, meu pai continua tentando se desvencilhar, seus músculos tensionados e seu rosto contorcido em agonia, e tudo o que me resta fazer é olhar e rezar, até que finalmente minhas preces são atendidas, e ele desmaia de dor.

Minha mãe consegue se libertar da pilha de corpos embolados. Ela estremece quando vem cambaleando para a parte da frente, a mão pressionada contra as costelas e o corpo curvado. Tropeçando nas laterais do *trailer*, ela olha para Mo e Natalie em seus assentos, depois para Oz, dependurado acima dela. Ignorando os gritos dele e os latidos do Bingo, ela rasteja até os três que se amontoam atrás do assento do motorista.

Kyle consegue se soltar e se senta, atordoado, segurando o braço esquerdo. Vance tira Chloe de cima dele e também se senta. Há sangue por todo lado... salpicado nas paredes da cabine, ensopado no banco, gotejando pelo rosto da Chloe.

Vance encolhe-se e se olha para ver se o sangue vem dele enquanto minha mãe tira a franja da Chloe dos olhos dela, que estão fechados. Há um corte de duas polegadas na raiz dos cabelos. Minha mãe tira o cachecol dela, pressionando-o contra o corte, e Chloe geme.

– Você está bem – minha mãe diz.

Tio Bob se arrasta para o lado dela.

– Fica com ela – minha mãe pede, e tio Bob envolve o braço em volta da Chloe, deita-a no encosto do banco da dinete, que agora está no chão, e afasta suavemente o cachecol para examinar a ferida.

Atrás deles, tia Karen vai até Natalie. Ela ajuda a filha a se levantar e a leva até a parte de trás do *trailer*.

Minha mãe empurra Vance e Kyle para chegar à cabine e congela. Seu arfar é tão forte que, embora não mais alto que um sussurro, ressoa como um trovão contra o vento e o granizo e os gritos do Oz. Kyle fecha os olhos, e seus lábios se mexem em uma oração silenciosa. Vance olha fixamente para Chloe, e sua pele está pálida. Mo se estica para ver o que há na frente da minha mãe, o pânico e a preocupação estampados no rosto. Tio Bob olha para cima, agarra a mão do Vance, força-o a segurar o cachecol contra a ferida da Chloe, depois vai rapidamente para a parte da frente para ajudar minha mãe.

– Merda – ele murmura, quando chega lá.

Minha mãe se desequilibra, e tio Bob a pega.

Minha morte é horrível de se ver, e acho que minha mãe está prestes a entrar em colapso. O corpo inteiro dela treme, e ela respira violentamente de boca aberta. Meu pai solta outro gemido, e, como um interruptor, isso a puxa de volta da beira do abismo, e eu a vejo apertar os olhos para reunir um pouco de força interior, preparando-se antes de se virar para olhar para o meu pai.

O braço dele ainda está estendido, tentando me alcançar. Ela rasteja sobre o console central para chegar até ele.

– Jack – ela diz, alisando o cabelo dele para trás.

– Finn – ele geme.

– Shhh – ela o acalma, e ele o faz, desmaiando outra vez.

Na parte de trás, tia Karen e Natalie se agarram uma à outra.

– Mãe? – Natalie diz, e sua cabeça gira do abraço da mãe para olhar em direção à cabine do motorista.

– Shhh, querida. Não olha. Vai ficar tudo bem. Só não olha.

Tia Karen puxa o rosto da Natalie para o corpo dela.

Vance está sentado ao lado da Chloe, segurando o cachecol da minha mãe na cabeça dela. Mo permanece no mesmo lugar, lutando para desenganchar o cinto de segurança, e Oz ainda está pendurado no teto, segurando Bingo e gritando pelo meu pai.

Kyle se aproxima de Oz para ajudá-lo.

– Não – Mo grita, detendo-o.

Kyle se vira para ela.

– Deixa ele.

Oz esperneia e grita, mas Mo tem razão. Não é crueldade, mas necessidade.

Não há como lidar com Oz agora, e ele está melhor onde está.

Kyle se afasta do meu irmão e vai ajudar Mo a se soltar do cinto de segurança.

A adrenalina ainda mantém todos aquecidos; no entanto, em questão de minutos, eles vão sentir muito, muito frio. O para-brisa do *trailer* se foi, e o vento e a neve chicoteiam e redemoinham através da cabine. Meu pai está congelado pela neve e pelo meu cadáver, parcialmente enterrado.

O celular da minha mãe não funciona.

– Droga – ela diz, com o pânico estampado no rosto.

Sem sinal. Tio Bob engole em seco, pega o próprio telefone e balança a cabeça.

– A gente precisa levar ele lá pra trás – minha mãe pondera, processando a situação rapidamente e percebendo, como eu fiz, que o frio é o maior perigo neste momento.

Meu pai grita quando minha mãe e tio Bob, com a ajuda de Vance e Kyle, conseguem soltá-lo e o puxam para os fundos do *trailer*. Eles o colocam sobre o painel acima dos assentos. Ele está em péssimo estado, o rosto cortado em uma dúzia de lugares e a calça encharcada de sangue. Minha mãe e tio Bob ajoelham-se ao lado dele, Vance volta para perto da Chloe, e Kyle vai tentar libertar Mo do cinto de segurança.

– Minha bolsa – tia Karen diz. – Tem uma tesoura lá.

Kyle rasteja até a bolsa gigante dela, que foi arremessada para a parte da frente, como o restante das coisas, e faz uma busca dentro dela, tirando a enorme coleção de parafernálias típicas de bolsas: cosméticos, lenços de papel e antibacterianos, dois pacotes de biscoitos, celular, agenda, um pacote de M&M's, um bloquinho de papel, até finalmente encontrar um pequeno par de tesouras de manicure. Ele então se apressa de volta para soltar Mo.

Assim que está livre, ela passa por ele e vai até a cabine. Kyle a segue.

Ao me ver, ela solta um grito e cai para trás. Kyle a pega e a afasta de mim, puxando o rosto dela para o peito dele e tentando levá-la de volta para trás. Mas ela se recusa. Desvencilhando-se dele, Mo rasteja para a frente mais uma vez e pega na minha mão. Seus lábios se movem silenciosamente, falando comigo enquanto as lágrimas lhe escorrem pelas faces, e já sinto tanto a falta dela que é como se meu coração estivesse sendo partido em dois, e eu choro com ela, desejando desesperadamente que tudo isso não estivesse acontecendo.

Os olhos da Chloe estão abertos agora. Ela tirou o cachecol das mãos do Vance e pressiona ela mesma a ferida e observa, atordoada, tudo em volta. Ela olha para meu pai ao lado dela, depois para a cabine, e as lágrimas continuam a encher seus olhos. A mandíbula dela treme, e a vejo deslizá-la para frente para a fazer com que ela pare de tremer.

Bingo late, e Chloe olha para ele.

– Vance, ajuda o Bingo – ela pede.

Vance luta para tirar o cachorro das mãos do Oz, fazendo meu irmão gritar ainda mais alto. O rosto dele está vermelho tanto pela birra quanto por ficar pendurado de cabeça para baixo.

Kyle olha para Oz, e eu sinto o quanto ele quer tirá-lo dali, sua mandíbula e seus músculos se retraindo com o desejo de ajudar.

– O que você acha? – minha mãe pergunta ao tio Bob, que se agacha ao lado do meu pai examinando as feridas dele.

Os olhos do tio Bob piscam sem parar, e é óbvio que ele não tem a menor ideia de como lidar com aqueles ferimentos na frente dele. Ele é dentista,

não médico, um especialista em odontologia estética, e o que ele está olhando agora nada tem a ver com clareamento dental ou facetas. No entanto, após uma pausa momentânea reveladora, ele diz, quase convincentemente:
— Temos de colocar a perna no lugar e estancar o sangramento.

Não estou certa se a razão para o blefe dele foi o ego ou a força: se ele é arrogante demais para admitir que não tem noção do que está fazendo ou se está protegendo as mulheres da preocupação. De qualquer forma, sou grata pela última opção, pela confiança tranquilizadora dele, já que até Oz para de berrar e agora está só pendurado e choramingando.

Atrás deles, Natalie e tia Karen se agarram ainda mais forte, tremendo. Mo também treme, e eu quero dizer a ela para ir para trás, que lá está mais quente, mas ela continua sentada ao meu lado, segurando minha mão e chorando.

Nada do que eu quero que esteja acontecendo está acontecendo, e tudo o que posso fazer é observar. É a coisa mais frustrante e terrível do mundo. *Por favor*, eu imploro, *alguém ajude eles*. Mas, se existe um Deus neste novo mundo, ele é tão invisível como quando eu era mortal, e não há nenhuma resposta ao meu apelo. *Mo, vá lá para trás.*

Mo permanece sem reação, mas Kyle reage. Não tenho certeza se é por me ouvir ou se é apenas por perceber que pode fazer algo útil.

Seja qual for a razão, misericordiosamente, ele rasteja para a frente e gentilmente afasta Mo do meu corpo e do vento gelado.

Meu pai grita quando tio Bob puxa sua perna deformada para endireitá-la, fazendo com que tio Bob a solte e a falsa bravata dele instantaneamente se dissolva em pânico.

— Talvez seja melhor a gente deixar como está — ele gagueja, a verdade agora evidente para todos verem: ele ganha a vida embelezando o sorriso das pessoas e não está mais bem preparado para lidar com isso do que qualquer um dos outros.

7

Quando o choque inicial se esvai, a realidade fica clara: eles estão presos em uma tempestade de neve a quilômetros de distância da ajuda mais próxima. Eu estou morta. Meu pai está ruim. Tio Bob está com o tornozelo esquerdo machucado, e Chloe precisa de pontos. Essas são as feridas que podem ser vistas.

Mais assustadores do que elas, no entanto, são o frio e o vento que entram com tudo através do para-brisa. Kyle e Oz estão mais bem preparados para o mau tempo, ambos com botas de neve e luvas. Já Mo é a que está com o pior traje para a ocasião, com seu casaquinho de lã fina, *jeans* rasgados e botas de grife inúteis contra o frio. Ela treme ao lado de tia Karen e Natalie. Mãe e filha se abraçam forte, Natalie choramingando, tia Karen tentando acalmá-la, dizendo que vai ficar tudo bem.

– Qual é o plano? – Vance pergunta. – Quem vai buscar ajuda?

Todos olham para a minha mãe, mas é meu pai que fala entre os dentes cerrados.

– Ninguém. A gente tem que ficar aqui até de manhã.

O pânico causa calafrios em todos. Não são nem sete da noite. Faltam pelo menos doze horas para a manhã chegar.

– Sem chance – Vance diz.

Tia Karen levanta a voz:

– Não acho que dá pra esperar tanto tempo. Está um gelo aqui.

– Mas a gente tem – meu pai responde, tremendo mais de dor do que de frio. – Estamos completamente no escuro e ainda tem a nevasca. Saia por aí, e você não vai saber pra que lado está indo.

– Pra cima é o oposto de pra baixo – Vance retruca. – E nem fodendo que eu vou ficar aqui a noite toda.

– Vance, o Jack tem razão – minha mãe diz. – A gente precisa esperar até ficar claro.

– Tô com fome – Oz reclama, ainda pendurado.

– Oz, você precisa esperar – minha mãe responde, sem prestar muita atenção.

– Vocês prometeram panquecas.

Desta vez, ela simplesmente o ignora.

– Panquecas!

Ignorar Oz não funciona.

Vance coloca a touca dele.

– Vocês querem ficar aqui? Beleza, isso é com vocês. Eu vou pedir ajuda. Chloe, você vem?

Listras de sangue se espalham pelo rosto da Chloe, e ela ainda segura o cachecol da nossa mãe contra a ferida. Seus olhos se desviam do de Vance para olhar os outros e depois se voltam para ele.

– Não, a Chloe vai ficar aqui – minha mãe diz. – E, Vance, você também. Jack está certo. A gente precisa esperar até de manhã.

– Chloe? – Vance a incita, com as narinas dilatadas e os olhos semicerrados em desafio.

Chloe se levanta, cambaleante.

– Chloe – minha mãe fala outra vez, o medo entrelaçando a voz dela. – Você precisa ficar aqui.

Vance puxa Chloe para perto dele e envolve seu braço possessivamente nos ombros dela.

Minha mãe vai atrás.

– Chloe, a gente precisa ficar junto.

E, embora minha mãe não saiba, as palavras dela foram o empurrão que faltava. Tirando o cachecol de cima do machucado, ela se vira e cambaleia em direção ao para-brisa quebrado, cuidando para não olhar para meu cadáver ao sair, com o corpo vacilante e a mandíbula comprimida. Vance a segue e praticamente a empurra para a noite.

– Ann, não deixe a Chloe ir – meu pai geme, mas não há nada que minha mãe possa fazer. Ela está na beira da cabine, olhando para a escuridão através do para-brisa quebrado, mas a neve já os engoliu.

– Panquecas! – Oz continua a gritar. – Tô com fome.

Todos fingem que ele não está ali, exceto meu pai, que murmura:

– Oz, nada de panquecas, não hoje. Você precisa tomar conta do Bingo, entendeu? O Bingo também está com fome, mas não tem comida. Ele vai ficar com medo porque não entende o que está acontecendo, então você precisa cuidar dele.

Com esse último esforço, os olhos do meu pai reviram, e ele desmaia outra vez. Mas o feito dele foi incrível. Ele é o único que realmente entende Oz. Meu irmão parou de gritar, com a atenção agora desviada para a nova tarefa dele.

– Mo, me desce – ele pede. – O pai diz que eu preciso ajudar o Bingo.

Estou um pouco surpresa que Mo seja aquela a quem ele pede ajuda. Mas, quando olho para as opções, ela é mesmo a melhor escolha. Meu coração dói com a constatação de que já fui substituída.

Mesmo agora, minha mãe não olha para o filho dela, evitando-o da maneira como algumas pessoas evitam seus reflexos, não querendo ver o que o mundo faz com elas. A piada cruel é que Oz se parece tanto com ela... pele dourada e olhos de avelã com longos cílios. No entanto, assim como na casa dos espelhos do parque de diversões, Oz está distorcido, uma versão ampliada dela, e, desde que ele nasceu, ela se recusou a encará-la.

Minha mãe continua de pé, olhando para a noite, os punhos cerrados, e eu sei que ela está pesando entre a decisão de ir atrás da Chloe e ficar.

Consigo senti-la fazendo a escolha. Impossível. Uma filha saiu floresta afora. Marido e filho machucados aqui. E Mo. De maneira extremamente egoísta, suplico a ela que fique.

Mo se levanta. O corpo dela convulsiona de frio enquanto passa cuidadosamente pelo meu pai para chegar até o Oz. Kyle também se levanta, e, juntos, eles desafivelam o cinto de segurança e o ajudam a descer.

Oz se senta em um canto atrás do banco do motorista e chama Bingo para subir no seu colo. Ele sussurra:

– Sei que você tá com fome, Bingo, mas tem de esperar. Tá tudo bem. Você vai ficar bem. Vou cuidar de você.

Oz acaricia o pelo do Bingo, e ele deixa.

– Precisamos dar um jeito de tampar aquela janela ali – Kyle comenta, olhando para o para-brisa quebrado e arrancando minha mãe do transe da decisão tomada por ela. Já passou tempo demais para ela fazer qualquer coisa além de ficar.

– Ele tem razão – ela diz, piscando e com as lágrimas lhe escorrendo pelo rosto. – A única chance que a gente tem de passar por esta noite é bloqueando a tempestade de algum jeito.

Todos olham ao redor. O Millermóvel não oferece muito em termos de suprimentos. Não é o tipo de *trailer* usado para acampar. É mais um veículo de surfista, uma forma barata de viajar e carregar brinquedinhos como pranchas de surfe, caiaques e bicicletas. Basicamente, uma caixa de metal com alguns assentos e uma mesa.

– Neve – Mo diz. – A gente pode usar os tabuleiros dos jogos e galhos, se a gente conseguir encontrar, e aí juntamos tudo com a neve, como os esquimós fazem.

Mo é simplesmente brilhante. Um dia, ela fará coisas grandiosas. Como MacGyver, dê a ela um clipe de papel e um rolo de fita adesiva, e ela construirá um avião a jato.

Mo não precisa falar duas vezes para Kyle entrar em ação. Colocando suas luvas, ele se arrasta em direção à abertura no *trailer*. Tio Bob vai mancando atrás, com o tornozelo machucado, e minha mãe e Mo o seguem.

Em um piscar de olhos

Minha mãe se vira, e o giro lhe causa um choque de dor que a congela. Esforçando-se para controlar a respiração e a contração dos músculos do rosto, ela diz:

– Mo, fica aqui.

– Eu posso ajudar – Mo responde, com os dentes batendo entre os lábios azulados.

– Fica – minha mãe diz com mais firmeza, e Mo não fala mais nada.

Depois que minha mãe sai, Mo volta sua atenção para meu pai. As mãos dela tremem incontrolavelmente, mas ela consegue abrir o casaco dele e tirar os braços do meu pai das mangas. Ela então os cruza sobre o corpo dele, depois fecha novamente o casaco e amarra as mangas. O casaco agora é uma espécie de casulo, e as mãos dele estão protegidas.

Meu pai desperta com Mo mexendo nele.

– Finn? – ele murmura, desorientado, com os olhos abertos.

– Sou eu, senhor Miller – ela responde com a voz falhando.

Quando meu pai percebe que não sou eu, ele chora, e as lágrimas instantaneamente congelam em suas faces cortadas.

– Obrigado – ele diz, voltando à inconsciência logo depois.

Ela olha para a perna dele e estremece, mas não é o sangue que a faz ter essa reação. Seu estremecimento é compadecendo-se pela dor dele, e eu a vejo rezar para que ele continue inconsciente. E é quando os olhos dela voltam para o rosto do meu pai que ela percebe algo apontando do bolso do casaco dele: uma luva. Ela a empurra para dentro do bolso, fora da vista dos outros.

8

Por mais frio que esteja dentro do *trailer*, do lado de fora está infinitamente pior. O vento uiva ferozmente, chicoteando a neve em duras bolas de gelo que golpeiam e cortam a pele. Minha mãe levanta o rosto, expondo-se ao ataque violento, examinando através do véu de lâminas em busca da Chloe, mas já não há nenhum rastro dela ou de Vance.

Apenas Kyle usa luvas. Minha mãe enrola o cachecol nas mãos. Tio Bob rasteja de volta para dentro do *trailer*, e eu o sigo.

– Oz, preciso das suas luvas – ele diz, aproximando-se do meu irmão.

Má ideia.

Oz ainda segura Bingo e o acaricia com suas mãos enluvadas. Ele está vestido para o frio porque meu pai havia prometido que eles fariam um boneco de neve em frente ao restaurante depois do jantar, tradição seguida pelos dois toda vez que comemos no Grizzly Manor.

Os olhos de Mo deslizam para o bolso do meu pai, mas ela não diz nada.

– Oz, eu devolvo depois – tio Bob continua. – Mas preciso delas agora pra bloquear o vento.

– Não – meu irmão responde, com seu jeito tipicamente brusco, cruzando os braços e enfiando as mãos nas axilas.

– Oz, me dá suas luvas – tio Bob ordena, tentando uma abordagem diferente, a mão estendida com autoridade.

Reviro meus olhos. Tentar argumentar, racionalizar, exigir ou convencer Oz a fazer algo que ele não quer é uma completa perda de tempo. Isso simplesmente não vai rolar. Tio Bob, por mais inteligente que seja, pode ser bastante estúpido. E, mesmo conhecendo meu irmão desde que nasceu, não compreende realmente a deficiência dele.

Descrevo Oz como simples. Alguns diriam que ele é burro, mas é mais complexo do que isso. A mente do meu irmão funciona de um jeito muito rudimentar, confiando mais no impulso do que na reflexão como forma de sobrevivência. Se ele vê um biscoito, ele vai lá e come. Se ele precisa ir ao banheiro, ele abaixa as calças e vai. A cognição dele não se estende a pensamentos calculados ou emoções complexas como compaixão, empatia ou simpatia. Ele compreende suas próprias necessidades e age com base em instintos básicos para satisfazê-las. Isso não quer dizer que ele não ame ou não se preocupe. O coração dele é grande como o de um elefante, mas as coisas precisam ser apresentadas de uma maneira que ele possa compreender. Se tio Bob lhe pedisse para ajudar a fechar a janela, Oz trabalharia até desmaiar e não daria nem um pio. Ou, se ele pedisse a Oz para "compartilhar" as luvas, "uma para você, uma para mim", Oz faria isso também. Ele poderia até "revezar" as luvas. Esses são conceitos ensinados a Oz e que ele consegue entender.

Mas tio Bob não sabe disso. Ele enxerga Oz apenas como um pateta com as luvas de que ele precisa para poder fechar o buraco. Ele então se aproxima impacientemente do meu irmão. A bondade dissimulada já era, e o olhar dele agora é de raiva.

Oz tem apenas treze anos, e tio Bob pensa erroneamente que, por isso, ele pode simplesmente se apoderar das luvas, o que é uma idiotice. Embora tio Bob seja uns oito centímetros mais alto, trinta anos mais velho e muito mais esperto, é como acreditar que, por ser mais alto, mais velho e mais esperto que um urso-pardo, você vencerá um confronto contra ele.

Tio Bob agarra a manga de Oz para puxar a luva, mas, rápido como um tubarão, Oz se curva e o morde. Com força.

Tio Bob puxa a mão, as marcas dos dentes impressas na pele.

— Animal — ele fala rispidamente. — Maldito animal.

Oz enfia suas mãos com luvas de volta embaixo dos braços, e tio Bob manca para fora do *trailer*, sem luvas e praguejando.

Ele encontra minha mãe e Kyle ao lado do chassi. Os dois tiraram meu cadáver da cabine e o levaram para a parte em declive do *trailer*. Assim, ele não seria enterrado quando enchessem o para-brisa de neve. Fui colocada atrás da roda da frente, onde, de certa forma, ficarei protegida.

Minha mãe chora ao me despir, tirando minhas botas, meias e calça de moletom. Kyle tira minha parca e minha blusa de moletom. Assisto à cena, grata por estar escuro o bastante para ele não ver minha nudez, o que é ridículo, já que estou morta, mas me sinto envergonhada mesmo assim.

Quando terminam, minha mãe leva a roupa para dentro do *trailer*.

— Mo, vista — ela diz, colocando a pilha ao lado da minha amiga.

Mo engole em seco e treme por um motivo a mais do que meramente o frio: mesmo em meio à escuridão, o sangue no meu casaco é perceptível.

— São da Finn? — Natalie pergunta, soluçando, e percebo que ela pode ter acabado de se dar conta de que não estou lá ou apenas se lembrou disso. O cérebro dela não processa por completo o que está acontecendo.

Minha mãe levanta a cabeça, quase surpresa ao ver tia Karen e Natalie, como se ela tivesse se esquecido de que as duas estavam ali.

Os olhos da tia Karen vão de um lado a outro, com as pupilas dilatadas.

— A Natalie deveria ficar com as botas — ela diz, com seu olhar selvagem fixando-se nas roupas e apertando a filha contra o corpo.

O rosto da minha mãe se inclina para processar as palavras da tia Karen, como se tentasse redirecionar a rota de seus pensamentos para inserir dados adicionais. Tanto Mo quanto Natalie estão com botas que pouco protegem contra o frio. Os próprios pés da minha mãe estão cobertos apenas por coturnos, não muito melhores que as botas das duas.

Talvez seja a ferocidade com que tia Karen olha para minha mãe, ou talvez seja o fato de tia Karen não ter movido uma palha para ajudar a tampar a abertura, ou talvez seja porque estou morta e Mo é minha melhor amiga, ou talvez seja porque ela fez uma promessa à senhora Kaminski de cuidar da Mo, ou talvez seja porque minha mãe não consegue reprocessar a decisão. Seja qual for o motivo, minha mãe dá as costas para tia Karen e repete:

– Mo, vista. – Então, sem mais palavra, ela se vira e volta para o combate.

Mo mal consegue mexer o corpo. Seus músculos convulsionam violentamente, e seus dedos estão congelados. Finalmente, ela consegue colocar meu casaco e minha parca. Depois, tira as botas, coloca minha calça de moletom por cima de seus *jeans* rasgados e enfia os pés nas minhas UGGs, tão pequenas para ela. Minhas meias ela usa como luvas. Por último, ela aperta o elástico no capuz da minha parca na altura do queixo, bloqueando-se do vento e do olhar furioso de tia Karen.

9

Minha mãe, tio Bob e Kyle trabalham corajosamente para impedir que a tempestade atinja a parte de dentro do *trailer* – um ataque de fúria ártico que me faz lembrar das histórias que já li sobre tempestades de vento oceânicas capazes de engolir enormes navios inteiros. A força da nevasca me faz clamar pela Chloe, quando penso nela presa em toda a sua fúria, e, de repente, estou ao lado da minha irmã e perco o ar ao perceber o problema em que ela está metida.

Vance e Chloe cometeram um erro, um erro terrível. Já estão tão perdidos que é impossível para eles saber qual caminho seguir. A escuridão é absoluta. O vento e o frio os açoitam enquanto eles andam cegamente, cambaleando na tundra irregular, por vezes afundando até os joelhos, e então tropeçando e deslizando em granitos escorregadios e no gelo. Vance tenta diferenciar qual direção é para cima e qual é para baixo, algo impossível aqui, já que para cima se torna para baixo rapidamente ou íngreme demais.

A lógica deveria dizer a eles para parar, encontrar abrigo atrás de uma árvore e esperar a noite passar, mas o desespero e o frio congelaram toda a razão do Vance. E assim ele segue, olhando para trás com frequência para ver como Chloe está, ajudando-a quando ela tropeça e assegurando que eles ficarão bem.

Chloe não está bem. O corte dela já não sangra mais, mas alguma coisa está errada. Ela se desequilibra, e seus passos são vacilantes, como se estivesse bêbada.

– Vai – ela diz em certo momento, quando seu pé fica preso e Vance volta para ajudá-la.

Há um momento de hesitação que me arrepia até o fundo da alma, antes de ele responder:

– Não, não vou te deixar.

Ela choraminga e acena com a cabeça, e eles continuam, com Chloe cambaleando atrás e tentando se segurar enquanto Vance, teimosa e corajosamente, abre passagem, ainda acreditando que ele será um herói e que, de alguma forma, salvará todos eles.

10

Minha mãe, tio Bob e Kyle tremem intensamente ao voltar para o *trailer* através da porta que agora está no teto. Kyle desce primeiro, movendo-se com a graciosidade de um atleta. Minha mãe é a próxima, retraindo-se de dor quando Kyle agarra a cintura dela para ajudá-la a descer. Juntos, eles ajudam o tio Bob, que desce desajeitadamente, tropeçando quando o colocam de pé. Seu tornozelo esquerdo cede e o joga no chão.

Tia Karen se levanta, ajuda-o a ficar de pé e depois o guia até ele se sentar entre ela e Natalie. Ela esfrega as mãos dele e envolve seu cachecol nas orelhas vermelhas dele.

Minha mãe entra em colapso ao lado do meu pai. O corpo dela treme tão violentamente que ela parece estar sofrendo um ataque epiléptico.

Kyle encontra um lugar no canto, coloca os joelhos contra o peito e treme sozinho.

São oito da noite.

– Eles vão vir procurar pela gente – tia Karen diz após alguns minutos, e é então que a verdadeira miséria se instala.

Todos os olhos se voltam com esperança para Kyle e Mo, os órfãos deserdados do grupo com suas respectivas famílias em casa para se preocupar com eles.

Kyle balança a cabeça.

– Meus colegas de quarto vão pensar que fui pra casa da minha namorada. Minha namorada vai pensar que fui pra minha casa.

O lábio inferior da Mo estremece ao confessar:

– Fiz minha mãe jurar que não ia me ligar, e também disse que não ia ligar pra ela. A gente até brigou feio por causa disso.

A esperança se esvazia. Ninguém vai procurar por eles: não nesta noite, não amanhã. Ninguém desconfiará de que estão desaparecidos por pelo menos dois dias. Minha mãe aperta os olhos, e sei que ela está pensando na Chloe. Observo a mandíbula dela travar ao cerrar os dentes na tentativa de mantê-la unida. Já Mo não se preocupa em esconder as emoções: lágrimas pingam quando ela enterra o rosto nos joelhos.

Os minutos passam lentos como horas, com o frio e o vento batendo contra o *trailer*, balançando-o. No início, cada um lida com a situação de maneira diferente. Natalie reclama e chora, agarrada à tia Karen, que tenta fazê-la se acalmar e diz para ela segurar as pontas. Tio Bob está inquieto e não para de se mexer, na tentativa de se manter aquecido. Minha mãe e Mo formam um sanduíche contra meu pai, uma de cada lado, lágrimas silenciosas escapando enquanto pensam em mim e se preocupam com meu pai e com Chloe e Vance. Meu pai misericordiosamente continua inconsciente, seu arfar e seus gemidos ocasionais confirmando que ele ainda está com eles. Kyle se afunda em sua parca, mas, mesmo tremendo, parece estar indo melhor que os outros, com exceção de Oz, que dorme com Bingo no colo, aparentemente imune ao frio e ao drama ao redor.

Observo, sentindo o sofrimento deles e desesperada para ajudar, mas incapaz disso.

Durante as primeiras horas, é assim que permanecemos, até que, perto da meia-noite, o frio beira o intolerável, e as diferenças de como cada um sofre diminuem até todos eles o suportarem em um estado uniforme de sobrevivência. Ninguém mais se inquieta, reclama ou chora. Todos estão de olhos fechados, queixos encolhidos, corpos enrolados firmemente enquanto rezam pela chegada da manhã e para terem resistência suficiente para aguentar até lá.

Quando já não aguento mais assistir ao sofrimento deles, volto para o lado da Chloe, fazendo eu mesma uma oração para que algum tipo de orientação divina tenha intervindo e milagrosamente levado ela e Vance à salvação, e que a ajuda para os outros chegue em breve.

11

Deus é cruel, ou Deus não está ouvindo.

Chloe e Vance continuam a atravessar a vasta e gélida escuridão, completamente indistinguível da vasta e gélida escuridão percorrida por eles nas últimas seis horas. A distância entre os dois agora é bem grande. Chloe afasta-se cada vez mais, e Vance olha para trás cada vez menos.

Permaneço com Chloe enquanto ela cambaleia para a frente. Sua força é quase inexistente, e o corpo vacila perigosamente. Caminhamos à deriva. Ela então tropeça, cai de joelhos e não se levanta mais.

Levanta, Chloe.

As mãos dela estão nos bolsos, e o rosto, caído, com o queixo dobrado contra o peito. Vance olha para trás e a vê, dá um passo para voltar e se afunda até a panturrilha. Com um esforço enorme, ele consegue levantar o pé e voltar para terra firme. Por um longo instante, ele fica ali, encarando-a através do véu de neve, e eu sinto o conflito dentro dele, sua hesitação e seu medo. Cerca de trinta metros separam os dois: um oceano, quando se considera o esforço necessário para atravessá-los.

As lágrimas congelam em suas faces queimadas pelo frio, até que, por fim, ele as limpa com as costas de suas mãos gélidas, vira e cambaleia para longe. E, por mais que eu o odeie, parte de mim também o entende. Ele é apenas um garoto e está perdido em uma nevasca e não quer morrer. Se ele ficar, é isso o que vai acontecer. Os dois vão morrer. Ele então dá um passo para longe dela, e mais outro.

Uma dúzia de passos depois, ele para, e eu o observo perceber o que fez e a vergonha se abater. Ao se virar, o rosto dele se transforma em uma máscara de pânico espreitando na escuridão, desesperado para descobrir o caminho de volta e, assim, recuperar a hombridade que ele pensava ter. Mas, assim como tantas coisas que gostaríamos de desfazer na vida, agora é tarde demais: as pegadas dele já se apagaram, e Chloe se foi.

Ele acredita ter visto o caminho e o segue, mas ainda está a alguns graus de distância: perto, mas longe demais para que ela o ouça e ele a enxergue. Já eu vejo os dois e quero guiá-lo. No entanto, mesmo eu estando ao lado dele, Vance está sozinho e não tem ideia do quão próximo está.

Finalmente, derrotado e entorpecido, ele desiste, e eu o assisto cambalear de volta na direção que ele acredita ser a certa, agora sua única esperança de salvação para, de alguma forma, encontrar uma saída e que outros possam voltar e salvá-la.

Ao presenciar essa cena, chego a considerar que talvez isto aqui seja o inferno: uma existência invisível e silenciosa, onde não se tem capacidade de ajudar aqueles que se ama, onde se é forçado a vê-los lutar e sofrer. Em vida, não rezei nem minha família foi à igreja, e agora me pergunto se essa é a razão da minha condenação, a punição por não adorar da maneira como deveria ou por não oferecer arrependimento pelos meus pecados.

Eu o ofereço agora. Do fundo do meu coração, peço a Deus que poupe minha família e Mo e tia Karen e tio Bob e Natalie e Vance e Kyle de qualquer sofrimento e que me liberte deste mundo, se não para o céu, pelo menos para um lugar onde eu possa encontrar a paz, aliviar a minha angústia e me livrar de ter de testemunhar mais a destruição de tudo o que amo.

Chloe permanece como estava, ajoelhada na neve, com as mãos ainda nos bolsos e as nuvens de fumaça saindo de sua boca.

Lute, Chloe, eu imploro. Por favor, Chloe. Você tem de fazer isso. Você tem de tentar.

E ela tenta. Com um esforço heroico, ela fica de pé, cambaleia na direção de um grande pinheiro à direita dela e se joga contra ele, deslizando para dentro de um buraco na base da árvore e enrolando-se para poder descansar.

12

Finalmente, a noite eterna começa a clarear, a escuridão absoluta dá lugar ao cinza e, quando está claro o suficiente para minha mãe conseguir enxergar o vapor de sua respiração, ela se desenrosca rigidamente do meu pai e força seus músculos congelados a se estender.

Meu pai está tão pálido que me preocupo que ele esteja morto, e a dor começa a tomar conta de mim, mas então Mo também se levanta, e ele geme. Engulo o choro e vejo minha mãe fazer o mesmo.

Os ferimentos oriundos do acidente se estabilizaram durante a noite, e nesta manhã fica óbvio que minha mãe está sofrendo com muita dor. Ela se dobra por causa das costelas machucadas. O rosto do meu pai está tão inchado e ferido que não dá para reconhecê-lo. Seu *jeans* ficou preto com o sangue, e sua respiração é fraca. Tio Bob coloca os pés da Natalie nas mangas do casaco dele, uma ideia criativa para evitar que os dedos dos pés dela congelem, e se contorce ao se levantar sobre o pé machucado. O tornozelo tem o dobro do tamanho normal. O lado esquerdo do rosto do Kyle está ferido, e ele flexiona os ombros para suprimir um pouco da dor causada pelo impacto. Fora isso, ele parece ok. Os outros – tia Karen, Natalie, Mo e Oz – estão bem, tirando a exaustão, a sede, a fome e o frio.

Tio Bob vai até a porta, sobe na beirada da mesa e consegue abri-la, deixando entrar uma rajada de ar frio. Ele é alto o bastante para sua cabeça passar pela abertura, mas, com apenas uma perna, não tem força suficiente para subir sozinho. Ele está inquieto, desconfortável, e sua bexiga em uma óbvia necessidade de se aliviar.

Kyle se aproxima do banco ao lado do tio Bob, faz de suas mãos um estribo, e o ajuda a tomar impulso.

– Precisa ir ao banheiro? – Kyle pergunta a Oz, que assente, e Kyle o chama:

– Vamos lá.

– Bingo também – Oz diz.

– Bingo também.

Mo observa, e seus olhos marejam com a gentileza de Kyle.

Mas Oz não precisa que deem pé para ele. Sozinho, sobe na borda da mesa, depois se puxa com facilidade para fora. Kyle levanta Bingo, e Oz se abaixa para pegá-lo. Então Kyle iça-se atrás deles e fecha a porta.

Minha mãe examina meu pai. Ela olha para a perna dilacerada dele, verifica o pulso e, então, mais ternamente do que eu jamais a vi se comportando com ele, os lábios dela tocam gentilmente os dele.

– Vou buscar ajuda – ela sussurra, enquanto alcança os bolsos dele, pega as luvas e as enfia em seu casaco.

Por um instante, eu me ponho a pensar em como ela sabia das luvas e por que não as usou durante a noite. A resposta está no deslizar dos olhos dela em direção a Mo, que ainda olha para a porta pela qual tio Bob, Kyle e Oz saíram pouco antes. Confiança. Mo contou a ela sobre as luvas. Elas confiam uma na outra, mas nenhuma das duas confia inteiramente nos demais.

Os meninos estão de volta. Kyle entra primeiro e estende os braços para Bingo, abaixado por Oz, e depois ajudam tio Bob.

– Continue aí, Oz – Kyle diz. – Agora é a vez das meninas, e elas precisam da sua ajuda para subir.

Kyle dá pezinho a cada uma, e Oz as puxa para fora.

Em todas as vezes, Kyle diz "Bom trabalho, amigão", e Oz sorri com orgulho.

A nevasca agora tem apenas metade da intensidade da que viveram na noite que terminou. Embora o tempo ainda esteja frio e o vento ainda sopre forte, já é possível ver as árvores e diferenciar o que está para cima e para baixo.

Tia Karen e Natalie voltam rapidamente para o *trailer*. Minha mãe segura Mo pela manga. Oz está ao lado delas, esperando para dar-lhes impulso para entrar no veículo.

– Vou pedir ajuda – minha mãe fala.

Mo morde o lábio inferior para parar de tremer e luta para segurar as lágrimas. Minha mãe a puxa para os braços dela, fazendo a represa se romper. Mo chora contra o ombro dela, e isso é estranho para mim, é estranho testemunhar, observar a maneira como minha mãe a segura e acaricia o cabelo dela. Não me lembro de uma única vez que minha mãe tenha me segurado desse jeito ou tenha sido tão amável. Até onde sei, ela jamais agiu assim também com Chloe ou Aubrey, e uma pontada de ciúme me pega de surpresa ao pensar: se fosse eu, ela seria tão gentil? A voz da minha mãe é bem baixa quando ela diz:

– Você tem que tomar conta do Oz e do Jack. Até eu voltar com ajuda, você tem de tomar conta dos dois.

Há um tom de alerta nas palavras dela.

Mo se afasta, seca as lágrimas e então faz algo notável, algo tão incrivelmente a cara da Mo, que eu sinto ainda mais a falta dela.

– Você precisa dessas botas – ela diz jogando-se na neve e arrancando as UGGs, com os pés no ar para eles não se molharem.

– Mo...

– Sem conversa. Você precisa buscar ajuda, e as botas da Finn vão te levar até lá.

Essas palavras foram cuidadosamente escolhidas, e minha mãe acena com a cabeça, depois se senta ao lado dela para trocar as botas. Minhas UGGs cabem perfeitamente na minha mãe. Por dois anos, nossos calçados foram do mesmo tamanho.

A cabeça do Kyle aponta pela porta do *trailer*.

– O que está acontecendo aí fora?

– Por mais divertido que tenha sido ficar aqui nesse frio – minha mãe diz, bravamente, pela Mo –, acho que é hora de chamar a cavalaria. Vou buscar ajuda.

Sem hesitar, Kyle sai:

– Vou com você.

Minha mãe consente, e esse é todo o preâmbulo existente antes de eles começarem a caminhar de volta na direção onde caímos. Oz ajuda Mo a subir no *trailer*, depois ele mesmo se levanta, e, juntos, os dois observam minha mãe e Kyle desaparecerem através do véu branco. Só eu noto que minha mãe não se despediu do Oz.

13

– Aonde eles vão? – Oz pergunta.

– Conseguir ajuda.

– Tô com fome.

– Eu também – Mo diz, e, surpreendentemente, esse simples entendimento compartilhado funciona, e Oz balança a cabeça.

Tia Karen, tio Bob e Natalie encaram Mo e Oz do fundo do *trailer* quando os dois voltam para dentro.

– Cadê a Ann? – tio Bob questiona.

– Foi pedir ajuda.

– Ah, graças a Deus – tia Karen diz. Já o semblante do tio Bob é de tensão, e os olhos dele desviam para o para-brisa cheio de neve. Ele flexiona o tornozelo e estremece, confirmando para si ou os outros a razão de não ser ele o herói.

– O garoto foi com ela? – ele pergunta, com a voz apertada de preocupação pela minha mãe.

– Kyle – Mo responde e se abaixa ao lado do meu pai.

Oz volta para o canto em que estava e coloca Bingo no colo.

Tio Bob continua a olhar para a neve, enquanto tia Karen observa Mo tirar as botas pequenas demais da minha mãe e trocá-las por suas próprias botas geladas, os dedos congelados lutando para conseguir agarrar o couro rígido. A amargura residual pelo fato de as minhas UGGs terem sido dadas a Mo em vez de Natalie transparecem no rosto dela.

A expressão da Natalie é mais complexa de ser lida. Há uma leve ruga na testa dela, e é difícil ter certeza, mas, se não estou enganada, além da expressão de desprezo que espelha o rosto da mãe dela, há uma de respeito, talvez por saber que, se minha mãe tivesse dado minhas botas a ela em vez de a Mo, ela não teria se oferecido para devolvê-las.

Após Mo fechar suas botas, ela rasteja em direção à cabine. As bolsas da minha mãe e da Chloe ainda estão onde foram parar após o acidente, jogadas contra o assento do motorista juntas das cartas dos jogos, das fichas de pôquer e das cartas do Scrabble. Tia Karen pegou a bolsa dela e a enfiou ao lado do corpo.

Mo vasculha a bolsa da minha mãe primeiro: algumas centenas de dólares em espécie, cartões de crédito, óculos de sol, maquiagem, uma escova de cabelo, duas dúzias de recibos, seis canetas, tampões e um cardápio do restaurante tailandês local. Já a bolsa da Chloe se mostra mais proveitosa: além de toda a maquiagem inútil e das embalagens vazias de doces, há uma cópia desgastada de *Orgulho e preconceito*, uma meia-calça preta e um isqueiro BIC. Mo astutamente guarda a meia-calça no bolso e separa o livro e o isqueiro, além dos recibos e das notas. Ela continua na cabine e perde um pouco as forças ao ver os assentos encharcados de sangue, mas continua a vasculhar o console, encontrando alguns mapas, o boné do meu pai e uma cenoura, que ele provavelmente tinha colocado lá para o boneco de neve que faria com o Oz. A cenoura também vai para o bolso. Ela agora leva o boné mais os artigos para ignição que encontrou de volta para a parte de trás do *trailer*.

O semblante de tio Bob fica carregado ao ver o boné, já que sua própria cabeça está desprotegida, e minha pele formiga de preocupação. A sutil mudança de dinâmica após minha mãe e Kyle terem ido é inquietante. Tio Bob, tia Karen e Natalie agora de um lado. Meu pai, Mo e Oz do outro. Olho para onde estava a bolsa de tia Karen e percebo que ela a empurrou mais para baixo do banco, para escondê-la.

14

Minha mãe e Kyle logo percebem que voltar diretamente pelo caminho em que caímos não é uma opção. O lençol de granito gelado pouco oferece em termos de suporte e menos ainda de abrigo contra o vento feroz que atinge o rosto deles no momento em que se ultrapassa a linha das árvores, e que poderia facilmente soprar até mesmo os alpinistas mais fortes para a morte.

Em vez disso, minha mãe e Kyle atravessam angularmente. Ela tem o cuidado de manter o sol atrás deles, garantindo, assim, que estejam indo para o norte, na direção da cidade. Quando possível, eles sobem, mas frequentemente não conseguem, chegando a um impasse e sendo forçados a descer.

No início, minha mãe toma a dianteira, mas logo fica claro que Kyle tem uma tração melhor, e ele assume a liderança. Nas partes mais íngremes, ele cava e usa o cachecol da minha mãe para ajudá-la a subir.

Os dois fazem progressos lentos e inconsistentes. Consigo ver que estão se aproximando da estrada, mas eles não têm como saber disso. Os lábios da minha mãe têm bolhas, e suas faces estão queimadas, mas todo o esforço parece tê-la aquecido, e apenas os pés dela aparentam estar doloridos pelo frio.

Kyle parece não ter sido afetado, ou talvez ele simplesmente não seja do tipo que reclame. Estoicamente, ele marcha adiante, forjando a trilha e olhando para trás com frequência para ver como a minha mãe está. E, quanto mais o observo, mais minha admiração aumenta e mais me pergunto sobre ele... sobre quem ele é, sua família, sua namorada, como ele acabou morando em Big Bear, no que ele está pensando, se está assustado. Parece tão estranho que ele faça parte disso, mas que saibamos tão pouco sobre ele.

Os olhos da minha mãe deslizam de um lado para o outro durante o trajeto, escaneando o ambiente como um falcão, e eu consigo sentir a esperança dela de que, de alguma forma, eles trombem em Chloe e Vance. Só eu sei que eles não estão nem perto disso: uma vasta floresta repleta de neve, rochas e árvores os separam, Chloe ainda se amontoa no buraco da árvore que ela conseguiu alcançar na noite passada, e Vance continua a cambalear, embrenhando-se cada vez mais profundamente na mata.

15

– Oz, você pode me levantar de novo? – Mo pede.

– Aonde você vai? – tio Bob pergunta, com a suspeita enredando suas palavras, e uma nova corrente subterrânea de desconfiança cresce a cada minuto entre eles.

– Vou buscar água pra nós.

Natalie se anima, e tia Karen lambe os lábios. O grupo não comeu nem bebeu nada desde que saímos da cabana, quinze horas atrás.

Tio Bob pisca, e seu olhar de desconfiança é substituído por um clarão de vergonha.

– Você precisa de ajuda?

Mo sacode a cabeça negativamente um pouco rápido demais.

– Só preciso pegar um pouco de neve.

Meu irmão dá pé para ela, assim como Kyle fez, e iça Mo através da porta. Ela a fecha depois de passar e aperta os olhos contra o brilho do dia, agora ofuscantemente claro. Mo vai rápido para perto da porta, que está sem neve por ter sido aberta e fechada, e tremo ao vê-la tirar minhas calças e as dela que estão por baixo para colocar a meia-calça da Chloe.

Depois sorrio para o brilhantismo dela, sabendo que, propositadamente, Mo esperou tempo suficiente passar para os outros não pensarem no que mais ela poderia ter recuperado das bolsas e do console.

Mo se veste rápido, e nós duas sentimos a culpa por ela usar uma proteção de que Chloe precisa desesperadamente. Vejo-a fechar os olhos em uma oração silenciosa, e rezo com ela, esperando que Chloe possa me sentir.

Ao terminar, ela dá duas dentadas na cenoura, colocando-a depois de volta no bolso, e então recolhe um pouco de neve da parte de cima do *trailer* e a joga na bolsa da Chloe. Ela sobe de volta pela porta, e Oz a ajuda a descer.

Tio Bob, tia Karen e Natalie observam curiosamente enquanto Mo rasteja sobre o assento até a janela lateral do *trailer*, que agora está no chão. Ela quebra o estojo dos óculos de sol da minha mãe, tira o forro de feltro e arranca a cola o melhor que pode. Usando as páginas do livro e o isqueiro BIC, ela faz uma pequena fogueira e a usa para derreter a neve no estojo, que é raso e mal comporta alguns mililitros. Mas o método funciona, e, após uma dúzia de páginas, ela tem um pequeno recipiente do líquido precioso.

Ela despeja a água entre os lábios ressequidos do meu pai, e eu me alegro quando o vejo engolir.

A próxima leva ela dá a Oz, que a engole avidamente e, de novo, diz que está com fome.

– Eu também – Mo responde.

Depois, ela dá a Natalie, que agradece.

– Bingo – Oz diz, quando Mo retorna à chama outro pequeno monte de neve.

Tio Bob e tia Karen observam silenciosamente, esperando Mo tomar a decisão de a quem vai dar as preciosas gotas, a eles ou ao cachorro. A própria Mo ainda não bebeu.

Quando a neve está quase transformada, Mo olha para Oz.

– Oz, Bingo é um cachorro. Ele pode aguentar muito mais tempo do que as pessoas sem água.

– Não – Oz diz, puxando Bingo com mais força. – Ele tá com sede.

Mo estende o estojo para tia Karen, que o tira cuidadosamente das mãos trêmulas dela.

Não, eu grito. É a vez da Mo. Ela é a próxima MAIS NOVA. Meu ódio pela tia Karen é imediato e avassalador. De todas as coisas que ela fez ou deixou de fazer desde o acidente, esta é a que mais me irrita. Ela ergue o estojo até os lábios, mas é lenta demais. Oz se lança e agarra o braço dela. Tia Karen o puxa e se inclina para tentar beber a água.

E é quando acontece: com mais ou menos um quarto de um copo de água restando no estojo, Oz bate nela. É mais como uma pancada com um taco do que um soco propriamente. O punho dele passa de raspão na face dela, mas com força o bastante para jogar o rosto dela de lado.

Com um grito, ela solta o estojo, e metade da água que ainda havia dentro dele derrama.

Oz não percebe. Cuidadosamente, ele carrega o que sobrou na direção do Bingo, que bebe avidamente.

Tio Bob envolve os braços na tia Karen e olha horrorizado para o meu irmão.

Oz entrega o estojo a Mo e exige:

– Mais.

O corpo inteiro dela treme ao cumprir a exigência dele. Seus dedos, brancos de frio, enchem o estojo de neve, e ela então rasga mais páginas do romance e as queima.

– Ele vai ser nossa morte – tia Karen choraminga contra o peito do tio Bob. – Ou vai nos matar, ou vamos morrer por causa dele. Do mesmo jeito quando ele machucou aquele cachorro.

Meu sangue gelou com a menção ao cãozinho. Há três meses, Oz meteu na cabeça que Bingo estava sozinho e precisava de um amigo, então ele decidiu por conta própria encontrar um, no caso, um filhotinho de beagle que pertencia a um vizinho. Ao sair no quintal e encontrar Oz, o vizinho o confrontou. Oz se assustou e acabou apertando demais o cachorrinho, deslocando o ombro do pobre animal e quebrando várias de suas costelas.

Uma ação judicial foi movida, a associação comunitária emitiu um alerta para a nossa família, e minha mãe enlouqueceu. Ela disse que Oz era demais para lidarmos e que era hora de começarmos a procurar soluções alternativas, o que levou meu pai a um frenesi. Ele colocou fechaduras com travas de segurança em todas as portas, instalou monitores em cada cômodo e passou duas semanas dormindo do lado de fora da porta do Oz. Foi horrível, trágico e extremamente angustiante.

Mo olha para tio Bob, depois para Oz, a preocupação pelo (e com) meu irmão estampada no rosto dela. Minha própria preocupação se junta à dela. Oz jamais faria mal algum de propósito, mas isso não significa que ele não seja perigoso.

Mo entrega o estojo com água para Oz. Ele o segura para Bingo, que bebe. Mo o enche de neve mais uma vez, quando tio Bob diz:

– Oz, será que você pode me dar uma mãozinha pra eu ir ao banheiro? Talvez o Bingo também precise ir.

Sorrio com o plano dele. *Bom trabalho, tio Bob.* Distração é uma ótima maneira de lidar com Oz.

Há um suspiro generalizado de alívio quando os três deixam o *trailer*, e Mo usa páginas extras do precioso livro para fazer uma chama maior e a neve derreter mais rápido. Ela entrega a próxima porção para tia Karen, que a toma avidamente. Vou lá fora ver se tio Bob arranjará uma maneira de atrasar o retorno do Oz por alguns minutos para que a Mo finalmente tenha tempo de tomar água ela mesma.

– Finn – Oz diz, avistando meu corpo perto do pneu. A neve se precipitou e caiu sobre ele, por isso estou completamente enterrada, exceto pelo meu rosto.

– Ela está dormindo – tio Bob diz, pulando com seu pé sadio para afastar o frio, as mãos enfiadas nos bolsos e o queixo enterrado no casaco.

Oz aperta os olhos, desconfiado. Meu irmão não é inteligente, mas é estranhamente perspicaz, e mentir para ele geralmente não é uma boa ideia.

O semblante dele fica pesado, e o lábio inferior vai para a frente enquanto a cabeça balança para a frente e para trás.

– Minha Finn – ele diz, fazendo meu coração inflar. E então ele faz algo extraordinário: sem uma palavra, Oz caminha na minha direção, ajoelha-se ao meu lado e enterra meu rosto com a neve. – Boa noite, Finn – ele diz ao terminar.

Quando ele se levanta, tio Bob comenta:

– Oz, estou preocupado – e algo no tom de voz dele faz meus pelos se arrepiarem.

Oz inclina a cabeça.

– Sua mãe já saiu tem muito tempo. Estou preocupado que ela tenha se perdido.

Oz franze a sobrancelha, e minha pulsação acelera.

– Acho que alguém deveria ir atrás dela, sabe? – tio Bob sugere.

Oz acena com a cabeça.

– Eu até iria, mas meu tornozelo machucou feio.

Balanço a cabeça. A minha descrença é tamanha que faz meu pânico abrandar.

– Eu poderia ir – Oz se voluntaria com entusiasmo, como se a ideia fosse brilhante.

NÃO! Eu me coloco entre eles, diretamente na frente do tio Bob, e meu nariz está quase tocando o dele. *Não faz isso.*

– Você acha que conseguiria encontrar sua mãe? – tio Bob pergunta, erguendo as sobrancelhas como se estivesse impressionado com a ideia do meu irmão.

– O Bingo poderia ir comigo. Ele pode encontrar qualquer um. Quando eu e a Finn brincamos de pique-esconde, Bingo sempre acha ela, e olha que a Finn é muito boa nesse jogo.

– Essa é uma boa ideia, hein?

Por favor, eu imploro. *Por favor, tio Bob, pense no que você está fazendo.*

– Se o Bingo fosse junto, ele também ia conseguir ajudar você e a sua mãe a encontrar o caminho de volta.

Olho para Oz. Ele consente, sério, sua expressão imitando a do meu pai quando ele está tendo uma conversa importante e madura.

Mo, socorro, eu grito.

Mas Mo não percebe nada de estranho. Ela está lá dentro, derretendo água o mais rápido possível e esperando que Oz não volte tão cedo.

– Antes de você ir, tenho uma oferta pra te fazer.

Oz, ainda carregando a expressão do meu pai no rosto, acena com a cabeça mais uma vez, e meu pânico se instala. Não consigo nem imaginar como as coisas podem piorar, mas tenho certeza de que elas estão, sim, prestes a piorar.

– Você e o Bingo vão precisar de comida pra ficarem fortes enquanto procuram pela sua mãe.

– Eu tô com fome – Oz diz.

– Exatamente. Então vamos fazer um acordo: eu tenho dois pacotes de biscoitos. – Tio Bob tira do bolso os pacotinhos de celofane que estavam na bolsa da tia Karen. – Troco com você pelas suas luvas.

Nem me dou ao trabalho de implorar mais uma vez. Tudo o que posso fazer é olhar com uma descrença horrorizada Oz aceitar o acordo sem um segundo de hesitação, tirando as luvas, entregando-as ao tio Bob e pegando os biscoitos, como se tivesse acabado de fazer o maior negócio do mundo.

– Agora me dá um pezinho – tio Bob pede, e Oz transforma suas mãos sem luvas em um estribo para ele subir no *trailer*.

Tio Bob não olha para trás nem deseja boa sorte a Oz. Ele abre a porta e desce, deixando Oz e Bingo do lado de fora com a missão impossível de se embrenhar na floresta em busca da minha mãe.

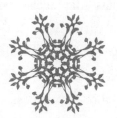

16

O vento está ficando mais forte. Noto isso pela maneira como ele repuxa a pele do rosto da minha mãe e pela forma como ela se curva ao se forçar contra ele. O vigor da minha mãe está se esvaindo, assim como a confiança dela no sucesso dos dois. Já é início de tarde, e eles passaram a manhã andando sem uma pista sequer se estavam se aproximando ou distanciando da civilização, o que dificulta manter as esperanças. Minha mãe teve o cuidado de deixar o sol atrás dela, mas eles desviaram do caminho tantas vezes que ela já nem tem mais certeza se a cidade ainda está ao norte ou se passaram inteiramente por ela.

Ao darem de frente para uma ravina de neve profunda que ziguezagueia como uma serpente branca subindo a montanha recortada, grito para os dois a seguirem. A estrada está logo acima dela. Cada grama de energia que ainda tenho, mando para minha mãe, que considera virar ali.

Minha sugestão não é necessária.

– Kyle – ela grasna, com a voz seca pela desidratação e exaustão. Ela aponta para a serpente. O sol está muito distante, à direita. Para continuarem na rota, eles precisam virar.

Sem protestar ou questionar, Kyle muda de direção, forjando uma passagem e adentrando o monte profundo e sinuoso.

Eles formam uma equipe curiosamente ótima. Kyle tem boa noção para escalar e escolher rotas adaptáveis, e minha mãe os mantém no rumo certo.

Os dois falaram menos de uma dúzia de palavras desde que começaram, mas uma sinergia natural os impulsionou mais longe do que qualquer um deles teria conseguido sozinho. A cada passo para cima na fenda preenchida pela neve fresca, os pés da minha mãe afundam, e as UGGs bambas se enchem de neve. Ela já não se retrai com o gelo queimando sua pele, e imagino ser pela carne agora estar congelada e dormente.

Kyle se move firmemente na frente, parando a cada pouco para esperar pela minha mãe enquanto ela se arrasta, escorregando aqui e ali, e depois precisando recuperar os passos perdidos.

A certa altura, a inclinação fica íngreme demais. Minha mãe se desequilibra completamente e desliza quase seis metros abaixo. Por um segundo, ela fica caída na neve, o corpo agitado, mas então, com força sobre-humana e nenhuma outra escolha, ela se põe de pé novamente e cambaleia.

Kyle desce para se encontrar com ela no meio caminho.

– Me dá seu cachecol – ele diz.

Minha mãe o tira do pescoço e o entrega a Kyle, que amarra uma ponta no pulso direito da minha mãe e depois estende a mão direita dele para que ela possa fazer o mesmo com a ponta oposta. Mal resta espaço suficiente entre eles para minha mãe dar um passo, mas, cem metros depois, quando ela escorrega outra vez, Kyle firma o corpo segurando com força o cachecol, e minha mãe apenas cai no chão.

Eles avançam, esperando que cada passo os leve adiante na direção que desejam seguir, sem os mandar de volta para onde começaram.

* * *

Acontece de repente. Eles já estão a mais da metade do caminho rumo ao topo, e meu coração comemora cada centímetro de progresso, quando Kyle pisa nas laterais de uma rocha e o solo cede, o espaço que ele pensava ser sólido nada mais que um monte de neve.

Eu o vejo tropeçar e seu pé direito mergulhar no ar, desequilibrando-o. O cachecol o segura, interrompendo a queda e fazendo-o balançar como um pêndulo de volta à face da montanha, tirando os pés da minha mãe do chão. Ela se agita loucamente com o peso dele, que a puxa em direção ao espinhaço. Com a mão direita, ela segura o cachecol, enquanto a esquerda se debate no ar, procurando algo em que se agarrar.

O ombro dela já está em cima da borda quando ela segura uma jovem árvore que brota debaixo da rocha. Embora tenha menos de meio metro de altura, as raízes já são fortes, e eu a vejo dar um solavanco para parar e seus membros tremerem enquanto ela luta para se segurar. A cabeça dela se vira na direção da mão enluvada que segura a árvore e depois para a que segura Kyle, e percebo como a mente dela gira a mil por hora, o cálculo feito incrivelmente rápido, o peso dele *versus* a força dela.

Kyle também vê isso. A boca dele se abre, e meu próprio grito não é ouvido quando os dedos da mão direita da minha mãe se desenrolam.

Kyle cai. Mas apenas poucos centímetros. O nó no pulso da minha mãe aperta em vez de afrouxar, e, antes que ela possa se soltar do cachecol, Kyle já está subindo agarrado no cachecol, e, tão rápido quanto a decisão anterior dela foi tomada, ela se inverte: minha mãe agora se estica e fecha a mão novamente, segurando o cachecol com toda a força, enquanto o peso do Kyle parece querer separar os membros do corpo dela.

Um segundo depois, ele se apoia sobre a borda e desaba ao lado dela, baforando o ar gelado com os olhos arregalados pelo choque do quão perto ele chegou da morte.

Minha mãe rola para trás, levantando a mão na frente dela. Seu queixo treme, e os dedos se abrem e se fecham como se ela não fizesse a menor ideia de como aquele mecanismo funciona.

– Pronta? – Kyle pergunta, levantando-se, os olhos dele evitando os dela.

A boca da minha mãe chega a se abrir para dizer algo, mas não há palavras. Como se desculpar por escolher deixar alguém morrer para poder se salvar?

O cachecol ainda os prende, mas Kyle agora caminha com mais cuidado, verificando cada passo a seguir antes de dá-lo e retardando o progresso deles para próximo de um rastejamento.

17

Oz não seguiu na direção certa. Ele olhou para o *trailer* e se afastou dos faróis traseiros, ou se esquecendo de que não chegamos até ali dirigindo ou acreditando erroneamente que os faróis traseiros são como uma bússola e sempre apontam o caminho de volta para casa.

No início, ele gritou pela minha mãe, mas, depois de adentrar fundo na mata e se ver completamente perdido, começou a chamar pelo meu pai.

Durante horas, Bingo se arrastou lealmente ao lado dele, mas agora o vejo gemendo e parando, depois sentando-se e atirando-se de barriga para baixo sobre um pedaço de granito sem neve.

Oz olha para ele:

– Você tá cansado, Bingo?

Bingo coloca a cabeça entre as patas e olha para Oz como se pedisse desculpas.

– Tá tudo bem – Oz diz, sentando-se ao lado dele. – Agora a gente vai descansar.

Bingo tem quase onze anos. Um psiquiatra recomendou que arranjássemos um cãozinho para fazer companhia a Oz, e, desde então, ele tem sido um companheiro intensamente dedicado ao meu irmão.

Oz tira os dois pacotes de biscoito do bolso. Com um, alimenta o Bingo; o outro, ele mesmo come. Depois, põe a cabeça do Bingo no colo, coloca suas mãos geladas nos bolsos e diz ao amigo que vai ficar tudo bem.

18

Mo está completamente sozinha agora.

Ela continua sentada ao lado do meu pai, tremendo. A cada pouco, força os dedos das mãos e dos pés a se mexer, e sofre com a dor. Seus olhos deslizam a todo momento na direção da porta à medida que os minutos passam, e o pânico aumenta ao perceber que algo deu terrivelmente errado e que Oz não vai voltar.

Tio Bob, tia Karen e Natalie estão juntos no mesmo lugar onde estão desde que minha mãe e Kyle partiram, e Natalie agora usa as luvas do Oz.

Natalie se inquieta com o olhar da Mo e coloca as mãos por baixo das coxas. Depois, ela as enfia nas axilas, enquanto tio Bob encara Mo desafiadoramente.

Mo olha para longe e morde o lábio inferior, um hábito que ela tem quando está em apuro ou quando é pega em alguma mentira. Culpa. Luto. Medo. Todas as alternativas anteriores.

Meu irmão tem um fraco gigantesco pela Mo. Ele sempre teve uma queda por ela e constantemente faz coisas doces e estúpidas para provar isso. No verão passado, ele gastou mais de três horas e um ano de mesada em uma feira jogando anéis em garrafas para ganhar uma chita gigante de pelúcia com manchas em formato de coração. O jogo era manipulado e quase impossível de se ganhar, mas Oz estava loucamente determinado porque sabia que Mo adora chitas. Por fim, o garoto que trabalhava na barraca teve pena dele e empurrou um anel em uma garrafa quando Oz não estava olhando. O sorriso do meu irmão quando deu a Mo aquela chita foi impagável.

Mo engole o choro e mexe os dedos dos pés mais uma vez, com a dor interrompendo temporariamente as emoções que ameaçam transbordar e destruí-la. Enquanto isso, a culpa do tio Bob supura. Ele está sentado ao lado da tia Karen, em uma agitação crescente. Consigo ver a vergonha como um ácido que o consome antes de se deteriorar em raiva. Mo sabe que ele fez algo, e ele sabe que Mo sabe. Vejo as engrenagens da mente dele trabalhando. Se eles saírem daquela situação, quando saírem, os outros vão descobrir. Vão descobrir porque a Mo sabe. Ele não considerou isso antes, quando enganou Oz, mas agora pondera, ao lado da filha e da esposa e sem nada além de um tempo miserável para contemplar o que acontecerá quando eles forem salvos.

Mo já derreteu água suficiente para que nenhum deles esteja com sede. E ainda resta metade do romance e dos mapas caso eles precisem de mais. É uma triste constatação saber que, se eles tivessem ficado calmos, haveria o bastante para todos, inclusive Bingo e Oz.

A tarde se transforma em uma excruciante monotonia de uma horrível existência, e a esperança de o resgate vir antes do anoitecer começa a se desvanecer. Minha mãe e Kyle estão fora desde a manhã. Se eles tivessem tido sucesso, a ajuda já teria chegado.

Todos eles mantêm suas fés minguantes de maneiras diferentes. Mo se preocupa com meu pai, acalmando-o com promessas silenciosas de que a ajuda está a caminho. Ele não responde. Já faz horas que ele não se move, nem mesmo para gemer. Natalie olha para a frente sem expressão, sem pensar em nada, confiando totalmente em seus pais para se preocupar com ela. Já a mente de tia Karen gira sem parar, mas não vai a lugar algum. Completamente dominada pela ideia de ficar presa por mais uma noite, ela resmunga em círculos: "Precisamos sair daqui"; "Talvez a gente devesse fazer uma fogueira"; "Não, precisamos economizar nossos suprimentos"; "Talvez alguém deva procurar pelo Oz"; "Temos que ficar quietos"; "Alguém vai encontrar a gente"; "Ah, meu Deus, não vamos sobreviver a outra noite aqui...". A cada meia hora, ela tira as botas da Natalie e esfrega os dedos dos pés da filha, murmurando sobre circulação e fluxo de sangue. Eu gostaria que ela se calasse. Acho que todos gostariam que ela se calasse. Tio Bob desistiu de responder e simplesmente a deixou com o falatório dela. A mente dele agora se ocupa com o futuro em transformação e a realidade que se aproxima, a de encarar outra noite no frio e as escolhas difíceis que precisarão ser feitas. Vejo como os olhos dele desviam para o meu pai, divagando sobre o casaco North Face, a touca de lã, as calças *jeans* e as botas de neve que o vestem.

Mo se desloca ligeiramente, obstruindo a visão dele.

– A gente precisa sair daqui – tia Karen se queixa.

Tio Bob não responde. Ele já explicou meia dúzia de vezes que sair não é uma opção. Cinco tentaram, nenhum voltou. Tio Bob é um cara inteligente. Cinco dos dez que sobreviveram ao acidente permanecem aqui, entre eles sua esposa e sua filha.

Os minutos passam rumo a outra noite infernal, e os fatores e as probabilidades de sobrevivência continuam a mudar. Os olhos do tio Bob correm novamente na direção do meu pai com uma expressão indecifrável enquanto examinam a fina névoa que sopra dos lábios do meu pai, a única prova de que ele ainda está vivo.

19

Não há comemoração quando Kyle e minha mãe finalmente chegam à estrada, apenas a pausa mais breve possível compartilhada e um tremor de alívio.

Agora que estão em terra firme, eles desatam o cachecol que os amarrava e apertam o passo. De tempos em tempos, minha mãe pega o telefone para verificar o sinal, e, vinte minutos depois, a tela se ilumina misericordiosamente com uma única barra, e as lágrimas dela desabam em gratidão. Depois disso, as coisas andam rapidamente. Em poucos minutos, a viatura do xerife encontra os dois, e detalhes do acidente são transmitidos a várias agências. O delegado quer levar minha mãe e Kyle ao hospital, mas ela insiste que ele os leve ao local do resgate. Kyle concorda, alegando estar bem.

O clima no centro de emergência, um estacionamento ao lado de um parque de trenós, é dramático. Já há uma dúzia de ambulâncias, viaturas e jipes da guarda-florestal reunidos, além de, pelo menos, cinquenta pessoas em diferentes uniformes. Minha mãe e Kyle são conduzidos a uma ambulância, onde são envoltos em cobertores aquecidos e recebem garrafas de água. Um paramédico os acompanha para avaliar o estado deles.

Observo o homem examinar minha mãe primeiro. Ela tem uma queimadura de frio nos dedos das mãos, várias nas faces e nos dedos dos pés e manchas nas panturrilhas, onde a neve e o gelo se alojaram nas botas e congelaram a pele. Compressas quentes são aplicadas nas áreas machucadas, e os pés dela são submersos em uma bacia de água morna. O paramédico também suspeita de que minha mãe tem várias costelas fraturadas e a aconselha a ir ao hospital para tirar radiografias. Ela sinaliza que não e pergunta novamente se ele chamará o capitão no rádio para uma atualização sobre a busca.

Ele faz a chamada, desliga, balança a cabeça negativamente e depois se volta para Kyle, que pacientemente bebe sua água e come um *cheeseburger* McDonald's comprado para ele. Minha mãe também recebeu um, mas não deu uma mordida sequer.

Kyle coloca a comida de lado e tira o casaco e a camisa.

Dou uma arfada, e minha mãe também, com os olhos arregalados. Todo o lado esquerdo do corpo dele, desde o ombro até o quadril, é uma nódoa negra inchada e gigantesca, a pele mosqueada num tom púrpuro-azulado doentio.

– Ai – ele diz, com um sorriso irônico quando o paramédico levanta o braço dele.

O heroísmo do Kyle me choca. O corpo dele virou uma massa pastosa, e ele jamais disse uma palavra sequer sobre isso.

Minha mãe engole em seco. Ela não tinha ideia. Ela nunca perguntou. Um menino da mesma idade que a filha dela, envolvido em um acidente terrível, e ela nunca perguntou se ele estava bem. Eu também não tinha pensado nisso. Só em retrospectiva é que parece tão incompreensível. Quero dizer a ela que está tudo bem, lembrá-la de com quantas coisas ela já estava lidando. Mas sei que, mesmo que ela pudesse me ouvir, isso não importaria. Arrependimento é uma emoção difícil com a qual conviver, impossível de se deixar para trás, porque o que está feito, está feito. Somente a ilusão pode proteger alguém do arrependimento, de alguma forma transformando a história em algo mais fácil de aceitar, mas minha mãe não é capaz de se iludir.

– Você está bem? – o paramédico pergunta, notando a palidez dela.

Ela assente e se vira, bloqueando o futuro que será assombrado por este momento para se concentrar no horrível presente enquanto reza para que não haja mais arrependimentos.

– Você precisa ir ao hospital – o paramédico diz a Kyle. – Essas contusões têm de ser examinadas, e acho que você deslocou o ombro. Ele voltou para o lugar, mas você provavelmente vai precisar de uma tipoia.

Kyle acena com a cabeça e dá de ombros, como se o que o cara estivesse dizendo fosse uma chatice, nada de mais. Depois, em um tom estranhamente comum, ele diz:

– Será que alguém pode me dar uma carona?

– Tem uma segunda ambulância lá fora – o paramédico responde. Kyle faz uma careta.

– Viagem meio cara essa.

O paramédico abre a porta e grita:

– Ei, Mary Beth, você acha que pode dar uma carona ao garoto até o hospital por conta da casa?

A voz de uma mulher responde do outro lado:

– Claro, temos um desconto especial para heróis hoje, sem taxa pra viagens ao pronto-socorro.

Kyle enrubesce. Ele coloca o casaco e fica de pé.

– Obrigado – ele diz ao paramédico. Quando já estava de saída, ele para e volta, aproximando-se da minha mãe. Agora em um tom sério, ele diz:

– Espero que eles estejam bem.

A gentileza dele por pouco não a destrói, e percebo como o semblante dela se contrai, os músculos lutando contra as emoções. Ela acena com a cabeça, e sua mão direita se abre e se fecha apoiada na perna. Ela chega a abrir a boca para dizer algo, mas é tarde demais. Kyle já se foi, e quase penso que teria sido mais misericordioso se ele não tivesse voltado para dizer essas últimas palavras. Um soluço escapa, e minha mãe morde o nó dos dedos para detê-lo, empurrando-o bem fundo para evitar que a barragem de emoções se rompa.

Vejo Kyle desaparecer na outra ambulância e me pergunto se alguma vez o verei novamente. Duvido. Como soldados que lutaram uns ao lado dos outros, uma vez terminada a guerra, cada um volta para sua respectiva vida, e o único vínculo que resta é uma trágica memória compartilhada que todos prefeririam esquecer.

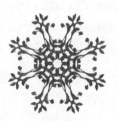

20

Mo ouve primeiro. Ela olha para o teto e inclina a cabeça. *Whosh, whosh, whosh, whosh...* um som muito consistente para ser o vento. Ela se endireita à medida que o tamborilar se aproxima, e eu a observo se esforçar para ouvir melhor. Ela se levanta, mas logo vai para o chão, com os pés congelados demais para mantê-la de pé. Com a ajuda das mãos e dos joelhos, ela rasteja para o lado do assento abaixo da porta.

– O resgate chegou – ela chora mansamente, com a voz falha.

O resmungo dela chama a atenção de tio Bob, tia Karen e Natalie. As cabeças encolhidas dos três então se levantam, e depois suas orelhas também capturam o som do helicóptero. Tio Bob pula de seu assento, manca para o lado de Mo e consegue abrir a porta.

Através da abertura, um homem que está sendo baixado de um helicóptero sinaliza para eles ficarem quietos. Mo rasteja de volta para perto do meu pai.

– O resgate chegou – ela chora. – Vai ficar tudo bem. O resgate chegou.

Meu pai não responde, e eu rezo para que ela tenha razão, para que eles cheguem a tempo e ele sobreviva.

O homem agora está na entrada da porta. Tem talvez uns trinta anos e se parece com um fuzileiro naval, de corpo atarracado, firme e musculoso, cabelo cortado na máquina e espetado. Ele examina o interior do *trailer*, depois entra de corpo inteiro, e tio Bob aperta a mão dele enquanto ele escaneia o cenário.

– Cinco – ele diz no microfone. – Quatro conscientes, um inconsciente.
– Confirme cinco. Relatados seis e um cachorro – alguém responde.

Os olhos do tio Bob se abaixam, depois se levantam rapidamente.

– O sexto e o cachorro deixaram o *trailer* nesta manhã. Ele saiu pra procurar a mãe.

Já os olhos da Mo desviam para as mãos de Natalie com as luvas, mas ela nada diz.

Tia Karen e Natalie estão tão delirantes por terem sido salvas que se esquecem de tudo o mais. Elas se abraçam e choram escandalosamente, jurando nunca mais ir a lugar algum que tenha neve. Eu gostaria que elas se calassem. *CALEM A BOCA!*

Em pouco tempo, a parede de neve que minha mãe, Kyle e tio Bob construíram para tampar o para-brisa é retirada, e mais dois socorristas transportam uma maca para dentro do *trailer*. Alguns minutos depois, meu pai é içado. O helicóptero não resgata mais ninguém naquele momento. Assim que meu pai está a bordo, a aeronave parte em direção a um centro de trauma tipo III em Riverside, onde uma equipe de médicos já o espera.

Um segundo helicóptero chega instantes depois. Natalie é resgatada primeiro. Tia Karen então dá um passo adiante, mas tio Bob a bloqueia:

– Querida, a Mo é a próxima.

O rosto da tia Karen enrubesce, e ela dá um passo para trás.

Com todos a bordo, o helicóptero segue para o hospital. Houve uma breve discussão sobre trazer meu corpo junto, mas, por fim, decidiram voltar para buscá-lo.

Fico feliz com isso. Mo já passou por tanto. A última coisa de que ela precisa agora é uma carona com meu cadáver congelado e mutilado.

Durante o voo, Mo olha pela janela, seus olhos se espremem observando a neve na floresta sem-fim, e lágrimas lhe escorrem pelo rosto ao absorver a imensidão e a desesperança de conseguir avistar Chloe, Vance ou Oz.

21

Minha mãe está sozinha na ambulância, aguardando notícias.

O Departamento do Xerife do Condado de San Bernardino está encarregado da operação de resgate, e o homem que comanda tudo ali chama-se Burns. Ele é o tipo de cara que você quer gerenciando as coisas. De estatura mediana e com a agilidade de um atleta, ele tem uma firmeza afiada que é reconfortante, especialmente quando se trata de lidar com a minha mãe. Há meia hora, ele ordenou que ela ficasse na ambulância e não interferisse, e, quando ela abriu a boca para protestar, o olhar severo dele a deteve. Burns dirige a operação da parte de trás da van do xerife, ladrando comandos para sua equipe com uma urgência que transmite a essência do tempo que se tem, mas sem pânico. A cada pouco, ele sai para observar o horizonte, avaliando a escuridão e a tempestade iminentes, ambas se aproximando com muita rapidez.

Ao receber o aviso sobre o resgate, Burns atravessa apressado o estacionamento e entra na ambulância.

– O que tem de errado? – minha mãe pergunta, após perceber o semblante sombrio dele.

– Encontramos o *trailer*. Seu marido está a caminho do Centro Médico Inland Valley, em Riverside. Ele está vivo, mas o estado dele é grave.

Ela aperta os olhos e suspira de alívio por ele ter sobrevivido. Minha mãe acha que essa é a má notícia que Burns veio comunicar e leva um tempo até perceber que ele ainda não terminou.

– Maureen e os Golds estão sendo levados em um segundo helicóptero para o Centro Médico de Big Bear.

Minha mãe assente. Burns para de falar, e a cabeça dela se inclina.

– Seu filho não está com eles. Ele não estava no *trailer* quando chegamos. Segundo depoimentos, ele e o cachorro saíram de lá nesta manhã.

Os olhos da minha mãe arregalam, confusos.

– O senhor deve estar enganado. Oz não sairia assim. Definitivamente, não é algo que ele faria. Meu filho, ele é... – Ela sempre tem dificuldade com isso, uma insegurança sobre como descrevê-lo. – Ele é simplista – ela diz, finalmente. – Ele não pensa por conta própria dessa maneira.

O queixo de Burns se contrai, com um pequeno, mas revelador, indicador de suas emoções.

– Sinto muito, mas ele não está com eles. O grupo de busca foi instruído a procurar pelo seu filho também.

Minha mãe olha para as próprias mãos, vermelhas e rachadas, e sua cabeça treme, indo para a frente e para trás... em negação, perplexidade ou sobrecarga.

– As unidades K-9 vão chegar logo. E ainda temos mais ou menos uma hora antes de precisarmos parar à noite. Com sorte, nós...

– Uma hora? – minha mãe grita, interrompendo-o. – Uma hora? Como assim? Minha filha e meu filho ainda estão lá. Você não pode parar pra esperar a noite passar.

Ela não diz nada sobre o Vance.

– Senhora Miller, estamos fazendo tudo ao nosso alcance pra encontrar Chloe, Oz e Vance.

Minha mãe se retrai ao ser lembrada de que os filhos dela não são os únicos perdidos. Eu não a censuro por não pensar nele. Eu mesma não me lembrava do Vance desde ontem à noite. Ocupei-me inteiramente com Chloe, Mo, Oz, meu pai e minha mãe... meus pensamentos consumidos apenas pelos meus, pelos meus, pelos meus, sem espaço para a preocupação com os outros.

– Preciso ajudar – minha mãe diz, levantando-se.

– Senhora Miller, a melhor maneira de ajudar é nos deixar fazer o nosso trabalho e estar aqui caso a gente precise de você. E o que eu preciso agora é ter uma compreensão melhor sobre o seu filho... qualquer coisa que possa nos ajudar a localizá-lo, a descobrir de que forma ele pode ter ido te procurar.

– Ele estava tentando me encontrar?

– Segundo o Bob, foi por isso que ele saiu de lá. Então, neste momento, preciso que me fale um pouco mais sobre o Oz.

O rosto da minha mãe está entre as mãos, cotovelos nos joelhos.

Não consigo dizer se é uma distração ou se Burns realmente precisa da informação, mas dar à minha mãe uma tarefa é uma boa ideia. Faz com que ela tenha algo em que se concentrar e a impede de enlouquecer. Ela pensa por um segundo, depois começa a falar, e eu fico impressionada.

Minha mãe nunca olha para o Oz, ou parece que nunca olha, mas a descrição dela é arrepiantemente detalhada. De alguma forma, sem que ninguém saiba, ela o estudou. Os olhos dela estão fechados ao descrever o sinal abaixo da orelha esquerda dele, a marca de nascença parecida com o mapa da Califórnia no pulso, a cicatriz na têmpora de quando ele caiu de bicicleta há dois anos, o redemoinho na raiz do cabelo que o faz virar para a esquerda. Ela sabe que ele está usando meias de lã, uma cinza e uma marrom, porque o pé esquerdo dele é maior que o direito, e a meia marrom é mais fina, e ele gosta que o encaixe dos calçados dele pareçam iguais. Ela tem certeza de que ele descerá ao invés de subir, porque isso é o que fará braços dele, e os homens a carregam até a ambulância, onde ela é amarrada e transportada para o hospital.

Fico aliviada. Já se passaram mais de trinta e seis horas desde que a minha mãe dormiu pela última vez.

23

Vou até o hospital em Big Bear checar como a Mo está.

Dormente. Essa é a palavra que o médico continua usando.

– Haverá formigamento, e por vários dias você pode não sentir...

Gostaria que o termo se restringisse aos dedos dos pés e das mãos da Mo. Mas dormente é como Mo está por inteiro, por dentro e por fora. Ela acena com a cabeça após as perguntas do médico e segue os simples comandos dados por ele, mas nada diz. As pupilas dela estão do tamanho de cabeças de alfinete, e o corpo tomba como uma boneca de pano enquanto ele dá pancadinhas e a cutuca procurando por machucados. O nome Valium chega a ser cogitado por uma enfermeira, mas o médico balança a cabeça negativamente. Talvez mais tarde, se necessário. Ele prefere que ela permaneça sem medicações enquanto o corpo se readapta.

As lesões da Mo se limitam aos danos causados pelo frio. Os lábios dela estão inchados e em carne viva; as orelhas, com bolhas; as mãos e os pés, rachados e envoltos em gaze para tratar as queimaduras provocadas pelo frio. A princípio, a temperatura corporal estava alguns graus abaixo do normal. Apesar de tudo isso, ela está linda, e a visão dela segura no hospital, aquecida por um cobertor quentinho, me traz um alívio incrível.

A senhora Kaminski entra com tudo na sala, e Mo olha para cima lentamente.

– Mamãe – ela murmura.

O corpo dela estremece. O tremor começa nos lábios e se espalha até todo o corpo tremer violentamente. Logo depois, ela está nos braços da mãe, e a senhora Kaminski a aperta forte, absorvendo as ondas de choque enquanto beija a cabeça da filha e lhe assegura que ela está lá e que Mo está bem.

– Shhh, querida – a senhora Kaminski diz, guiando gentilmente Mo para que ela se deite de novo. Enquanto coloca o cobertor no corpo enrolado da filha, ela canta uma canção de ninar polonesa. Lembro-me de ela cantá-la para mim e para a Mo quando éramos pequenas. Em poucos minutos, os olhos da Mo se fecham, e a respiração dela se acalma. A senhora Kaminski não para de cantar. Puxando uma cadeira para o lado da cama, ela se senta... e canta e canta e canta.

Uma hora depois, Mo se agita, mas não acorda. Quando ela grita pelo meu nome, soluçando, é demais para mim, e vou embora.

24

Meu pai está em cirurgia.

Pelo menos uma dúzia de profissionais o cerca, todos eles de batas cirúrgicas e máscaras. A cabeça dele está envolta em gaze, e há um tubo de respiração na boca. Um cirurgião à esquerda parece trabalhar no peito dele, enquanto o da direita está focado em uma incisão aberta acima do quadril. A perna direita do meu pai está em uma cinta, e a ferida por onde o fêmur rompeu a pele está limpa, mas exposta. Como Mo, os pés e as mãos dele estão em talas e embrulhados em gaze.

Não é preciso ter um diploma de medicina para saber que seu estado é grave. Já se passaram quatro horas desde que ele foi transportado do local do acidente e parece que mal começaram. A noite vai ser longa.

25

Decido visitar Burns para uma atualização sobre os planos de busca para amanhã e fico surpresa quando acabo numa sala com tio Bob, tia Karen e Natalie.

De sua cama, tio Bob aperta a mão do capitão quando Burns se apresenta.
– Como os outros estão?

Tia Karen está na cama ao lado da janela, com as mãos envoltas em compressas quentes, mas sem talas, então suponho que as queimaduras de frio dela sejam menos severas do que as do meu pai e as da Mo. Natalie enrosca-se em uma cadeira reclinável no canto, a pele dos dedos rachada, mas, fora isso, ilesa. Ambas estão dormindo.

O tornozelo do tio Bob está em uma bota de neoprene, elevada em um bloco de espuma.

Se eu fosse uma boa pessoa, ficaria feliz por eles não estarem gravemente feridos, que seus dedos das mãos e dos pés, suas costelas, seus pulmões e suas pernas estivessem bem. Acontece que, no momento, eu não sou uma boa pessoa. Sou um espírito enraivecido e cuja família e a melhor amiga estão sofrendo, e odeio o fato de que os três estejam tão bem.

Burns dá a tio Bob um quadro geral da minha família e da Mo. A cor se esvai do rosto dele quando Burns lhe diz que a busca foi suspensa e que Oz e Chloe e Vance ainda estão perdidos.

Pela maneira como Burns diz o nome da Chloe, percebo que ela é a pessoa com quem ele mais se preocupa. Talvez ele tenha uma filha, ou talvez seja por causa da descrição que minha mãe deu, sendo Chloe a menos atlética e ela e Vance os expostos à intempérie há mais tempo.

Ele tem todos os motivos para estar preocupado. Chloe não está indo nada bem; aos poucos, ela congela em uma parte curva da árvore enquanto o tempo passa, tão lentamente que não consigo testemunhar aquela cena, cada segundo como uma adaga no meu coração.

– A senhora Miller foi trazida uns minutos atrás – Burns diz.

– A Ann está aqui? – tio Bob pergunta, endireitando-se. – No hospital? Ela está bem?

– Ela precisou ser sedada. Não é grave, mas no momento os médicos estão recomendando mantê-la com o Versed até a manhã, para ela descansar um pouco. É por isso que estou aqui. Como a Ann está sedada, não há ninguém da família disponível para falar com a imprensa, e eu esperava que talvez você pudesse fazer isso em nome deles. Quanto mais interesse público pudermos gerar, mais apoio conseguiremos para a busca.

Tio Bob quase salta da cama, depois tropeça sentindo uma vertigem por se levantar tão rápido.

– Leve o tempo que precisar. Vista-se, junte suas forças e depois venha me encontrar no *lounge* do hospital quando estiver pronto.

Tio Bob acena com a cabeça, e Burns caminha em direção à porta. Na metade do caminho, ele se vira.

– Mais uma coisa. Tem uma informação que não ficou muito clara pra mim. O menino, Oz... a mãe dele disse ter certeza de que ele não teria saído por conta própria. Você disse ao guarda-florestal que ele saiu de lá pra ir atrás dela. Por que ele faria isso?

Os olhos do tio Bob piscam e vão de um lado a outro enquanto as opções de como responder passam pela cabeça dele.

– Oz é... bom, estou certo de que a Ann te disse... ele é meio *difícil*.

Difícil? Eu grito. *Mas que droga é isso de difícil*?

– E, quando se chateia, ele fica emotivo e não consegue raciocinar direito.

O rosto de Burns nada demonstra, seus olhos afiados fixos nos do tio Bob.

– Acho que toda aquela situação foi demais pra ele, e quando ele ficou violento...

– Ele ficou violento? – Burns interrompe.

Tio Bob faz que sim com a cabeça.

– Oz bateu na Karen – ele diz, acenando na direção da esposa adormecida. – Era a vez dela de beber um gole, mas Oz queria dar a água para o cachorro, então ele tentou pegar da Karen. E, quando a Karen não largou, ele bateu nela.

Burns olha para tia Karen. O lado esquerdo do rosto dela exposto: pálido, branco, sem marcas.

– Foi quando eu levei o Oz para fora. Perguntei se ele precisava ir ao banheiro pra ele se afastar um pouco, esperando que isso o acalmasse. Mas, quando chegamos lá fora, ele meteu na cabeça que precisava encontrar a mãe. Eu tentei impedir, mas não havia nada mais que eu pudesse fazer.

Burns balança a cabeça, começa a se virar, depois hesita e volta.

– Como você voltou para o *trailer*?

Tio Bob inclina a cabeça.

– Como eu fiz o quê?

– Como você voltou para o *trailer*? Ann disse que Oz e Kyle eram os únicos fortes o bastante para se puxarem e voltar para dentro do *trailer*. Ela até relatou estar preocupada que Oz fosse o único lá capaz de dar impulso para o resto de vocês. Ficou preocupada que ele subisse sem se lembrar de levantar os outros primeiro.

A pulsação do tio Bob antes de ele responder é toda a confirmação de que Burns precisa para perceber que há algo de errado na história.

– Eu não desci do *trailer*. Como eu disse, Oz estava chateado, e, quando isso acontece, é melhor se afastar. Então, quando ele e o cachorro desceram, eu fiquei na parte de cima.

– Hummm – Burns diz, acenando com a cabeça. – Então ele saiu enquanto você ainda estava na parte de cima do *trailer*?

Tio Bob confirma.

– Isso poderia ser útil. Para que lado ele foi?

Fico aflita. Certamente, tio Bob não vai responder e vai mandar a equipe de resgate na direção errada. Ele não tem ideia de qual caminho Oz seguiu. Meu irmão o levantou, e tio Bob já estava dentro do *trailer* antes mesmo de o Oz decidir qual caminho seguiria.

– Ele foi pelo mesmo caminho que a Ann e o Kyle.

O pânico e a raiva escurecem minha visão. Oz foi para o lado totalmente oposto, descendo a colina, como minha mãe disse, na direção dos faróis traseiros.

– Bom saber. Vejo você em alguns minutos.

O som da porta se fechando acorda Natalie, e ela se senta, sonolenta.

– Meu anjo, você pode dar uma mãozinha para o seu velho aqui?

Juntos, eles conseguem vesti-lo, e então ela o ajuda a ficar de pé e lhe entrega as muletas. Ele ri quando não consegue descobrir como usá-las. Para dar o devido crédito a Natalie, ela não ri com ele e realmente aparenta poder estar doente. Ou isso ou há um traço de repulsa no semblante dela observando o pai se divertir enquanto pratica a caminhada de muleta rumo aos seus quinze minutos de fama.

26

A senhora Kaminski ainda está sentada ao lado da Mo cantarolando sua canção de ninar, tão suave que agora é apenas um sussurro. Estou prestes a sair para ir à coletiva de imprensa quando um telefone toca. Um mugido de vaca, o toque do meu iPhone quando recebo uma mensagem. Mo deve ter pego meu telefone. Ele está na mesa ao lado do dela.

Flutuo para olhar para a tela. Embora *flutuar* seja realmente um termo errado aqui, porque implica movimento e ar e sentimento, e não há nada disso. Na verdade, eu não me movo: simplesmente existo onde escolho existir, invisível e silenciosa – uma testemunha, uma consciência, nada mais.

A tela brilha.

Minha mãe quer saber qual é a cor do seu vestido pra poder comprar uma gravata que combine. Espero que vc tenha um ótimo fim de semana. Te vejo terça. Charlie.

Engulo em seco, e meus olhos se enchem de lágrimas. E sei que não deveria sentir pena de mim quando há tantos outros para fazê-lo, mas não consigo evitar. Eu quero ir ao baile. Com Charlie. Quero me sentar ao lado da Mo e distraí-la falando sobre o meu vestido e sobre que cor eu deveria usar, porque Mo dá bola para esse tipo de coisa. Quero ajudar Burns a procurar pelo meu irmão e minha irmã e Vance. Quero dizer à minha mãe que sinto muito por ter destruído o carro dela e contar o que o tio Bob fez com o Oz. Quero que todos sejam encontrados e que todos retornemos para casa.

Quero voltar para a escola, ir para a faculdade e depois ser a primeira mulher diretora da Major League Baseball. Quero todas essas coisas.

Fico olhando para a tela do meu telefone, que agora está em branco, pensando no vestido que eu teria escolhido, talvez verde, porque combina com os olhos do Charlie. Penso nele pegando na minha mão e me levando para a pista de dança, penso em mim sorrindo quando ele envolvesse a mão nas minhas costas, penso nele sorrindo de volta. Sei que riríamos, porque ele é engraçado. Os amigos dele estão sempre rindo das coisas que ele diz.

Mo se mexe e geme e chama pelo meu nome.

Estou aqui, eu soluço, embora não esteja soluçando.

Ela se inquieta mais uma vez, fazendo uma careta como se estivesse sentindo dor. Preocupada que talvez seja a minha angústia a perturbá-la, vou embora.

27

O local da entrevista tem o tamanho de uma sala de aula e está lotado de repórteres e operadores de câmera. Próximo à porta, há um púlpito com um microfone. Burns está atrás dele, dando uma declaração. É a primeira vez que o vejo desconfortável, e percebo, lembrando o quão confiante ele é ao liderar sua equipe, que estar no centro das atenções não faz o tipo dele.

Rigidamente, ele explica a situação, assim como o plano de busca para amanhã. Tio Bob e Natalie estão atrás. Tio Bob fez a barba. Natalie escovou o cabelo e usa brilho labial e *blush*.

Burns encerra a declaração, depois apresenta tio Bob, que pula em um pé com a muleta.

– Senhor Gold – uma repórter de madeixas loiras reluzentes pergunta –, o que você pode nos dizer sobre a provação pela qual você e sua família passaram?

Tio Bob pisca várias vezes, cego pelas luzes e pela linda mulher falando com ele.

– Éeee, hum, bem, nossa prioridade, éee... era apenas sobreviver àquela noite.

– Então foi uma decisão de vocês permanecerem no local do acidente? Tio Bob assente.

– Nossa queda foi longa, estava um breu e nevando. Encontrar um caminho de volta à noite teria sido impossível.

– Mas – a repórter olha para suas anotações – Chloe Miller e Vance Hannigan escolheram tentar... Foi uma decisão do grupo enviá-los para pedir ajuda?

Tio Bob tensiona com o tom levemente acusatório da repórter, e seus olhos se estreitam enquanto um escudo de autopreservação se ergue.

– Não, essa foi uma decisão deles... uma decisão que tentamos impedi-los de tomar, mas Vance estava determinado a ir, e Chloe também estava determinada a ir com ele.

Ele para de falar e balança a cabeça.

– Não havia nada que qualquer um de nós pudesse fazer.

Ele olha para trás e, com genuína tristeza na voz, completa:

– Eles são apenas crianças. Eu daria tudo para tê-los aqui e a salvo com o resto de nós.

A repórter acena em simpatia, e o grupo em volta dela faz o mesmo.

– E o terceiro jovem desaparecido? O menino, Oz, você tentou detê-lo também?

– Sim – tio Bob responde com uma sinceridade chocante. – Implorei que ele me ouvisse, mas ele queria a mãe dele.

Ele para quando a emoção o domina e então, com um suspiro profundo, continua:

– Oz tem uma deficiência intelectual. Ele tem uma determinação forte, mas não uma mente forte. Estou rezando pra que os socorristas o encontrem. Os pais dele são meus melhores amigos e deixaram o filho sob meus cuidados. Se algo acontecer com ele, eu jamais me perdoarei.

Ele olha para longe quando as lágrimas enchem seus olhos, e é tão convincente que até eu quase chego a acreditar nele. E, ao observar os repórteres e suas expressões de grande simpatia e compreensão, sei que também acreditam nele, e eu gostaria de poder esmagar a cabeça dele com uma estatueta do Oscar por essa atuação digna do prêmio.

– Senhor Gold – a repórter continua, e seu tom de voz agora é brando –, pensando em um lado mais positivo, sua família, Jack Miller e Maureen Kaminski foram resgatados.

Tio Bob acena com a cabeça e, seguindo a deixa dela, muda de assunto.

– Sim. Ouvir aqueles helicópteros foi como Deus respondendo às nossas preces.

– A equipe de resgate mencionou que, além dos ferimentos sofridos durante o acidente, os cinco estavam em excelente forma graças a algumas escolhas inteligentes de sobrevivência. É verdade que vocês encheram o para-brisa de neve para bloquear a tempestade?

– Fizemos isso, sim. A neve agiu como um isolante. É a mesma técnica que os esquimós usam.

Fico indignada como ele nem sequer menciona Mo nem dá a ela o crédito pela ideia.

– E vocês derreteram a neve para bebê-la?

– Tínhamos um isqueiro, um estojo de óculos e o livro *Orgulho e preconceito* – ele começa a responder, ainda sem fazer menção a Mo. – Graças a Deus, Jane Austen era tão prolixa.

Pequenos risos vieram da plateia.

– Muito engenhoso – a repórter comenta. – Você é um verdadeiro Indiana Jones.

– Que nada – tio Bob responde, corando. – Quando enfrentamos uma situação desesperadora, acabamos descobrindo as coisas. Temos de descobrir.

Atrás do tio Bob, Burns franze a testa, mas, notavelmente, é Natalie quem dá um passo à frente e diz:

– Pai, a gente deveria ir. Estou cansada.

Tio Bob volta à realidade, e uma sombra de vergonha atravessa o rosto dele.

– Claro, querida.

Em um piscar de olhos

Seus olhos não encontram os dela quando ele passa o braço em volta do ombro da Natalie e lhe dá um beijo de apoio na lateral da cabeça. Ele ajeita a muleta e finalmente faz algo certo. Voltando-se para as câmeras, diz:
– Três crianças ainda estão lá fora. A busca continua amanhã. Por favor, enviem suas orações e qualquer apoio que puderem para encontrá-los.
Com Natalie ao seu lado, ele sai mancando. Olhares de admiração podem ser notados em todos os presentes, exceto em Burns. Os olhos dele nada revelam, mas a boca se contrai, e os cantos estão puxados para baixo, em um claro sinal de desconfiança.

28

Passo a noite com Chloe. Fui ver Oz, mas não consegui ficar. Os gritos dele chamando pelo meu pai foram demais para mim. Ele ainda está na rocha onde parou para descansar com Bingo, embora Bingo não esteja mais lá, suas pegadas esmaecidas indicando que voltou na direção do *trailer*.

Chloe ainda está enrolada na curvatura da árvore oca, a cabeça encapuzada enterrada contra os joelhos. Ela não faz barulho nenhum. Sinto o frio, a dor e a miséria dela, e sei que ela desistiu. Se dependesse apenas dela, ela impediria seu coração de bater e seus pulmões de respirar. Mas, apesar desse desejo, o sangue continua a bombear, e o ar, a fluir.

Sento-me ao lado dela e rezo para que minha alma ainda tenha energia e emane algum calor e, enquanto espero junto dela, eu falo. Conto como é estar morta e o que aconteceu com os outros. Conto sobre a entrevista estúpida do tio Bob e sobre o idiota que ele é mesmo diante de um desastre. Chloe nunca foi com a cara dele, então ela certamente vai gostar disso.

Quando, por fim, não me restam mais coisas sérias para falar, conto sobre a mensagem do Charlie. Confesso que estava pensando em verde para o meu vestido porque combinaria com os olhos dele, e enrubesço ao admitir que, sim, gosto de coisas de menina. *Não conta para ninguém*, eu a advirto. *Não quero arruinar minha reputação de durona agora que atravessei a linha de chegada.*

Digo a ela como esperava que Charlie usasse as botas de caubói dele: as pretas com costuras vermelhas, não as marrons. Então peço desculpas por todas as coisas ruins que fiz. Peço desculpas por tê-la denunciado ao diretor da escola quando a vi fumando maconha atrás do ginásio. Então ladro para ela parar de fumar, dizendo como isso é estúpido e que ela é *cool* demais para uma coisa dessas. Digo a ela que os óculos de sol que ela pensava ter perdido estão na minha gaveta de baixo, sob minhas camisas de treino. Uma lente quebrou quando os peguei emprestado sem pedir e depois sentei neles por acidente.

Eu falo e falo e falo, e depois paro abruptamente. Vozes, não minhas, seguidas do latido de um cachorro. Chloe não ouve. Ela não se mexe. Ela não percebe que está sendo salva.

Aqui, eu grito. *Aqui, aqui, aqui.*

Um husky ou um pastor ou algum tipo de animal incrível com uma longa pelagem prateada enfia o focinho no capuz dela, fazendo Chloe choramingar. Ele então coloca o focinho para fora e uiva. Dois minutos depois, dois homens com parcas laranjas estão se agachando ao nosso lado. Um deles fala em um *walkie-talkie*.

– Encontramos. Encontramos a garota – a voz dele falha de emoção.

O outro homem pressiona os dedos contra o pescoço da Chloe e coloca o polegar para cima.

– Ela está viva – informa o homem com o *walkie-talkie*.

– Entendido. O helicóptero está a caminho.

Eu comemoro e bato palmas e rodopio e grito e não me importo que ninguém possa me ouvir. Eles encontraram a Chloe. Minha irmã vai ficar bem.

29

Vou para onde minha mãe está. Quero estar lá quando ela receber a notícia. Não me surpreende que eu acabe no centro de emergência em vez de no hospital. Minha mãe está sentada no mesmo lugar em que se sentou ontem, na parte de trás de uma ambulância, petrificada e olhando para o nada. Ao lado dela, segurando sua mão vermelha e rachada, está tio Bob.

O pedido de ajuda dele funcionou. Mais de uma centena de voluntários e funcionários de várias agências se juntou à busca. Há ambulâncias, caminhões de bombeiros, carros de xerife e dezenas de jipes e vans do Serviço Florestal.

Ao longe, nuvens escuras e pesadas pela neve em suspensão ameaçam cair, mas, por enquanto, elas se seguram.

Acima do vale, dois helicópteros voam em círculos. Tenho poucas esperanças de que eles localizem Oz. Ele está escondido sob uma densa copa de árvores, e, por causa da desinformação do tio Bob, o foco da busca está na direção oposta de onde ele foi.

Burns abre a porta da ambulância, e uma rajada de vento entra com ele. Minha mãe dá um pulo e tenta ler a expressão dele.

– Encontramos a Chloe. Ela está viva – ele informa, e um sorriso se abre em seu rosto exaurido.

Minha mãe joga os braços em volta do pescoço dele.

– Obrigada. Ah, Deus, obrigada. Onde ela está?

– Estão levando a Chloe para o mesmo hospital onde seu marido está.

– Ela está bem?

A pausa dele é longa demais, e a hesitação parece sugar o ar de dentro da ambulância.

– Ela tem uma concussão bastante grave, e eles não têm certeza sobre as mãos e os pés dela.

As mãos da minha mãe vão à boca, e ela se desequilibra para trás na direção do tio Bob, que a pega. A cabeça dela balança para a frente e para trás como se tentasse apagar a notícia da mente, como em um desenho ruim no Etch A Sketch, e tio Bob a ajuda a sentar-se novamente.

– Será que vou pra lá ou fico aqui? – ela pergunta entorpecidamente a ninguém em particular.

Não estou certa se alguma vez na vida ouvi minha mãe pedir conselhos. Claramente, um sinal do quão angustiada ela está.

Burns dá a opinião dele:

– Eles deram um sedativo para sua filha, e ela não acordará por horas. Então, por enquanto, você deveria ficar aqui.

Com a notícia entregue, ele se vira para sair. A voz da minha mãe o detém:

– E o Vance?

Burns volta e balança a cabeça, e minha mãe enterra o rosto nas mãos. Tio Bob afaga as costas dela e diz que vai ficar tudo bem. Mas não vai ficar tudo bem: quando se afasta da ambulância, os olhos de Burns escaneiam o horizonte escuro, e sua boca se contrai ao examinar as nuvens cor de chumbo vindo em sua direção e a neve que começou a cair.

30

Aguardo com minha mãe e tio Bob. A tempestade chegou, e o granizo sobre o teto tamborila, como uma daquelas baquetas vassourinha, um lembrete constante de que eles estão secos e aquecidos enquanto Oz e Vance permanecem à mercê do tempo.

É até difícil acreditar que hoje é Dia dos Presidentes, o terceiro dia do fim de semana de três dias pelo qual eu tanto ansiava. Penso em como eu deveria estar feliz agora – minha última manhã nas encostas –, possivelmente praticando *snowboard*, mas mais provavelmente esqui. Eu deveria estar aproveitando tanto, voando montanha abaixo, passando pela Mo na pista para iniciantes, apostando com o Vance quem chegaria mais rápido, andando nos elevadores com meu pai, tudo isso sem dar a devida importância ao dia, à diversão e ao momento, assim como todo mortal faz.

Tio Bob é incrivelmente gentil com minha mãe. Ele acaricia as costas dela, não grita como normalmente faz e fica de olho na janela para qualquer sinal de mudança.

– Como a Karen está? – minha mãe pergunta, em um momento em que o granizo cai particularmente com força.

– Bem. Os médicos querem que ela fique no hospital mais um dia só pra ter certeza, mas ela está bem.

A boca da minha mãe se contrai em uma fina linha, os lábios desaparecendo, a dor misturando-se a todas as outras emoções com as quais ela está lidando. Tia Karen não ligou nem está aqui. Os ferimentos da minha mãe são piores que os da tia Karen, e a provação pela qual ela está passando é mil vezes pior que a da tia Karen, mas a tia Karen nem mesmo ofereceu suas condolências.

– Ela não é como você – tio Bob diz. – Karen não é forte. Ela vai voltar a si. Só precisa processar as coisas.

– Voltar a si? Processar as coisas? – minha mãe chia, e a dor se transforma rapidamente em amargura. – Mas que droga isso quer dizer? Até onde sei, ela ainda tem todos os filhos.

– Ela está chateada e preocupada com a Natalie. Você sabe como ela fica. Obcecada.

Minha mãe envolve seus braços em torno do corpo.

– Dê tempo ao tempo.

Minha mãe não responde. Há algumas coisas que o tempo não pode curar. Ela e tia Karen são amigas há vinte anos, mas, por toda a eternidade, este momento jamais será esquecido.

Mary Beth, a motorista da ambulância, vira-se e olha para os dois.

– Encontraram o Vance. Helicópteros o avistaram perto do Pineknot Campground. Ele ainda estava andando, o que é um bom sinal.

Tio Bob beija a cabeça da minha mãe e a abraça com mais força, os dois agarrando-se a essa notícia como um sinal promissor para a localização do Oz.

Alguns minutos depois, aquela nova esperança é frustrada quando Mary Beth se vira novamente e diz:

– Os helicópteros interromperam por hoje. Tempo muito ruim.

Minha mãe mal reage, apenas mais um golpe depois de mil, e não há nada mais que ela possa fazer.

– Aguenta firme – tio Bob a conforta. – Oz é forte, e os grupos de busca em terra ainda estão lá procurando por ele.

* * *

É meio-dia quando Burns caminha em direção à ambulância, o vento ferroando seu rosto, fazendo-o enfiar o queixo no colarinho do casaco.

Tio Bob cutuca minha mãe quando o vê pela janela, e ela levanta a cabeça. Desta vez, minha mãe não espera Burns vir até eles. Saindo da ambulância aquecida, ela se apressa, seu rosto tão esperançoso que meu coração chega a doer com tamanha crueldade.

Os olhos de Burns deslizam para a esquerda, depois para um ponto no chão ao lado dela. Ela para, abruptamente, a respiração presa ao levar a mão à boca, e sua cabeça treme, com a outra possível razão de ele vir falar com ela de repente dominando sua mente.

– Encontramos o cachorro – ele já chega falando antes que ela tirasse a conclusão errada. Não permitindo que a esperança dela seja completamente destruída... ainda não, pelo menos.

Ela pisca várias vezes rapidamente enquanto absorve as notícias, e então, sem dizer uma palavra, dá meia-volta e retorna à sua vigília. Bingo foi encontrado. Oz ainda está perdido.

31

– O que você acha? – um dos subdelegados pergunta, aproximando-se de Burns. As mãos do homem estão enfiadas nos bolsos, e os ombros juntos às orelhas para proteger o rosto da neve, que agora cai de lado.

– Mais vinte minutos. Vamos esperar mais um pouco.

Uma hora depois, quando tudo já está um branco total, ele toma a decisão que estava rezando para não precisar tomar e suspende as buscas do dia.

É uma sentença de morte para o meu irmão, e todos sabem disso... a equipe de resgate, Burns, minha mãe. Outra tempestade se aproxima, e levará, pelo menos, um dia, provavelmente dois, antes de a busca ser retomada. Ninguém conseguiria sobreviver tanto tempo assim.

É o pior cenário possível, pior do que se o tivessem descoberto morto. Vejo como os membros da equipe de busca voltam para seus carros arrastando os pés, as cabeças baixas pelo sentimento de derrota e as orações mudando: da esperança de que Oz ainda estivesse vivo para a súplica de que ele esteja morto e, assim, seja poupado de mais sofrimento. Oz não está morto. Ele continua enroscado na rocha onde Bingo o deixou, mas não chama mais por minha mãe ou meu pai. Sozinho e aterrorizado, ele treme, e olhar para ele me destrói.

Embora eu saiba que ele não pode me ouvir, digo que o amo e que Bingo está seguro, e então vou embora, profundamente envergonhada por ser covarde demais para ficar.

Quando Burns dá a notícia para minha mãe, ela mal reage. Agradece a ele por manter o pessoal por tanto tempo à procura de Oz, depois tira suas coisas da ambulância e caminha com tio Bob em direção a uma viatura, que a levará ao hospital de trauma em Riverside, onde meu pai e Chloe estão sendo tratados.

Ela está chocada, digo a mim mesma, tentando me livrar da outra impressão que me golpeou quando ela recebeu a notícia: *aliviada*.

Não, eu grito. *Resignada*. Ela sabia o que aconteceria, então já esperava por isso; a notícia não era uma revelação e, portanto, não era devastadora como teria sido se as esperanças dela tivessem sido altas ou se ela tivesse sido surpreendida. O único crime dela é não ter energia o bastante para fingir, fingir que está destruída como todos esperam que ela esteja, inclusive eu.

– Quer que eu vá com você? – tio Bob pergunta ao abrir a porta do veículo para ela.

Minha mãe balança a cabeça:

– A Karen e a Natalie precisam de você.

Ele a puxa para seus braços, e ela se desmancha, a cabeça dela contra o peito dele e o queixo dele apoiando-se no cabelo dela.

– Estou aqui se você precisar de mim – ele sussurra, e a ternura entre os dois me faz pensar se poderia existir mais do que amizade entre eles. O afeto do tio Bob pela minha mãe é claro. Sempre foi. O sentimento dela em relação a ele é que não está bem definido.

32

Minha mãe se assusta ao ver Chloe na cama. O cabelo dela está todo bagunçado em volta da testa, e um pedaço de gaze tampa o corte. Os olhos dela estão fechados. Um lençol branco a cobre, e suas mãos enfaixadas estão sobre ele. A luz do luar entra pela janela, refletindo em sua pele pálida e fazendo-a brilhar. Chloe se parece com um anjo ferido, e sinto o peito da minha mãe afrouxar ao vê-la, aliviado, tanto que ela mal nota as orelhas repletas de bolhas da Chloe ou as manchas azuladas ao redor dos olhos dela ou as pontas enegrecidas dos dedos das mãos e dos pés que se estendem além das talas.

Permaneço ao lado da minha mãe enquanto esperamos Chloe acordar. As enfermeiras vêm com frequência para vê-la e trocar os curativos. As máquinas zumbem e giram ao redor dela, e o bipe constante e as linhas onduladas que passam no monitor são tranquilizadores. Embora ela esteja ardendo em febre e a respiração por vezes seja errática, seu pulso mantém um ritmo constante e reconfortante.

Aubrey chega pouco antes das oito. Ela está estranhamente igual, e é desconcertante vê-la. Assim como olhar diretamente para o sol, dói olhar para ela, mas, ao mesmo tempo, é incrível.

Minha mãe se levanta, e elas caem nos braços uma da outra.

Aubrey é da minha mãe. Ela ama meu pai, e meu pai a ama, mas Aubrey é da minha mãe. As duas têm uma daquelas relações fofas, cômicas e leves entre mãe e filha. Gostam de fazer compras e ir ao cinema, e poderiam passar todos os dias em um *spa* sendo paparicadas e todas as noites checando os restaurantes recém-abertos do Condado de Orange. Sempre brincamos que as duas deveriam se tornar críticas gastronômicas do tipo mãe e filha. Elas seriam ótimas. Aubrey seria generosa; minha mãe, implicante e severa.

Elas se sentam uma ao lado da outra, espelhos uma da outra, pés no chão, mãos presas nas coxas. Aubrey tem chorado. Sei porque os olhos dela estão vermelhos e ela não está usando rímel, marca registrada de que seus sensíveis canais lacrimais estão inflamados.

Mas agora, sentada ao lado da minha mãe, ela age estoicamente. Pouco diz, a preocupação estampada em seu rosto enquanto observa Chloe e pensa em mim, virando o anel de noivado em seu dedo, distraidamente, contando as pedras em silêncio. Assim que ela ganhou o anel, anunciou com orgulho que ele tinha vinte e dois pequenos diamantes ao redor da pedra central, simbolizando cada mês dela e do Ben juntos antes de ele tê-la pedido em casamento. Na época, eu o inspecionei e, só para tirar uma com a cara dela, disse que havia apenas vinte e um. Ela deve ter contado esses diamantes uma centena de vezes depois do que eu disse, e isso acabou virando uma piada, com todo mundo provocando minha irmã e perguntando se ela tinha certeza de que havia mesmo vinte e dois diamantes.

– Eles colocaram o papai em coma induzido – ela diz depois de um tempo – para ajudar com o inchaço no cérebro dele.

Minha mãe acena com a cabeça. Os médicos a atualizaram antes de Aubrey chegar lá. A cirurgia correu bem. A perna dele foi colocada no lugar, e o baço, retirado, mas eles não saberão a extensão do traumatismo craniano até ele acordar, o que esperam acontecer dentro de uma semana ou mais.

– Ele vai ficar bem – Aubrey diz. – A Chloe, também.

Ela não menciona Oz ou que ele ainda está por aí e que ainda há esperança, e minha mãe, também não. E, quanto mais eu espero que elas façam isso, mais chateada eu fico, até que, incapaz de aguentar mais um segundo, vou embora.

33

Chego ao quarto da Mo quando a porta se abre e tia Karen entra, fazendo com que a senhora Kaminski deixe sua vigília ao lado da cama. Ela se levanta rapidamente e leva a tia Karen de volta para o corredor.

– Como ela está? – tia Karen pergunta, com o semblante cheio de preocupação, quando a porta se fecha.

Tia Karen sofreu queimaduras de primeiro grau nos dedos e um leve choque. No entanto, após um dia no hospital, ela já está quase completamente recuperada. O cabelo está penteado, e a maquiagem, bem aplicada, e, além da pomada brilhante em suas mãos, ela está exatamente como antes do acidente.

A senhora Kaminski a examina longamente antes de responder à pergunta com uma outra:

– A Natalie não se machucou?

– Não. Ela teve sorte.

Os olhos da senhora Kaminski permanecem fixos nos de tia Karen ao dizer:

– Maureen também teve sorte, mas talvez não tanta sorte quanto a Natalie, já que os dedos das mãos e dos pés dela estão bem. Não é mesmo?

Tia Karen assente, sua preocupação pela Mo aumentando ao mesmo tempo que a senhora Kaminski ainda a encara, antes de continuar:

– Sinto um calafrio só de pensar no gelo que devia estar lá, e em como minha filha deve ter ficado assustada.

Tia Karen troca de posição.

– Você já viu os dedos dos pés da Maureen? – a senhora Kaminski pergunta.

Tia Karen engole em seco e balança a cabeça negativamente.

– Estão piores do que os das mãos.

Ela então olha para os pés da tia Karen.

– Os dedos dos pés dela não suportam o peso do corpo como os seus.

Sinto tia Karen contraindo os dedos dentro dos sapatos.

O casaco de setecentos dólares da Natalie acabou valendo cada centavo. Aquele sobretudo pesado não só protegeu Natalie do frio, mas também poupou os pés dos pais dela, que puderam colocá-los por baixo dele.

– A maior parte dos dedos das mãos ainda está branca – continua a senhora Kaminski –, o que me disseram ser bom. A palidez significa que apenas a pele estava congelada. Quando escurece, é ruim: significa que a circulação foi cortada para poder conservar a temperatura dos órgãos vitais.

Tia Karen engole em seco mais uma vez, e a cor se esvai de seu rosto.

– Quase todos os dedos dos pés da Maureen estão pretos. Como pedra. Como se fossem feitos de lava endurecida, em vez de carne e osso.

Ela para, seus olhos permanecem encarando a tia Karen antes de ela seguir:

– É difícil imaginar a intensidade do frio que causou isso, sabe? Mas, sim, como você diz, nossas filhas tiveram sorte. Preciso me lembrar disso, de como elas foram *sortudas*.

Tia Karen abre a boca como se quisesse dizer algo, mas a senhora Kaminski ainda não acabou. Com palavras afiadas como punhais, ela diz:

– Em cada segundo sentada naquela sala, lembro que minha filha está aqui enquanto Finn está morta e que somos sortudas. Mas, quando olho para os dedos dos pés da Maureen e imagino o frio, não consigo deixar de pensar na Natalie e de me perguntar por que os dedos dos pés da minha filha estão tão pretos enquanto os da sua filha, não. E aí eu reflito: se é sorte, então a sorte é cruel e injusta. As duas estavam naquele *trailer*, as duas com frio e assustadas, as duas usavam botas sem proteção, e, ainda assim, só minha filha corre o risco de perder os dedos dos pés, e é difícil pra mim, é difícil entender por que sua filha foi tão *sortuda*, mas a minha, não.

Sem esperar por uma resposta, ela se vira e volta para o quarto, deixando tia Karen sozinha e tremendo no *hall*. Eu a observo alcançar a parede para se firmar, a respiração curta enquanto puxa o ar pela boca e balança a cabeça como se tentasse acordar de um pesadelo.

Sempre me perguntei como era possível Mo ser filha da senhora Kaminski, como uma mulher tão educada poderia ser a mãe de uma fera daquelas. Agora eu sei. As aparências enganam, e as pessoas não são quem parecem ser. Tia Karen nunca mais olhará para os dedos dos pés da Natalie sem pensar na Mo ou se olhar no espelho sem ouvir as palavras da senhora Kaminski: "É difícil entender por que sua filha foi tão *sortuda*, mas a minha, não". A senhora Kaminski não é mansa, assim como a tia Karen não é afetuosa e generosa, embora, se você perguntasse isso a mil pessoas que as conhecem, quase todas discordariam.

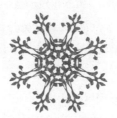

34

Se a Mo não teve tanta sorte quanto a Natalie, Chloe estava totalmente condenada.

Os médicos têm o cuidado de não dizer a verdade aos entes queridos da minha irmã, e a honestidade fica reservada para os momentos em que conversam entre si: Chloe vai perder alguns dedos dos pés e, possivelmente, das mãos. Quantos ainda não se sabe, mas eles não conseguirão salvá-los todos, isso é certo. Também estão preocupados com as orelhas dela, e um cirurgião plástico foi chamado para examiná-la.

Deixo os médicos no corredor e volto ao quarto da Chloe, para ver com meus próprios olhos como ela está. Cheguei há apenas um minuto quando o corpo dela estremece de repente e os olhos se abrem. Suas pupilas se movem de um lado para o outro, o rosto contorcendo-se de pânico. Ela então cai de volta no travesseiro.

– O que foi isso? – Aubrey pergunta.

– Medo – minha mãe murmura, deslizando sua cadeira para mais perto e segurando o pulso da Chloe, por cima de sua mão enfaixada, para que ela saiba que nossa mãe está lá. Ela a toca com cuidado, como se Chloe pudesse se despedaçar, o que parece ser o caso. A pele dela está tão pálida que lembra um cristal, e seu corpo é tão pequeno sob o lençol que parece frágil como graveto. Chloe murmura, e a sobrancelha da minha mãe franze. Só eu entendo as palavras dela, que fazem meus olhos se arregalar e meu coração acelerar. Claramente, ela disse: *botas pretas, costuras vermelhas*.

Chloe geme, e acorda outra vez, agora mais lentamente e contorcendo-se de dor.

– Chama a enfermeira – minha mãe grita, e Aubrey dá um pulo e sai correndo da sala. Minha mãe sussurra para Chloe: – Estou aqui, meu amor. Mamãe está aqui.

Chloe afasta o pulso da mão da minha mãe e fecha os olhos, implorando para voltar à inconsciência, e, misericordiosamente, uma enfermeira toma a frente e injeta algo no soro que responde à oração dela.

35

Vou ficar com Oz. Chloe me ouviu: *botas pretas, costura vermelha*. Durante o sono dela, ela me ouviu.

Enrosco-me ao lado dele e digo a ele que estou aqui. Digo que Chloe foi encontrada e que vai ficar bem. Digo que papai está no hospital e tem perguntado por ele e que Bingo está seguro. Digo como ele mandou bem e o quanto ele foi útil. Digo que, graças a ele, mamãe foi encontrada, e o rastro deixado por ele levou os socorristas até ela. Digo como ele é especial e forte e corajoso. Digo o quanto ele é amado e o quanto a falta dele será sentida. Digo como o céu é um lugar lindo e sem regras e que ninguém fica bravo se você cometer um erro. Digo que ele pode colocar *marshmallows* em tudo o que comer, até no bife, se quiser, e que todos os anjos são tão bonitos quanto a Mo e que eles têm lindas asas de ouro e que eles adoram brincar de guerrinha de água e fazer bonecos de neve. Eu falo e falo e falo até a escuridão dar lugar ao cinza e o horizonte brilhar.

E ainda estou falando quando o tremor dele para, sua morte tão tranquila que mal percebo. O peito dele sobe e desce uma última vez, depois a boca se abre, e ele não se mexe mais.

Rezo pela alma dele, pedindo a Deus que o leve rapidamente para um céu como aquele que prometi, um lugar amoroso e compreensivo, um lugar mais tolerante e menos confuso para um menino especial como o Oz.

Quando meu pesar se transforma em ódio, vou à fonte dele, desejando igualmente um inferno que castigue o tio Bob pelo que ele fez.

36

É ilusório. Os que sobreviveram, você acha que eles estão bem.

Faz uma semana desde o acidente, seis dias desde que a minha mãe conseguiu chegar à estrada para pedir ajuda, cinco desde que Chloe e Vance foram encontrados.

Oz nunca foi encontrado. A busca foi retomada no momento em que a tempestade cedeu, e cancelada dois dias depois.

Dois morreram. Os outros estão se curando e podem voltar às suas vidas, retomando-as de onde pararam.

Isso é o que você pensa, certo? Errado.

Como um cobertor de espinhos, um efeito danoso se instalou sobre os sobreviventes, a urgência em permanecer vivo se transformando em algo completamente diferente. As glândulas adrenais já não disparam em sobrecarga; a exaustão e o choque já não adormecem mais o cérebro; e a realidade da vida pós-acidente se infiltrou na consciência como uma hemorragia lenta, uma assombração silenciosa do frio e do sofrimento que chora em cada um deles a cada respiração.

O pavor me deixa com dores constantes no estômago, quando percebo que o pior ainda está por vir.

Negação e arrependimento, gratidão e culpa vergonhosas, além de dor e desesperança redemoinham nos pensamentos e sonhos da minha mãe, da Chloe e da Mo, todas tão aterrorizadas com o que aconteceu que evitam dormir por medo de se lembrar.

Penso no cervo na estrada, e em seus olhos assustados refletidos contra a luz, piscando do outro lado do para-brisa, e me pergunto se ele tem noção dos danos que causou, ou se está alheio a tudo, continuando com sua vida ignorantemente, inconsciente do preço que salvar a vida dele custou.

Tio Bob, tia Karen e Natalie voltaram para casa no Condado de Orange. Estou feliz que eles tenham ido embora. Mesmo a presença do tio Bob tendo sido reconfortante para a minha mãe, ela foi enfurecedora para mim. Parece grosseiramente injusto que a mesma falta de consciência que permitiu a ele fazer o que fez também o proteja contra os efeitos pós-traumáticos dos quais os outros estão sofrendo. Seu tornozelo já está quase curado, sua família está saudável e completa, ele está sendo anunciado como um herói e dorme bem à noite.

Se eu pudesse tocar para ele o sofrimento do meu irmão em um alto-falante, eu o faria. Todas as vezes que ele fechasse os olhos, eu o torturaria com uma bobina interminável de gritos do Oz, da confusão e dos apelos dele pelo meu pai, por mim, pela Mo – a trilha sonora inteira de sua morte solitária, terrível e lenta. De vez em quando, eu esperaria silenciosamente, faria com que ele acreditasse ter sido poupado, e aí então eu explodiria nas caixas mais uma vez toda a gravação, no volume máximo, assombrando-o impiedosamente até que ele tivesse pavor de dormir.

Mas não tenho como reproduzir o sofrimento do Oz, e, assim como o cervo, tio Bob continua, alheio e sem arrependimentos. Seus pensamentos nunca se aventuram a voltar àquela noite terrível ou ao momento em que ele mandou Oz embora, nunca refletem sobre seu papel nessa cadeia de acontecimentos infelizes. Portanto, ele não sofre as ramificações do que fez e não tem nenhum senso de responsabilidade, tampouco sentimento de remorso.

Já as outras pessoas envolvidas não são agraciadas com a mesma falta de retrospecção da parte dele. Constantemente, suas consciências rugem, pensamentos do tipo *deveria-ter-sido-assim* e *poderia-ter-sido-assim* retumbando em seus cérebros. Elas não suportam como se veem agora: reflexos muito claros, mas pouco lisonjeiros, brutais e honestos demais. E eu chego à conclusão de que não estamos destinados a nos ver tão claramente, sem o disfarce do ego e da ignorância... não estamos destinados a ter nossos verdadeiros personagens revelados.

Minha mãe e Mo e Chloe sofrem de espécies de arrependimentos diferentes, embora a causa principal seja o mesmo desejo de voltar atrás, reverter o destino e ser uma pessoa melhor do que foi.

Minha mãe pensa principalmente no Oz. *Eu me despedi?*, ela murmura ao espelho em voz alta.

Não, ela não se despediu, mas não tem certeza disso, e espero desesperadamente que ela se convença de que o fez.

Ela também se tortura pelo que aconteceu com a Chloe. Soluçou incontrolavelmente quando conversou com a Aubrey sobre o assunto, mas, não importa quantas vezes Aubrey tenha dito que a culpa não foi dela, ela não se convenceu. Tio Bob também a lembrou que ela de fato tentou impedir a Chloe. Ele falou isso com veemência, quase raiva, dizendo-lhe categoricamente que não havia absolutamente nada que ela pudesse ter feito.

Eu o odeio, mas fiquei feliz por ele ter dito isso.

Infelizmente, Chloe não sente o mesmo. Ela odeia abertamente a minha mãe, e a censura irradia sempre que ela está por perto. Minha irmã passou quase trinta horas encolhida no buraco daquela árvore, e isso é tempo demais para ficar sozinha com seus pensamentos e para tornar sua perspectiva distorcida. Não estou certa de como Chloe se lembra das coisas, apenas de que sua visão alterada não deixa espaço para o perdão.

É difícil saber o que Chloe pensa, porque Chloe não fala. Desde que foi resgatada, a única vez que ela abriu a boca foi para perguntar sobre o Vance, e seus olhos se encheram de lágrima ao saber que ele estava vivo... e depois seu coração se partiu quando pediu à enfermeira para chamá-lo, mas a mãe respondeu que ele não atenderia ao chamado dela.

Desde então, Chloe não disse uma palavra nem fez praticamente nada. Fica o dia todo deitada de lado, com o rosto voltado para a janela. Às vezes, os olhos dela estão abertos, embora na maior parte do tempo, fechados. Ela se recusa a comer ou a ir ao banheiro. O soro a alimenta, e ela usa fraldas. E, mesmo quando se suja, não se mexe.

É algo horrível de se testemunhar, e imagino que o cheiro exalado seja repugnante... carne, urina, fezes. Minha mãe deve ter se acostumado, pois não reage, mas todos os outros se contraem ao entrar no quarto e se apressam em terminar suas tarefas rapidamente para poder escapar dali.

Um dedo do pé esquerdo da Chloe e dois do direito foram amputados, assim como um terço do dedo mindinho esquerdo da mão. Um cirurgião plástico removeu várias bolhas infectadas das orelhas, e os lóbulos ficaram deformados. Os dedos dos pés que restam estão pretos, e a impressão é de que, mesmo com um leve puxão, eles se descolariam do corpo dela, embora os médicos estejam esperançosos de que possam ser salvos.

Em meio a tudo isso, minha mãe permanece ali, sentada e vigilante ao lado da Chloe, e nem parece piscar. Só eu vejo o esforço necessário a cada manhã para ela entrar no quarto, o suspiro profundo que ela dá antes de abrir a porta.

Mas, quando está ali, na cadeira ao lado da cama da Chloe, ela é estoica: silenciosa e imóvel enquanto observa Chloe respirar, um olhar de tal devoção que me machuca o coração e me faz pensar como alguém pode amar tanto outra pessoa, mas desesperadamente não querer estar perto dela. Assim também era antes do acidente, uma se escondendo da outra, escutando para qual direção a outra seguiria e evitando o caminho.

– Óleo e água – meu pai disse certa vez, mas Aubrey balançou a cabeça.

– Óleo e óleo – ela corrigiu. – Não percebe o quanto elas são parecidas?

Acho que ambos poderiam estar certos: as duas são completamente opostas por fora, mas têm a mesma teimosia por dentro, tornando impossível para elas se dar bem.

Às vezes, minha mãe pensa no Kyle. Sei disso porque noto a mão direita dela abrir e fechar e o rosto se contorcer. E muitas vezes ela pensa em mim, as lágrimas transbordam de seus olhos, e seu lábio estremece.

E assim continua, um ciclo interminável de tristeza e tortura enquanto ela espera meu pai e Chloe se recuperarem: arrependimento por Oz, Chloe e Kyle, preocupação por meu pai e tristeza por mim.

O sofrimento da Mo é diferente: tanta coisa perdida tão rapidamente que ela não consegue compreender. Sua bolha de vidro estilhaçada, e o mundo diante dela agora incompreensível. A vida perfeita, a melhor amiga perfeita, os dedos perfeitos. O destemor, a ignorância abençoada, o espírito indomável. A crença na bondade, no otimismo e no certo e errado. A crença em si mesma e em como se via. Tudo obliterado em milhões de cacos afiados que não fazem sentido e a paralisam.

– Fiquei aliviada por ter sido a Finn – ela chorou para sua mãe na manhã em que acordou no hospital. – Como... como eu poderia pensar uma coisa dessas? Finn estava ali, morta, e meu primeiro pensamento quando a vi foi alívio por não ter sido eu.

– Shhh, querida – a senhora Kaminski a acalma. – Não controlamos nossas reações, apenas nossas ações.

– Então tá. Oz não voltou com o Bob, e eu não fiz nada. Nada. Inação. EU. NÃO. FIZ. NADA.

A senhora Kaminski só conseguiu acenar com a cabeça, e seus olhos marejaram. Mo chora muito. Ela raramente dorme e, quando está acordada, chora. O médico deu permissão para ela ser transferida para o Hospital Missionário em Laguna Beach, onde precisará ficar até não haver mais riscos de infecção nos dedos: mais duas semanas, pelo menos.

Os médicos dizem que os pés dela estão melhorando, apesar de parecerem piores. Como uma cebola podre, a camada superior da pele é marrom mosqueada e dourada com manchas pretas e está rachada e com bolhas, manchas da pele morta descascando para revelar a pele tenra e rosada por baixo.

Mo se recusa a olhar para seus pés ou para sua nova vida, incapaz de aceitar que aquelas partes grotescas pertencem a ela.

37

    Os médicos decidiram que é hora de acordar o meu pai. O inchaço no cérebro dele finalmente diminuiu, e os sinais vitais estão estáveis. É finalzinho de tarde: horário escolhido pela proximidade com a noite, já que recuperar a consciência pode levar tempo, às vezes horas, e o silêncio e a escuridão minimizarão o estresse.

    A perna direita dele está em uma engenhoca complicada repleta de correias, parafusos e molas, e dezenas de tubos e arames brotam de seus braços como cipós. Fico maravilhada com isso, impressionada com a medicina moderna e com os médicos brilhantes que conseguiram salvá-lo.

    O rosto dele está encoberto por uma barba espessa que já cresce há uma semana, e ele perdeu muito peso. As faces estão fundas, e o corpo normalmente robusto chega quase a parecer frágil sob os lençóis. Mas ele ainda é ele, uma força imponente na região da mandíbula e um resquício de riso nas linhas de expressão ao redor dos olhos, e, ao olhá-lo, sinto tanto a falta dele que quero gritar aos médicos para se apressarem. Minha mãe está ao lado da cama segurando a mão dele. O rosto dela é uma mistura de terror e preocupação, e eu me pergunto no que será que ela está pensando.

O anestesiologista aplica a medicação intravenosa.

Um tempo se passa, e finalmente o batimento nas máquinas aumenta. Meu pai começa a se mexer. A perna que não está machucada se move sob o lençol, e a mão que minha mãe não está segurando se aperta. A veia no pescoço dele começa a pulsar, e a boca contrai ao dizer meu nome. Ele então chama pela Chloe, e o anestesiologista olha para o médico do meu pai, preocupado.

– Jack, está tudo bem – minha mãe o acalma, aproximando-se e envolvendo sua outra mão. E, como se as palavras dela estivessem misturadas com clorofórmio, ele afunda de volta nos lençóis. Seguro minhas lágrimas, percebendo totalmente a dor que ele enfrentará quando acordar de novo e descobrir tudo o que aconteceu.

Todos suspiram, com a mesma sensação, e, minutos depois, quando ele se agita novamente, o anestesiologista já está pronto com uma seringa nas mãos. Mas dessa vez foi apenas metade ruim do que a primeira, e observo como os olhos do meu pai se movem freneticamente pelo quarto quando minha mãe diz o nome dele, depois se fixam nela ao encontrá-la.

– Está tudo bem – ela diz. – Nós estamos bem.

É uma mentira, mas uma mentira perfeita.

– Chloe? – ele pergunta com a voz áspera.

– Ela está aqui. Está bem.

Meu pai fecha os olhos sentindo um profundo alívio. Ele não sabe sobre Oz. Imagina que o filho esteja bem, que meu irmão foi resgatado com ele.

– Senhor Miller – o médico o chama, dando um passo à frente e fazendo minha mãe recuar.

Em seguida, faz uma bateria de perguntas para avaliar se há dano cerebral, o que felizmente não parece ser o caso.

– Você é um homem de sorte – ele diz ao terminar.

Não tenho certeza se meu pai concorda. Ele mantém suas emoções firmes, mas estremece pelo esforço. Ele não está ouvindo o médico lhe dizer que ele não tem mais baço, que sua perna levará de quatro a seis meses para sarar, que mancará para sempre, que ficará no hospital por mais duas semanas e confinado a uma cadeira de rodas por cinco, que precisará de fisioterapia várias vezes por semana por pelo menos um ano.

Meu pai não ouve nada. Seus olhos ainda estão fixos em minha mãe, oferecendo a ela toda a força e a coragem que ele não pôde oferecer na montanha. O sentimento de culpa nele é enorme, sinto isso. Nem tanto pelo fato de o acidente ter acontecido – meu pai tem uma crença forte de que não controlamos nossa sorte. A culpa é mais por não ter conseguido detê-lo uma vez que ele começou, mudando as coisas ou consertando-as e, assim, de alguma forma, ter protegido sua família.

Por fim, o médico sai do quarto. Quando a porta se fecha, minha mãe começa a chorar, com grandes soluços que fluem sem controle, os ombros convulsionando pela dor que a domina.

Retraindo o corpo, meu pai se desloca alguns centímetros para a direita, estendendo a mão. E, como uma criança, minha mãe sobe na pequena cama ao lado dele. O corpo se molda ao dele, a perna esquerda se arrasta sobre a perna não ferida dele, e o braço envolve o peito dele. Ele pega a mão dela na dele e apoia o queixo contra a cabeça dela.

E assim eles ficam durante toda a noite, entrelaçados, meu pai perdendo e recobrando a consciência, enquanto minha mãe dorme profundamente pela primeira vez em uma semana.

38

Aubrey está sentada no quarto da Chloe folheando uma edição da revista *Noiva moderna*. Quando a porta se abre, ela empurra a revista para baixo da cadeira.

Não a culpo por essa distração. Já se passaram dez dias desde o acidente, e a vida continua. O casamento dela é daqui a três meses, e é muito melhor pensar nisso do que na morte e no sofrimento ao redor. Sendo assim, eu entendo. Mas também me sinto mal. Toda a alegria que girava em torno dela e do seu grande dia foi sugada e reduzida a uma indulgência repleta de culpa que ela precisa esconder de todos.

A mulher que entra no quarto é a psiquiatra designada a Chloe pela assistente social do hospital. Não gosto dela. Baixa e larga, com cabelos castanhos inflados e olhos pequenos de passarinho, ela fala com Chloe como se minha irmã tivesse cinco anos e já tentou de tudo, de suborno a ameaças para fazê-la responder, uma abordagem desesperada de tratamento com absolutamente zero chance de sucesso. Em poucas palavras, ela é uma droga, e sei que Chloe também pensa assim.

– Posso falar com você lá fora? – ela pergunta a Aubrey.

– Sim, claro – Aubrey responde e a segue.

Na maior parte do tempo, Aubrey não tem estado envolvida com as consequências do assunto. Ela só está aqui porque meu pai foi tirado do coma ontem à noite e minha mãe não queria que Chloe ficasse sozinha, mas, desde a primeira visita dela ao hospital logo após o acidente, ela tem ficado em casa. Ela e Ben cuidam do Bingo e da casa enquanto minha mãe está aqui cuidando da Chloe e do meu pai.

– Gostaria que você me falasse um pouco sobre a sua irmã.

Aubrey franze o cenho.

– Como assim?

– O que ela gosta de fazer. Quais são os *hobbies*, os interesses dela? Gostaria de compreendê-la melhor para poder descobrir uma maneira de me conectar com ela.

Os olhos da Aubrey viram para a esquerda e para a direita, pensativos, e, observando-a, percebo quão pouco ela deve realmente conhecer sobre a Chloe. Enquanto Aubrey e eu nos dávamos muito bem, e Chloe e eu nos dávamos muito bem, a *vibe* das duas nunca bateu de verdade. Cinco anos as separam, e, quando Aubrey foi para a faculdade, ela praticamente se desconectou de todos, exceto da minha mãe. *Vamos lá, Aubrey,* encorajo. *É a Chloe. Ela gosta de ouvir música e caminhar na praia. Coleciona conchas e álbuns de* rock'n'roll *dos anos 1970. Gosta do que quer que tenha canela e ama assar tudo quanto é coisa. Aqueles biscoitinhos, os* snickerdoodles, *são os favoritos dela porque são feitos de canela e a palavra é divertida de se dizer. Ela gosta de palavras como essa e sempre as salpica em suas frases: travessuras, deboche, flebotomista, Zimbábue. Ela é só coração quando se trata de tudo o que é patético e indefeso... gatos de rua, coelhos, lagartos... e adora aqueles* reality shows *ridículos como* The Biggest Loser *ou* Love in the Jungle. *É uma romântica inveterada e estava louca de amor por Vance até ele a abandonar na neve. Vamos lá, Aubrey, pense!*

Aubrey abana a cabeça.

– Sinto muito – ela diz, olhando para a mulher com um genuíno pedido de desculpas nos olhos. – Eu não sei.

A psiquiatra enruga a testa, fazendo Aubrey se envergonhar. Desesperada para acrescentar algo de valor, ela diz:

– Chloe ouve uma música horrível, do tipo com guitarras barulhentas e muita bateria, e faz um mês que ela cortou o cabelo e pintou de preto.

– Então ela está com raiva? – a psiquiatra pergunta, iluminando-se como se isso fosse algum tipo de descoberta. – Você acha que ela estava deprimida?

– Então, eu...

Não, Chloe não estava deprimida. Nunca esteve tão feliz. Sua formatura seria daqui a quatro meses, ela estava completamente apaixonada e abertamente revoltada contra as convenções, a sociedade e a minha mãe. Ela era uma rebelde sem causa, gótica, sarcástica-e-adorável... feliz.

– Talvez – Aubrey responde.

Eu gemo de frustração. *Fala sério, Aubrey! Tá de brincadeira comigo?*

– Sim – ela completa. – Agora, pensando bem, talvez ela estivesse mesmo.

39

Quando meus pais acordam, ainda enroscados um no outro, o dia está tão bonito que me dá vontade de chorar. Através da janela, o céu azul se estende até o horizonte, nuvens errantes se arrastam preguiçosamente, e o sol brilha com arrogância.

Minha mãe se desenrola do meu pai sem dizer uma palavra, e o desespero que os uniu evapora no brilho da manhã e na terrível realidade diante dos dois. Como uma força magnética, mesmo enquanto suas peles ainda se tocam, uma energia obscura os repele, e, em poucos minutos, eles voltam para seus respectivos reinos isolados aos quais já se acostumaram durante os últimos anos.

Com as bases das mãos, minha mãe esfrega os olhos para espantar o sono, depois estica os braços sobre a cabeça para despertar o corpo enquanto se levanta, contraindo-se um pouco devido à dor por suas costelas machucadas.

– Cadê o Oz? – meu pai pergunta, apertando os olhos pela claridade. Durante os últimos dois anos, ninguém, exceto meu pai, cuidou do meu irmão. Eu até o aliviava por breves períodos, como quando ele precisava tomar banho ou os dois iam ao barbeiro e era a vez de o meu pai cortar o cabelo, mas, fora isso, meu pai era quem cuidava dele.

Oz tinha ficado forte demais para qualquer outra pessoa conseguir fazer isso.

A falta de liberdade que toda essa situação causou criou uma fenda do tamanho do Grand Canyon entre os meus pais, e eles brigavam constantemente. Minha mãe queria procurar uma solução a longo prazo: um lar de acolhimento para ele ou, pelo menos, um atendimento em meio período. Meu pai recusou.

– Você quer que ele fique drogado e acorrentado? – meu pai argumentaria. – Porque é isso que eles farão com ele, Ann. Isso é o que você está sugerindo.

– Estou sugerindo que, pelo menos nos fins de semana, a gente o coloque em algum lugar onde ele esteja seguro para que nós aqui possamos ter uma vida.

– Nós temos uma vida, e Oz faz parte dela.

– Sei disso, Jack, mas ele está se tornando toda a nossa vida. Não podemos sair. Não podemos fazer nada juntos. E ele está ficando perigoso.

– Ele não é perigoso.

– Ele machucou aquele cachorro.

– Não foi por querer.

– Mas machucou. Independentemente se foi por querer ou não, ele machucou aquele animal. Ele não conhece a força que tem, e está passando pela puberdade. Pense na combinação perigosa que isso é.

Era verdade. Eu mesma fui testemunha. Oz tinha uma espécie de olhar apaixonado sempre que uma garota passava por ele, especialmente as loiras de seios grandes. As feições dele se fundiam em um desejo e uma vontade inquietante de tocá-los.

– Vou ficar de olho nele – meu pai disse.

– Não tem como você vigiá-lo a cada segundo.

As vozes dos dois eram abafadas, mas acaloradas, do jeito que as discussões entre eles sempre foram: grasnados raivosos que açoitavam e retalhavam e enchiam a casa de uma tensão que durava dias, até que, eventualmente, a tensão desvanecia-se em um silêncio ensurdecedor que quase nos fazia sentir falta das brigas.

Minha mãe não sabe disso, mas eu e meu pai uma vez levamos Oz para verificar um dos lares de que ela havia falado, em Costa Mesa. Nem chegamos a passar pela porta da frente. Oz viu os residentes de lá caminhando pelo pátio, balançando-se no gramado e falando consigo mesmos, e surtou. Meu pai precisou agarrá-lo no estacionamento para evitar que ele saísse correndo rua afora.

Nunca contamos à minha mãe, e meu pai nunca mais pensou no assunto. Nem eu. Oz era nosso. Ele não pertencia a um lugar como aquele.

– Ele está com a Aubrey? – meu pai pergunta, sem parecer preocupado. Caso fosse absolutamente necessário, Chloe ou Aubrey poderiam vigiar o Oz, desde que ele estivesse sedado com algo como Benadryl.

Minha mãe se agita um pouco e agarra a grade da cama para se firmar.

A cabeça do meu pai se inclina.

Minha mãe abre a boca para falar, mas as palavras não saem.

Por fim, ela balança a cabeça e baixa os olhos.

Observo como o semblante do meu pai vai do questionamento passando pela confusão até chegar ao alarme, e assim sucessivamente.

– Saí para buscar ajuda – minha mãe gagueja. – E ele foi atrás de mim.

– Você deixou o Oz lá? – meu pai pergunta, a angústia agora se transformando em outra coisa totalmente diferente: a cor sobe em suas faces, e seu rosto se retrai. A fúria é tamanha que não suporto ver, e, ao deixá-los, eu me pergunto o que fizemos para merecer um sofrimento tão grande assim.

40

Estamos em casa. Meu pai e Chloe foram transferidos de ambulância nesta manhã e agora estão no Hospital Missionário, a três quilômetros de onde moramos.

Observo minha mãe enquanto ela entra na nossa casa vazia, com Bingo do lado. Ver o Bingo é algo que me deixa extraordinariamente feliz. Ele sobreviveu, ileso, e mal posso acreditar. Aubrey e Ben têm cuidado dele, e, só de olhar para a sua barriga rechonchuda, vejo que ele tem sido mimado demais.

A quietude da casa é chocante, tão diferente do dia a dia que chega a parecer outro lugar. A sala ainda está uma bagunça dos preparativos para a nossa viagem de treze dias atrás. As caixas organizadoras que guardam nossas roupas de esqui estão abertas na sala de estar. Minha mochila de ir para a escola está jogada ao lado da escada. Os soldadinhos de plástico do Oz estão alinhados no chão, preparando-se para a guerra. Os coturnos da Chloe estão ao lado do sofá.

Fico olhando para as botas, lembrando-me da escolha que ela fez de última hora de trocá-las pelo seu velho par de botas Sorel revestidas de feltro. Uma escolha que, olhando para trás, provavelmente salvou a vida dela.

Minha mãe passa por tudo e segue cambaleando até o quarto dela. Tira as roupas que a vestiram nos últimos dez dias, joga-as no lixo e depois toma um banho que só termina quando a água fica fria. Enrolando-se em um robe felpudo, ela passa um creme em suas mãos ainda queimadas, desce as escadas e serve-se de uma taça de vinho. Logo depois, outra. Após a terceira, ela sobe as escadas mais uma vez, aninha-se em sua cama e quase chega a dormir.

Amanhã é o meu funeral.

41

Não sabia que eu era tão popular. Escaneio a sala, observando a grande coleção de enlutados. Os bancos estão cheios, assim como os corredores. A igreja está lotada, transbordando, com quase todo o pessoal da escola presente – pais, professores, alunos –, centenas de vizinhos, companheiros de equipe de uma dúzia de anos no esporte e diversos membros da família de todo canto. Apenas metade dos rostos me é familiar, e menos de um quarto conheço bem.

Felizmente, é um caixão fechado. Estou cansada de olhar para meu cadáver frio e não tenho a menor vontade de que alguém mais o veja. Vamos dizer que não é o meu visual mais atraente. Também me sinto grata por meu pai e Chloe não estarem aqui. Eles odiariam isso, ser o centro das atenções em um espetáculo tão grande e ter seu luto assim exposto. Minha mãe também odeia isso. Permanece imóvel no banco da frente, entre Aubrey e Ben, os olhos fixos no meu caixão enquanto a plateia a examina para avaliar o quão bem ela está lidando com a situação.

Os olhos dela estão secos, e a expressão é indecifrável. Ela não vai chorar, não na frente de todas essas pessoas. Só eu sei como ela chorou incontrolavelmente nesta manhã, uma tristeza tão horrível e violenta que tive medo de ela desmaiar, e como agarrou os lençóis com tanta força que tive certeza de que eles rasgariam. Ninguém aqui sabe disso. Para eles, ela parece uma rainha do gelo, inexpressiva, aguardando a cerimônia para a incomensurável tarefa de enterrar a própria filha.

Seus olhos se fixam nos girassóis pendurados no mogno brilhante, minha flor favorita e a escolha para os buquês. Estou orgulhosa dela por se lembrar disso e gostaria tanto de poder dizer isso a ela, fazer com que ela saiba que eu os vejo e estou feliz por ela os ter escolhido.

Tio Bob e Natalie estão aqui. Tia Karen, não – difícil demais para ela ou difícil demais para minha mãe, impossível dizer. De qualquer forma, isso me irrita, e eu decido que, a partir de agora, ela não é mais minha tia. Decido também que tio Bob não é mais meu tio. Eu estou morta. Eu tenho esse direito.

Mo é uma das últimas a chegar. Pescoços se viram para olhar para ela enquanto seu pai a conduz na cadeira de rodas pelo corredor central até um espaço reservado na parte da frente. Os enlutados olham com curiosidade mórbida para as mãos e os pés enfaixados dela. Após a cerimônia, Mo retornará ao hospital. Ainda falta uma semana antes de voltar para casa. Assim como minha mãe, o rosto dela é uma máscara, mas a de Mo é um disfarce perfeito de humildade e tristeza, uma princesa ferida que rouba o coração de cada pessoa que olha para ela.

Somente Bob não está enfeitiçado. Os olhos da Mo deslizam de lado ao passar por ele, e há uma escuridão em suas expressões quando os olhos dos dois se cruzam, fazendo-o desviar o olhar.

Charlie está na parte mais alta. Ele veste um suéter bege e uma gravata escura por baixo de um casaco preto. Está muito bonito e parece muito triste. Sento-me ao lado dele por um tempo, curtindo a ideia de poder ficar tão perto assim dele.

O pastor é um homem pequeno, de cabelos castanhos finos e voz de barítono, e faz um trabalho incrível ao falar sobre mim, considerando que nunca nem me viu. Quando termina, ele apresenta os outros, que farão o tributo.

Muitos falam, e todos dizem coisas maravilhosas. Gosto especialmente do discurso que meu treinador de softbol faz, porque é sobre as pegadinhas pelas quais eu era famosa, e todos riem.

Aubrey fala em nome da nossa família, e nos representa bem. Ela olha constantemente para o Ben, e sei que é assim que ela consegue passar por isso. Quando fala de mim como irmã e do meu relacionamento com Oz, muitos choram.

Então chega a vez da Mo. Incapaz de colocar peso sobre seus frágeis dedos dos pés, ela é levada de cadeira de rodas para o púlpito, e um microfone lhe é entregue. Ela está vestida de preto, mas parece um anjo. Seu cabelo brilha, dourado, sob as luzes da igreja, e sua pele está luminosa pelas semanas no hospital sem se expor ao sol.

Ela segura o microfone entre suas mãos enfaixadas e rouba a cena. O público se derrete de emoção enquanto ela os entretém com história atrás de história sobre as nossas vidas – uma dúzia de momentos *à la Lucy-&-Ethel, Laverne-&-Shirley, Tom-&-Huck* – cada aventura tão hilariante e esplêndida que qualquer um teria inveja da grande amizade que compartilhamos.

Ao ouvi-la, minha gratidão e admiração por minha corajosa amiga só crescem, cada grama de força que ela ainda tem no corpo empregada para fazer deste um momento de celebração, não de tristeza, sabendo que é o que eu desejaria. Pela manhã, ela não conseguiu comer nem um mísero pedaço de torrada, as emoções extenuadas diante do dia que enfrentaria. Suas mãos tremeram tanto quando ela aplicou a maquiagem que, por fim, a mãe dela precisou fazer isso: uma camada grossa de base para cobrir os olhos machucados e com olheiras, uma cor nos lábios e na face apenas leve o suficiente para dar uma luminosidade, mas sem parecer feliz. Ela trocou três vezes de batom, não sorrindo uma única vez. Mas agora, aqui, ela dá show para o público e para mim, e talvez até um pouco para minha mãe, para quem ela olha com frequência, lembrando a todos quem eu era e a vida extraordinária que vivi, fazendo-os saber o quanto eu era amada. Isso me faz sentir tanto a falta da minha vida, e ainda mais dela.

Não quero estar morta, desesperadamente não quero e, não importa quanto tempo tenha se passado, não consigo me acostumar a isso. Eu parti. Para sempre. Eternamente. O mundo continua sem mim. Mo e eu nunca mais poderemos ter outra aventura formidável juntas.

Quando ela termina, não há um olho seco sequer na igreja, todos unidos no amor e na tristeza, e eu preciso me lembrar de que isso foi por mim, que fui eu quem morreu e que este é o adeus deles.

42

Os médicos acham que Chloe está melhorando. Ela agora come e vai ao banheiro por conta própria. Até conversa com a nova psiquiatra, uma mulher antiga que se esquece muito das coisas, mas, pelo menos, fala com a Chloe como uma adulta. Só eu sei a verdade. Chloe tem um plano, e ficar catatônica não funciona nesse plano, porque aí os remédios dela seriam administrados via intravenosa. Agora que ela está se alimentando, os analgésicos e antidepressivos são administrados via oral. As pílulas dadas de manhã, ela engole; as da noite, ela escamoteia até que a enfermeira vá embora e depois as esconde no forro da mala dela.

Quando ninguém está no quarto, Chloe flexiona os músculos e se alonga. Cantarola e tem conversas com ela mesma. Quando tem companhia, finge uma morosidade que beira o coma.

Quase todas as noites, ela revisa sua carta de despedida. O diário ao lado da cama está cheio delas. A última versão diz:

Pai, isso não é culpa sua. O acidente foi apenas isso, um acidente.
Mãe, você é quem você é, então também não é culpada. Você deu o seu melhor, mas seu melhor nunca poderia fazer de mim quem você queria que eu fosse.
Vance, eu te amei.

Ela vacila quanto ao tempo verbal da última palavra: *amei* ou *amo*? *Vance, eu te amei* ou *Vance, eu te amo*? Mas a maior parte de suas edições envolve a menção à minha mãe. A última versão é a mais gentil. Ainda assim, espero que ela jamais a veja.

Ontem à noite, enquanto minha mãe dormia, tentei dizer a ela o que Chloe estava fazendo e sobre o plano dela, mas, na primeira palavra que proferi, minha mãe acordou violentamente, hiperventilando e gritando, e foi então que decidi não a visitar novamente.

43

Na porta do meu quarto, minha mãe para, respira fundo e depois entra corajosamente. Bingo a acompanha. Minha bagunça, antes uma fonte de irritação constante para ela, é exatamente a mesma de dezoito dias atrás, quando tudo era diferente. Meu uniforme de futebol está embolado ao lado da cama, minhas caneleiras e chuteiras, atiradas na direção do meu *closet* caótico. Livros da escola e cadernos e cartões e troféus se acumulam na minha escrivaninha, e vários projetos de arte incompletos estão empilhados no canto.

Chloe e meu pai terão alta do hospital daqui a uma semana, e o quarto da Chloe (nosso quarto) precisa estar pronto para quando eles chegarem. Estou um pouco chocada com a eficiência insensível com que minha mãe realiza a tarefa. Como um serviço de descarte de lixo contaminado, tudo o que eu possuía é depositado em sacos de lixo e arremessado pela janela do quarto para o gramado, poupando minha mãe da tarefa de carregá-los escada abaixo.

Bingo observa. Ele está no lugar favorito dele, na moldura quadrada de sol da tarde que atravessa a janela, a luz embebendo seus pelos dourados, pintando-os de branco, seus olhos marrons seguindo-a. Quando ela pega o *frisbee* mastigado debaixo da minha cama, a cabeça dele levanta, e suas orelhas se erguem, mas ele então se joga de novo no chão ao ver o brinquedo sendo depositado sem cerimônia no saco de lixo com tudo o mais.

Incrivelmente, minha vida inteira cabe em oito sacos reforçados da Hefty: minhas roupas, minha coleção de porcos, meus troféus, meus *scrapbooks*, meus trabalhos escolares, minha bola de beisebol assinada pelo Mike Trout.

Ela não deixa nada.

Quando o último saco é jogado pela janela, ela ataca minha cama, rasgando os lençóis e cobertores, e o pó do tecido se levanta tamanha a violência. Ela bufa, e sua camisa está encharcada de suor. Por fim, ela os joga, junto do meu travesseiro, sobre a pilha de sacos lá embaixo.

Ela está fechando a janela quando alguém bate à porta.

Ofegante, ela se endireita, ajeita os cabelos e desce as escadas para atender. Ao abrir a porta, encontra Bob com o semblante preocupado, e cai nos braços dele.

– Te vi jogando sacos pela janela – ele diz, acariciando os ombros dela.

– Ann, você deveria ter me chamado. Não deveria estar fazendo isso sozinha.

Ela não responde, apenas permite que ele a leve até o sofá, onde se enrosca nele e derrama suas lágrimas na camisa dele. E odeio que eu esteja contente por ele estar lá.

44

Mo retorna hoje à escola. Ela teve alta do hospital há três dias. Os médicos e as enfermeiras deram uma festa surpresa com direito a sidra de maçã no quarto do hospital, quando anunciaram as boas-novas de que os dedos dos pés dela estavam fora de perigo. Ela nem sequer esperou a festa terminar antes de começar a fazer as malas e ir embora.

Fico no quarto dela enquanto ela se prepara para o primeiro dia de volta à escola. Fisicamente, Mo está melhor. Recuperou o peso que perdeu, e grande parte da pele de seus dedos já está curada. A maior dificuldade que permanece é o sono. As noites dela são continuamente interrompidas por tremores de terror que a deixam exausta quando ela está acordada. Mo passa vinte minutos escondendo com a maquiagem o cansaço que se manifesta em olheiras e, ao terminar, chega quase a se parecer com seu antigo eu, com exceção dos sapatos, um velho par de mocassins de pele de carneiro que ela comprou quando visitamos o Alasca três anos atrás – os únicos calçados que ela tem que agora cabem em seus dedos ainda inchados.

Em um piscar de olhos

    Ela franze a testa ao olhar para seus pés em frente ao grande espelho e então, com um suspiro profundo, joga seus cabelos sobre os ombros e sai.

* * *

    Desde o momento em que pisa no pátio da escola, ela é uma celebridade. Todos os olhos a seguem enquanto ela finge não notar. Caminha corajosamente em direção à sala para a aula do primeiro horário. Alguns a encaram diretamente, com olhos espremidos de pena. Já outros ocultam suas olhadelas, com olhares furtivos que se desviam assim que ela se vira para eles.

    Por toda a manhã, ela desvia a atenção indesejada com a graça da Kate Middleton, serena e elegante, como se estivesse imune aos olhares. Somente quando vai ao banheiro após o terceiro horário e está sozinha em uma das cabines é que ela puxa os pés para cima e encosta a cabeça nos joelhos, descansando do preço necessário a se pagar para fingir ser exatamente quem ela era e sobreviver sem mim, a única pessoa com quem ela sempre foi capaz de ser exatamente quem ela era.

    Continuo com Mo durante o lanche dela. Ela compra uma batata recheada no refeitório e a leva para uma sala de aula vazia para comê-la sozinha. Depois de retirar o alumínio, ela corta a batata com uma faca de plástico e olha para a fenda que se abriu e para os anéis de vapor que giram para cima, e sei que ela está pensando no calor; a boca, salivando.

    Como tantas outras coisas, uma batata assada nunca mais será a mesma. Batatas assadas são o oposto da fome e do frio. Elas têm um fator de conforto inato embutido, e, quando Mo envelhecer, aposto que ela sempre guardará um saco de batatas em casa só para saber que elas estão ali. Ela a morde, e eu sinto o calor e o gosto lhe preencherem a boca, e sorrio com ela quando os olhos dela se apertam na pura maravilha daquele momento.

    Pela janela, avisto o Charlie e decido ficar com ele por um tempo também, curiosa de observá-lo a partir deste ponto de vista desobstruído e vantajoso que agora tenho. Fico surpresa quando ele não vai até a arquibancada para ficar com os amigos do futebol. Em vez disso, ele sai do *campus* e vai para um pequeno parque atrás do campo de beisebol, sentando-se atrás de uma árvore onde não pode ser visto.

Ele tira um sanduíche, umas batatinhas e uma garrafa de água da mochila, coloca seus fones de ouvido, apoia um caderno no colo e começa a desenhar. Ele sorri ao fazer o esboço, e, quando vejo o que ele está desenhando, faço o mesmo, e meu sorriso vai de orelha a orelha.

É um *cartoon* de nós dois. Ele veste um *smoking*. As barras das calças estão dobradas; os pés, descalços. Já eu uso um vestido bufante e seguro a minha saia, meus pés também descalços. Entre nós, há uma bola de futebol. Quando ele termina o ridículo desenho, ele o intitula *Primeira dança*, depois o segura para admirá-lo e gargalha.

Enquanto come o sanduíche, Charlie folheia o caderno, rindo ao virar as páginas, e eu faço o mesmo. Os desenhos são hilários, e ele deve ter feito esses rabiscos por meses. Nem todos são de mim. Alguns são de professores ou de estranhos animais de desenho animado que me lembram o Dr. Seuss. Ele não é lá um artista – as proporções são estranhas, e a técnica é rudimentar –, mas ele é tão engraçado. Em um dos desenhos, estou chutando para o gol, minha perna enrolada no meu corpo em uma pose de contorcionista, e a bola indo para o gol do adversário. *Gumby* é o título, e o balãozinho acima da minha boca horrorizada diz: *Merda!* Em outro, estou dormindo na minha carteira, a baba pingando da minha boca para o meu caderno – *A Bela Adormecida*.

E talvez isto seja o que mais me impressiona: mesmo com todo o exagero e um talento longe do de um Michelangelo da vida, em cada desenho ele me representou como uma beldade. De um jeito como nunca me vi antes. Bonitinha, talvez, bonita se você estiver sendo gentil, mas sempre fui a garota alta e magra de joelhos ossudos e sardenta demais para ser considerada atraente a não ser de um tipo Píppi Meialonga da vida. Beldade é uma palavra usada para garotas como Mo e Aubrey, garotas com curvas e cílios e pele impecável e sem sardas.

Mas Charlie não me desenhou de um jeito fofinho. Engraçado, sim, mas também belo. Ele exagerou todas as minhas melhores características: meus olhos grandes, minhas longas pernas, a covinha que só tenho na face esquerda ao sorrir. Repetidamente, ele me desenhou como se eu fosse uma verdadeira musa, uma garota digna de ser desenhada, como se meu queixo pontudo e meus ombros ossudos fossem o queixo e os ombros mais lindos do mundo.

Quando acaba o sanduíche, ele fecha o caderno e volta para a escola. Ao vê-lo partir, suspiro com a percepção de como teríamos sido perfeitos juntos e que pena eu não ter percebido isso quando estava viva.

Charlie e eu só tivemos uma conversa, e ela passou longe de ser significativa.

– Finn, certo? – ele perguntou quando eu seguia para o vestiário após o treino.

O sangue subiu para meu rosto. Eu tinha certeza de que todas as minhas fantasias com ele estavam sendo telegrafadas do meu cérebro como uma sirene de cinco tons. Consegui acenar com a cabeça.

– Belo gol – ele disse.

– Obrigada – respondi e saí correndo, recontando as palavras. *Quatro*. Charlie McCoy falou quatro palavras para mim. No dia seguinte, pratiquei minha futura assinatura, *Finn McCoy*, rabiscando-a repetidamente em meu caderno até minha mão doer.

Arrependimento. Gostaria de ter dito mais a ele naquele dia, de ter sido mais corajosa e de ter percebido o pouco tempo que tinha. Eu teria dado um beijo nele. Odeio nunca ter dado um beijo nele.

45

Mo está com as amigas dela, um grupo de três meninas do nosso bairro, que, juntas da Mo, são conhecidas como a Gangue do *Milkshake* desde o ensino fundamental, atraentes e doces. Embora Mo seja a minha melhor amiga, na escola sempre estivemos em turmas diferentes: ela, entre os populares e bonitos; eu, entre os atletas.

– Estou tão feliz por você ter voltado – Charlotte diz. – Natalie contou pra todo mundo como foi horrível.

Mo fica tensa.

– É mesmo – Claire acrescenta. – Ela disse que foi totalmente péssimo, como vocês tendo que ferver neve pra fazer água e outras coisas.

– O que eu não entendo é o seguinte – Francie comenta –, se conseguiram fazer uma fogueira, por que não fizeram uma maior pra poderem se aquecer? Natalie disse que a madeira estava molhada, mas, já que ficaram lá um dia inteiro, não poderiam simplesmente secar a madeira?

O semblante da Mo se fecha, fazendo surgir o olhar perigoso que ela tem quando não gosta de algo. Imediatamente passa, e ela sorri de um jeito doce para as amigas.

– Uma fogueira pra aquecer nossos pés e nossas mãos, que idiota eu fui por não ter pensado nisso, né?

Ela então dá meia-volta e se afasta, deixando as amigas a encarando. Francie é quem fala primeiro.

– Que vaca. É como se por ter sofrido um acidente ela se achasse boa demais pra nós.

– Talvez tenha sido ainda pior do que a Natalie disse – Charlotte pondera. – Tipo assim, a Mo é muito inteligente. Se ela pudesse ter feito uma fogueira, você não acha que ela teria feito?

– Sei lá. Quando as pessoas ficam assustadas, a gente nunca sabe como elas vão agir. Natalie disse que tinha um garoto bem gatinho lá. Talvez a Mo não quisesse dar uma de Rambo com ele por perto – Claire comenta.

– Até que gosto dos mocassins dela – Charlotte diz.

– Tá de brincadeira, né? – Francie exclama. – Não colocaria um daqueles de jeito nenhum. Ela parece estar com um bicho morto nos pés.

46

    Chloe e meu pai terão alta do hospital amanhã. Tremo nas bases só de pensar nisso. Chloe agora tem uma dúzia de comprimidos escondidos na mala dela. Não tenho ideia se juntos formam uma dose letal, mas, se um único já a deixa inconsciente, então acho que pode ser, sim.
    Odeio essa parte de estar morta, mas ainda rondando por aqui. Sei de coisas, mas não há nada que eu possa fazer a respeito delas. Minha única habilidade é um condutor difuso para o subconsciente adormecido das pessoas: uma habilidade que as assusta tanto e é registrada de modo tão fragmentado e distorcido que não quero usá-la.
    Desde meu episódio noturno que provocou verdadeiro terror em minha mãe, me afastei dos pensamentos dos vivos. Só que hoje à noite não tenho escolha.
    Observo meu pai dormindo. Seu lindo rosto é tão sereno, do jeito que costumava ser quando ele estava acordado, que estou relutante em perturbar a paz dele. Por isso, espero longamente, tanto tempo que agora estou preocupada que ele acorde e eu perca minha chance.

Pai, sussurro. Os olhos dele se agitam por trás das pálpebras, e então falo rápido para minimizar a tortura. *Não são os dedos da Chloe que a estão perturbando. É o Vance. Ele a machucou e...*

A feição do meu pai fica retorcida, e ele grita. Os olhos dele se abrem antes que eu possa falar o resto, antes que eu possa contar sobre as pílulas e a carta de despedida.

Ele suga o ar, e seus olhos vão de um lado a outro selvagemente, e só sei que não voltarei a visitá-lo. É cruel demais permitir que ele tenha esperança de que eu ainda exista.

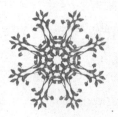

47

    Bob e Ben levantam meu pai, que está na cadeira de rodas, para passar pelos degraus. Atrás deles, Aubrey e minha mãe ajudam Chloe, que se contrai a cada passo. Bingo anda em círculos e salta e late como um filhotinho, e eu me pergunto o quanto ele compreende do que aconteceu. Ao contrário dos humanos, ele está eufórico em vez de triste, celebrando aqueles que voltaram e parecendo ter se esquecido dos que já não estão mais aqui.

    A cada dia, gosto mais do Ben. Ele é bonito de um jeito charmoso, do tipo estudioso. Tem um sorriso lindo; um rosto largo, aberto; e olhos gentis escondidos sob as armações de aço grossas e redondas de seus óculos. Fiquei desapontada quando o conheci. Fastidioso: sempre quis usar essa palavra e, quando Ben apareceu na nossa vida, finalmente tive uma razão para fazer isso o tempo todo. O cara era inquestionavelmente desinteressante, e eu não conseguia entender o que a Aubrey via nele.

    Quando ela anunciou que ia se casar com ele, eu literalmente chorei. Mo me disse para confiar na minha irmã, que ela devia ver algo nele que nós não notávamos. E agora eu percebo o lado dele que eu nunca teria visto em vida.

Nesta manhã, quando apareceu no apartamento da Aubrey para levá-la ao hospital, ele a presenteou com um buquê de rosas de tecido. Minha irmã adora flores, mas o pólen a faz espirrar.

– E elas também são práticas – ele anunciou, ao pegar uma delas e assoar o nariz.

Não sabia dizer ao certo se aquilo era brega ou adorável. Cheguei à conclusão de que era bregamente adorável, como aquele molho de queijo pegajoso que eles esguicham nos *nachos* no cinema: estranhamente maravilhoso, apesar de horroroso.

Ele mantém esse lado escondido, comportando-se assim como um fastidioso faria, e eu me pergunto se seria autopreservação. Agora que estou morta, percebo como as pessoas são péssimas umas para as outras, como existe um cinismo generalizado na maioria de nós que nos impede de ver as melhores partes uns dos outros. Talvez esta seja uma das coisas de que mais gosto nesta minha nova perspectiva: a capacidade de ver as coisas mais claramente do que antes, de enxergar uma rosa de tecido como mais legal e mais bonita do que eu jamais teria feito quando estava viva.

Ao subir as escadas com a Chloe, Aubrey olha por cima do ombro para Ben com uma expressão de desculpa por tê-lo obrigado a fazer isso. Ben ricocheteia um sorriso torto de volta, como se dissesse que nenhum pedido de desculpas é necessário. Eu sinto isso, o coração de rosa de tecido dele disposto a fazer o que for preciso para deixar a garota dele feliz e, mais uma vez, eu me vejo gostando de verdade desse carinha.

Não há fanfarra ou festa de boas-vindas no retorno do meu pai e da Chloe, somente nossa família e Bob. O sofá está arrumado com lençóis e um travesseiro, e meu pai olha para ele enquanto é ajudado, odiando aquele lembrete de que agora ele é um inválido. Seus olhos então se viram para Chloe, que está mancando escada acima, e se fixam no cabelo dela. Ele começou a crescer, meia polegada de fios cor de cobre reluzindo nas raízes – a cor deles antes de ela mudar abruptamente para o preto –, marcando o tempo e fazendo meu pai se lembrar de mim.

– Chloe – ele a chama.

Ela se vira.

– Estamos em casa. Fica firme, querida.

Ela gesticula minimamente, assentindo; eu faço minimamente uma oração, agradecendo. Não sei se é por causa do que eu disse ontem à noite ou se ele teria dito isso de qualquer maneira, mas Chloe ama meu pai, e ela fará o que ele pede, pelo menos por hoje.

Aubrey volta um minuto depois. Ao se aproximar do pé da escada, ela e Ben compartilham caras e bocas que os outros não veem, uma troca silenciosa perguntando quanto tempo eles ainda têm que ficar para não serem considerados seres humanos horríveis. Ben dá um sorriso de apoio, deixando-a saber que ele está bem em ficar. Aubrey é quem quase grita ao pensar nisso.

Não os culpo. A casa parece um necrotério.

Quando meu pai liga a televisão para ver os Angels jogar, eles se despedem.

Alguns minutos depois, Bob volta com uns Subways. Ele dá um sanduíche ao meu pai, depois vai até a cozinha para dar um à minha mãe, que o convida para se juntar a ela no quintal, alegando que é para aproveitarem o clima da primavera, mas a verdade é que, assim como Ben e Aubrey, é mesmo para escapar da tristeza que está dentro de casa.

O destaque do nosso quintal é um limoeiro. Meus pais o plantaram quando se mudaram para cá há quase vinte anos. Foi ideia do meu pai. Ele queria um lembrete do quão longe eles tinham chegado. Havia um jardim ao redor do limoeiro, com ervas e tomates e cenouras e abóboras, alimentos práticos que minha mãe usava quando cozinhava. Por vezes, eu me esqueço de que ela costumava cuidar do jardim e cozinhar. Já faz um bom tempo que ela praticamente só trabalha e trabalha.

As ervas daninhas e a negligência tomaram conta do jardim anos atrás, mas minha mãe ainda cuida do limoeiro. Toda primavera, ela o poda, e todo mês borrifa fertilizante ao redor do tronco. Mesmo agora, com ela e Bob conversando calmamente e comendo seus sanduíches, ela caminha distraída em volta da árvore, arrancando frutas mortas e quebrando pequenos galhos.

Odeio que eles estejam aqui fora conversando enquanto meu pai está lá dentro sozinho. Só o fato de o Bob estar aqui é algo que odeio. Ele passa tempo demais aqui, tempo demais sozinho com minha mãe. Eu deveria ser grata por ele apoiá-la tanto. Se eu não o odiasse com tanta força, talvez até poderia ser. Mas fato é que eu o odeio e, por isso, quero que ele vá para casa.

Ele mente para Natalie e Karen sobre aonde vai, diz a elas que está indo para o campo de golfe ou para a academia, e depois estaciona atrás da lavanderia Laundromat da Via Costeira e volta para nossa casa para consolar minha mãe. Não tenho certeza se ele mente porque as intenções dele são impuras ou se é por causa da rixa silenciosa entre minha mãe e Karen. Até agora, ele não fez nada além de ser um bom amigo, e apenas a devoção nua e crua em seus olhos denuncia que ele sente mais.

Enquanto minha mãe cuida da árvore, ela conta casos sobre o trabalho; ele, sobre os pacientes. Bob tem um senso de humor que a faz rir, o que eu odeio, mas, ao mesmo tempo, amo. Minha mãe não sorri mais, exceto quando está com ele. Ele jamais fala sobre o acidente ou sobre mim ou Oz, e minha mãe tem o cuidado de não tocar no nome da Karen.

Quando eles terminam os sanduíches, Bob dá um abraço demorado na minha mãe e diz a ela para ligar se precisar de qualquer coisa.

Por alguns instantes depois que ele se foi, minha mãe permanece sozinha no jardim, sentada e olhando para o nada. Então, respirando profundamente, ela recolhe as sobras do lanche, leva-as para dentro e vai até a sala de estar para ver como meu pai está. Os olhos dele estão grudados na TV, concentrados em um comercial de seguro de automóvel que brilha na tela, fazendo de conta que ela não está ali.

– Precisa de alguma coisa? – ela pergunta.

Ele não responde. Em vez disso, aumenta o volume.

Cada grama de força que meu pai recuperou desde que despertou do coma há duas semanas se transformou imediatamente em raiva, a maior parte dela direcionada à minha mãe. É difícil de testemunhar. Meu pai, o eterno otimista, que escalou montanhas e desbravou oceanos, reduziu-se a um homem amargo e derrotado.

– Vou passar algumas horas no escritório pra colocar um pouco do trabalho em dia – minha mãe avisa.

Meu pai não diz nada.

48

Visito Bob, curiosa para ouvir a mentira que ele dirá a Karen sobre a ausência dele. Ele não está vestido para ir ao golfe ou à academia.

– Como elas estão? – Karen pergunta quando ele passa pela porta, e fico chocada por Bob ter dito a verdade a ela.

Karen é uma daquelas pessoas imaculadas... sua casa, suas roupas, seu carro, sua filha. Ela gosta de branco e não suporta sujeira, poeira ou arranhões. Ela é a rainha da Tupperware e dos organizadores de armários. É por isso que eu absolutamente odeio a casa dela. É como uma daquelas casas modelo onde nada é real, com suas plantas de plástico, seus pisos de madeira laminados, cada objeto recém-retirado das embalagens. Só agora que estou morta é que percebo a obsessividade maníaca necessária para manter esta casa assim, os dias dela tomados de uma compulsividade que beira à insanidade.

Bob ignora a pergunta ao tirar os sapatos, guardando-os na sapateira dentro do armário de casacos.

Ela o segue até a cozinha, esfregando um lenço antisséptico nas mãos.

– Como a Chloe está? Ela está se sentindo melhor?

Bob pega uma cerveja da geladeira, abre a garrafa e toma metade em um único gole.

– E o Jack? – Karen continua, torcendo o lenço. – Como está a perna dele?

Bob vira-se tão rapidamente que ela recua.

– Por que você não vai até lá e vê por si mesma? – ele pergunta, fervendo de raiva. – Eles estão a duas malditas portas de distância. Bata na porta deles e faça todas as malditas perguntas que você quiser. Ann é sua melhor amiga. Vá até lá e se ofereça pra ajudar.

O lenço rasga, e Karen o olha, quase surpresa por vê-lo. Ela o observa por um momento, depois o dobra milimetricamente em quatro partes. Então pega a garrafa de cerveja do Bob e limpa o anel de suor que se formou embaixo dela.

– Estou fazendo costelinha para o jantar. Você prefere batatas ou arroz para acompanhar?

49

Minha mãe não foi ao trabalho como disse que faria.

É incrível o quanto as pessoas mentem e são boas nisso. Todas. Sempre. Elas dizem uma coisa e depois fazem outra completamente diferente. Minha mãe mente para o meu pai. Meu pai mente para a Chloe. Chloe mente para a minha mãe. Um círculo completo e total de enganações.

Minha mãe está no *shopping*, vagueando sem rumo pelas lojas. Ela agora deu para ir a lugares lotados onde pode fingir ser normal e onde ninguém conhece a farsa que a vida dela é. Circula olhando as vitrines por uma hora, depois senta-se em um banco, toma café e observa as pessoas felizes ao redor: famílias com crianças, mulheres como ela, adolescentes como eu e Chloe... todas vivendo suas vidas completamente alheios à rapidez com que tudo isso pode ser tirado delas.

Quando termina de tomar o café, ela perambula mais um pouco. Em frente a Rocky Mountain Chocolate Factory, ela olha para os *marshmallows* cobertos de chocolate, e sei que está pensando em Oz. Alguns minutos depois, é a vez de ela parar em frente a Wetzel's Pretzels, e sei que está pensando em mim. Ela verifica o relógio com frequência, sabendo que deveria voltar para casa, mas todas as vezes concedendo a si mesma mais alguns minutos, até que, finalmente, relutantemente, ela retorna à sua vida.

50

Meu pai não está usando a cadeira de rodas, como lhe foi recomendado usar. Não está repousando, como o médico ordenou.

Em vez disso, está no banco de trás de um táxi, a perna machucada apoiada no banco, e eu não tenho ideia para onde ele está indo, mas, aonde quer que seja, não tenho um bom pressentimento sobre isso.

Vinte minutos depois, estamos em Aliso Viejo, entrando em uma área conhecida como Audubon, onde todas as ruas têm nomes de pássaros. O táxi vira na rua Garça-azul e para em frente a um dúplex cinza com um gramado desgastado.

O motorista do táxi ajuda o meu pai a sair:

– Tem certeza de que você tá bem, cara?

Meu pai não parece estar bem. Ele chia ao respirar, e seu corpo treme. Durante duas semanas, o máximo que ele conseguiu fazer foi ir mancando da cama do hospital até o banheiro.

– Me espera – meu pai diz, ignorando a preocupação do homem. – Vou voltar daqui a pouco.

Meu pai bate à porta do dúplex. Nada.

Ele bate de novo.

Verifica a maçaneta e, ao perceber que está destrancada, entra. Meu coração acelera. O que quer que isso seja, não é bom, e eu quero que pare.

— Vance! — meu pai grita, e eu congelo por dentro.

Droga. Merda. É por isso que eu preciso ficar fora dos sonhos das pessoas, grito comigo mesma, lamentando muito a intromissão da noite passada nos pensamentos do meu pai. Eu sabia que falar com ele era uma má ideia, mas fui em frente e o fiz mesmo assim. Você poderia pensar que a morte me tornaria mais esperta, mais sábia e mais providente, mas não, eu ainda sou a mesma estúpida de sempre, metendo meu nariz onde não sou chamada e fazendo coisas sem pensar. E agora, porque sou uma idiota, Chloe está em casa sozinha com seu estoque de comprimidos, e meu pai, que deveria estar em casa descansando, invadiu a casa do Vance como um animal raivoso pronto para matar o garoto que machucou a filha dele.

— Vance, eu sei que você está em casa. Levanta essa sua bunda daí.

Nada.

Vou para onde Vance está, esperando que meu pai tenha errado e que ele não esteja nem perto de casa, mas o encontro a uns cinco metros de distância, em seu quarto no fundo do corredor, enroscado na cama, ouvindo meu pai gritar. Engulo em seco ao vê-lo, incapaz de associar o espantalho na minha frente com o menino que a Chloe amava. Não fosse pelo tom cinza incomum dos olhos dele, eu não o reconheceria de jeito nenhum. Ele passou de um cara alto e magro para um esqueleto, com suas faces afundadas e seus olhos protuberantes saindo de duas cavernas azuladas. Ele usa uma samba-canção xadrez e uma camiseta rasgada cheias de manchas e largas em seu corpo descarnado. O cabelo preto se foi, raspado no nível campo de prisioneiros, e agora uma penugem platinada cobre-lhe a cabeça. Suas orelhas estão machucadas pelo frio, deformadas e com cicatrizes.

Não há livros didáticos ou cadernos, e eu me pergunto se ele largou a escola. Vance nunca foi um ótimo aluno, mas, com a ajuda da Chloe, ele conseguiu sobreviver na escola e, graças às habilidades insanas dele no tênis, ele foi aceito na Universidade da Califórnia em Santa Bárbara com uma bolsa de estudos esportiva. Eu me pergunto se tudo isso agora se foi.

Na cômoda dele, em frente às dezenas de troféus de tênis, há um cinzeiro cheio de guimbas e, ao lado, uma caixa de madeira. A tampa dela está aberta, e vejo que lá dentro há um saquinho de comprimidos cor de lavanda com carinhas sorridentes. Ecstasy. Sei disso pela palestra "diga não às drogas" que o pessoal da escola fez os calouros assistir: carinhas sorridentes, marcas de mão e símbolos da paz gravados em lindos comprimidos de tom pastel, uma droga de entrada para o limbo e o vício.

– Certo, então. Eu vou até você – meu pai grita.

Os olhos de Vance têm um tique e tremem, e não é apenas por medo. Ele está completamente chapado. Sei que ele e Chloe fumaram maconha algumas vezes, mas Chloe jamais se meteria em uma coisa dessas.

Vance puxa os joelhos contra o peito, e é quando vejo: a parte de cima de todos os dedos dele, exceto os indicadores e polegares, se foram. Engulo em seco com aquela visão, minha garganta incha quando olho para a raqueteira dele no canto.

A porta se abre de repente, e meu pai entra. A adrenalina o impulsiona e dá forças que ele não tinha minutos antes. E, de tudo o que testemunhei desde a morte do Oz, nada é tão triste quanto este momento: um homem e um menino, ambos apaixonados pela minha irmã e totalmente destruídos por aquele dia e pelo fracasso deles em protegê-la.

Ele não desacelera. Indo com tudo em direção à cama, meu pai se lança sobre a muleta esquerda enquanto a direita acerta Vance na têmpora, jogando-o para o lado e fazendo-o girar para fora da cama. Vance cai de joelhos, e a muleta chicoteia mais uma vez, agora acertando-o nas costelas. Ele não consegue respirar direito e enrola-se em posição fetal, as mãos deformadas protegendo a cabeça.

Meu pai se contrai ao ver os dedos dele, muito piores que os da Chloe: a metade dos mindinhos se foi, os anelares agora estão logo abaixo dos primeiros nós dos dedos, os médios, na mesma altura dos indicadores, uma progressão de perdas que deixou as mãos dele parecidas com um gráfico de barras.

A piedade do meu pai dura menos de um segundo. A muleta é erguida mais uma vez antes de bater nas costas do Vance.

Para, eu grito, mas meu pai só está começando. A raiva o cega enquanto ele descarrega sua ira na única pessoa além de si mesmo que ele pode culpar. Vance grunhe a cada golpe, mas, fora proteger a cabeça, ele não tenta nem mesmo se defender. O sangue escorre dos lábios dele, e vergões se levantam nos braços e nas pernas. Agradeço por meu pai estar tão fraco. Os golpes têm um quarto da intensidade que teriam se ele estivesse em plena forma. E essa intensidade diminui a cada golpe, à medida que a força dele se esvai, até que, finalmente, exaurido demais para levantar a muleta outra vez, ele para.

– Seu merdinha arrogante. Você levou minha filha, e depois a largou.

A respiração dele chia, tornando as palavras quase inaudíveis.

Vance balança a cabeça, concordando, o que enfurece meu pai ainda mais, e ele encontra forças para acertar o antebraço do Vance com a muleta, o metal estalando contra o osso. Meu pai cambaleia com o golpe e quase desmaia de dor, agarrando-se desajeitadamente na muleta e arfando.

– Seu filho da puta desgraçado. Ela quase morreu por sua causa. Minha garotinha quase morreu.

Mucos e lágrimas escorrem pelo rosto do meu pai. Não dita, mas escancarada em seu semblante, está a afirmação: *Finn morreu POR MINHA CAUSA. Chloe quase morreu POR MINHA CAUSA. Oz morreu POR MINHA CAUSA.*

Vance se enrola com mais força, não diz nada e, de maneira sábia, não acena com a cabeça novamente.

Se meu pai tivesse forças, ele continuaria, mas agora mal consegue se segurar.

– Apodreça no inferno, Vance. Apodreça na merda do inferno.

Como um bêbado, ele cambaleia e vai embora.

Quase chegando à porta, os olhos dele encontram os comprimidos na cômoda, e se vira de volta para o menino destruído soluçando atrás dele. O rosto do meu pai enruga de nojo, e então joga os comprimidos no chão, depois sai. Ao vê-lo partir, pergunto-me se esse ato brutal de vingança ajudou, se diluiu a fúria dele ou se é apenas o primeiro passo para uma destruição maior. Sinto um arrepio na espinha: a resposta está gravada naquela expressão tão feia no rosto do meu pai.

51

Minha mãe entra na casa vazia e leva um segundo para se dar conta de que a casa não deveria estar vazia.

– Jack?

A cadeira de rodas dele está ao lado do sofá, e as muletas se foram.

Bingo a segue até a cozinha e depois pelas portas de correr até o quintal. Os passos dela aceleram quando ela sobe as escadas e olha no quarto dela e no do Oz. Ela então para na porta do quarto da Chloe, respira fundo e entra.

Chloe tira o rosto da janela, mas não diz nada.

– Aonde seu pai foi?

Chloe vira o rosto.

– Droga, Chloe. Aonde é que seu pai foi?

Ela vira a cabeça, e o olhar dela é duro e sombrio.

– Anda, me responde.

Chloe semicerra os olhos, com ódio, e minha mãe faz o mesmo, a ferocidade de seus olhares se choca com tanta força que quase chega a ser audível. Então, pela primeira vez desde o acidente, Chloe fala com a minha mãe.

– E como é que eu deveria saber?

A resposta atordoa minha mãe, e posso dizer que ela não consegue decidir se abraça a Chloe ou grita com ela. Ela acaba escolhendo a última opção, já que foi o que a levou a obter a resposta, em primeiro lugar.

– Então saia da cama e me ajude a procurar por ele – ela ladra.

Chloe pisca várias vezes rapidamente, como se minha mãe estivesse pedindo o rim direito dela em vez de ajuda para encontrar meu pai.

– Levanta – minha mãe fala mais uma vez. – Isto é sério. Seu pai saiu.

Surpreendentemente, Chloe o faz. Ela fraqueja um pouco ao se levantar, levemente tonta pela súbita redistribuição do sangue pelo corpo.

Minha mãe finge não notar.

– Vá à praia para ver se ele está lá. Eu vou dar uma volta pelo bairro.

Chloe continua a piscar como uma luz de alerta, mas também continua a fazer o que a minha mãe manda. Ela pega um moletom do cabideiro ao lado da cama e o veste enquanto minha mãe vai embora.

Ao passar pela penteadeira, Chloe se surpreende com a visão de si mesma no espelho. Seu cabelo está bem estranho, uma parte acobreada e a outra preta, como se as pontas tivessem sido mergulhadas em tinta. A pele está pálida e fantasmagórica, olheiras azuladas contornam seus olhos, e a cicatriz na testa dela tem aparência de tostada e está rosada. E ela perdeu tanto peso que suas maçãs do rosto se destacam nitidamente. Ela inclina a cabeça, mostra a língua para ela mesma no espelho, faz algumas caretas e depois sai do quarto.

Quando chega nas escadas, minha mãe já está passando pela porta. A princípio, até chego a achar isso uma maldade. Afinal, Chloe ainda está fraca, seus dedos dos pés estão machucados, e dói quando ela caminha, mas aí percebo que é a única maneira de isso funcionar. Sem um público por perto, Chloe ignora todas essas coisas. De fato, ela presta tão pouca atenção a elas que me pergunto ao observá-la se os dedos dos pés dela realmente doem ou se é apenas uma encenação para poder continuar estocando os comprimidos.

52

De casa, Mo deve ter visto Chloe descendo a rampa mancando em direção à praia, porque agora ela está correndo para encontrá-la.

Os Kaminskis moram em uma casa de frente para o mar, e a princesa Maureen tem uma linda vista de seu quarto.

Mo ainda não havia se encontrado com a minha irmã desde a noite do acidente e para abruptamente quando a vê de perto pela primeira vez... o cabelo estranho, o corpo magro, o chinelo nos pés envoltos em gaze. Mo apaga o choque de seu rosto e se apressa para alcançá-la, o que não é difícil, já que Chloe caminha com hesitação, insegura da pisada com três dedos a menos no concreto arenoso.

– Clover – Mo chama, usando o apelido da Chloe desde que éramos crianças.

Chloe se vira, o rosto dela como se usasse uma máscara de determinação. Uma espécie de alívio transparece quando ela vê que é Mo quem a chama. Mo é o tipo da pessoa mais fácil do mundo para se ter como companhia.

Chloe examina Mo em busca de machucados, escaneando-a da cabeça aos pés. Mo a ajuda. Ela estende suas mãos e as vira, depois mostra seus pés descalços. A pele das mãos está descascando, um relevo manchado de pele morta amarelada, de aspecto ceroso, escamando por cima da nova pele rosada. Os pés estão mais feios: todos os dedos ainda estão lá, mas há manchas amarronzadas e avermelhadas nas pontas. Chloe exibe suas próprias feridas, e Mo franze o rosto e balança a cabeça quando vê o quanto custou para minha irmã a decisão de seguir Vance.

– Que droga – Mo diz, afirmando o fato tão claramente que acaba por apagar todos os traços de amargura no rosto da Chloe, e, pela primeira vez desde aquele dia horrível, os lábios dela se curvam nos cantos, deixando transparecer algo mais próximo de um sorriso. – O que você faz aqui embaixo? – Mo pergunta, mudando de assunto.

– Meu pai sumiu. E minha mãe acha que ele pode ter vindo aqui.

Mo franze a sobrancelha:

– Mas ele não está de cadeira de rodas?

– Deveria.

Mo não pergunta mais nada, porque não quer tirar a concentração da Chloe agora que chegaram à areia. De repente, cada passo que minha irmã dá é precário, e agora tenho um novo apreço pelos dedos dos pés. Nunca soube o quanto eles eram importantes para o nosso equilíbrio.

Quando as duas já andaram o suficiente para ver além do cume de rochas e até o mar aberto, elas param. Chloe inspira profundamente o ar salgado, e sinto tanta inveja que gemo.

Eu amo o oceano, cada parte dele – a água, as ondas, a areia, o vento, o fluxo e refluxo constantes –, mas amo principalmente o cheiro, o aroma acre do mar que eu inalava quase todos os dias quando estava viva, um cheiro que evoca um milhão de lembranças de cachorros-quentes e *s'mores* e vôlei e surfe e golfinhos e conchas e construir castelos e enterrar meu irmão na areia.

O lábio inferior da Chloe treme, e Mo se envolve com os braços. Seria impossível para elas virem aqui e não pensarem em mim. Este era o meu *playground*.

– Sinto saudade dela – Mo diz.

Chloe fecha os olhos e acena com a cabeça.

– É como se um grande buraco tivesse se aberto sem ela aqui. Este vazio enorme.

Chloe aperta o nariz, e sei que ela está à beira de desmoronar. Desde que a minha irmã foi resgatada, ela não chora, e não sei se é uma coisa boa ou não que ela esteja a ponto de fazer isso agora.

Mo não percebe. Os olhos dela ainda estão no oceano, e ela continua:

– E é como se esse buraco me rodeasse o tempo todo, e sugasse toda a luz e absorvesse todo o som, deixando tudo menos brilhante... menos divertido...

Ela suspira, abaixa a cabeça, depois a levanta novamente e volta a olhar para a água.

– Menos... sei lá... menos tudo.

Os olhos da Chloe lacrimejam, e então as lágrimas rolam por suas faces quando ela aperta o nariz mais uma vez, tentando contê-las.

– Quando penso nela – Mo diz –, como agora, tento ficar feliz porque sei que é isso que ela gostaria e porque ela foi pra algum lugar realmente bom. Mas todas as outras vezes, quando não estou pensando nela, é que são difíceis, porque são os momentos em que eu mais sinto falta dela, quando me sinto tão sozinha que é como se eu estivesse flutuando neste mar gigante ou à deriva no espaço sideral, como se a gravidade tivesse me abandonado ou como se eu estivesse ficando sem ar.

Chloe dá uma fungada, e os olhos da Mo se viram imediatamente para ela.

– Desculpa, Clover – ela fala rapidamente, ao perceber que Chloe está chorando.

Chloe balança a cabeça.

– Não, tá tudo bem. – Ela seca os olhos e respira fundo. – Também sinto a falta dela. O tempo todo.

– Assim, eu entendo, sabe? – Mo diz, e seus olhos também marejam.
– As pessoas morrem. E sei que ainda estou aqui e que a vida continua, e

que uma hora ou outra esse buraco vai ficar menor. Pelo menos é o que todos sempre dizem.

— Você não gostaria que todo mundo calasse a boca? — Chloe pergunta.

Mo concorda, olha para cima, quase sorri e olha de volta para o mar.

— Sim! Porque não é que eu não entenda o que eles dizem. Eu entendo. Só que agora o buraco é muito, muito grande, e é muito, muito solitário, e eu sinto muito, muito, muito a falta dela.

Por alguns instantes, elas ficam em silêncio olhando para o mar e controlando as emoções, e, ao ver as duas assim tão tristes, eu me sinto péssima. Não quero ser um buraco negro que suga a felicidade delas e as faz chorar, e gostaria que elas pudessem vislumbrar a plenitude em vez do vazio. Estou tão cansada de sentirem minha falta e de que as pessoas fiquem tão tristes toda vez que pensam em mim. *Não apenas tentem ser felizes quando pensarem em mim... sejam felizes. Olhem para o oceano e sorriam. Sintam o perfume dele e celebrem. Lembrem-se de mim. Lembrem-se de que nunca fiquei triste por mais de um dia, raramente por mais de uma hora. Lembrem-se dos momentos incríveis que tivemos e da bobona que eu era. Lembrem-se de que eu tinha medo de qualquer coisa com mais de quatro patas, mas medo nenhum de aventuras. Só lembrem. Levem-me dentro de vocês como uma luz que ilumina seus mundos e torna tudo melhor. Não quero ser um vazio, um buraco, uma sombra. LEMBREM-SE DE MIM!*

— Sabe no que eu fico pensando? — Chloe fala. — Quando pintei e cortei meu cabelo. Ninguém comentou sobre... nem minha família, meus professores, meus amigos. Todos apenas fingiram que eu sempre tive o cabelo preto. Mas a Finn, não. A Finn já chegou dizendo "Uau, bem Docinho você, hein?" Sabe, a Docinho das Meninas Superpoderosas? Ela não mentiu e fingiu que gostou, mas também não fingiu que nada aconteceu. O lance é que ela não deu bola praquilo. Não importava se meu cabelo era preto, verde ou roxo: eu ainda era exatamente quem eu sempre fui pra ela. Não existe mais ninguém que eu conheça que seja assim.

— Ela odiou seu cabelo — Mo diz, rindo e fungando ao mesmo tempo.

Chloe esboça outro pequeno sorriso, e eu aplaudo a Mo. Em dez minutos, ela conseguiu mais do que um monte de psicólogos e médicos conseguiu em semanas. E então rio. A única lembrança que a Chloe tem de mim é uma que eu mesma não me lembro. É estranho e maravilhoso ao mesmo tempo, as coisas que fazemos e não percebemos que fizemos.

– Na segunda noite depois do acidente – Chloe diz, com a voz firme e os olhos fixos na linha prateada do horizonte –, eu queria morrer. – Ela estremece ao se lembrar do frio, e Mo continua com os braços em volta do corpo. – Se eu pudesse ter parado o meu coração, teria feito isso. As pessoas pensam que queimar até a morte é o pior jeito de morrer, mas elas estão enganadas. O frio queima pior do que o fogo e é mais lento. Cada célula de cada parte do seu corpo congela uma por uma, e dói tanto que sua mente não consegue lidar com isso.

O rosto da Mo fica pálido com suas próprias lembranças, mas Chloe não percebe, completamente perdida na confissão que ela se recusou a fazer a todos que lhe pediram.

– Você vai fazer qualquer coisa pra impedir isso. E é aí que você percebe o quanto é covarde, o quanto sua vida significa pouco pra você. Você só quer que ela acabe. Tanto é assim que eu invejo a Finn, sabe? Que a decisão foi tomada por ela, e aí simplesmente acaba.

Mo congela, e sei que ela compreendeu, sei que ela compreendeu o uso que a Chloe fez do tempo verbal no presente. E, por mais injusto que seja o fato de este fardo ser colocado nas costas dela quando ela mesma já passou por tanta coisa, fico feliz, e rezo para que ela não deixe isso passar ou ignore.

Chloe se endireita e retoma o foco.

– Finn estava lá. Na segunda noite, ela estava comigo. Sei que parece uma loucura, mas ela estava. Ela veio e ficou comigo.

Chloe olha para Mo, procurando algum tipo de julgamento no olhar dela, mas tudo o que encontra é compaixão.

– Ela falou comigo. É vago, e eu não me lembro das coisas que ela disse, mas era ela, era totalmente a Finn, falando a mil por hora, indo de um assunto a outro sem terminar o que estava dizendo.

Sorrio porque isso é mesmo a minha cara.

– Você viu a Finn? – Mo pergunta, com uma pitada de inveja atravessando a voz dela.

– Não, mas ela ainda me visita de vez em quando.

– Ela fala com você?

– Não.

– Então, como é que você sabe?

– Eu simplesmente sei. Às vezes, ela fica em nosso quarto comigo.

Dou piruetas e aplaudo. Chloe sabe que estou aqui.

Mo está prestes a responder quando uma voz por trás delas interrompe.

– Chloe!

Tanto Mo quanto Chloe se viram e veem Aubrey descendo a rampa.

– Encontraram o papai. Ele tá em casa – Aubrey grita. – Mamãe disse pra eu vir te buscar. Ei, Mo!

– Ei, Aub – Mo responde, seu rosto vestindo a máscara da adolescente perfeita e bem ajustada, exatamente quem Aubrey espera que ela seja, e Chloe voltando a ser a adolescente arruinada e disfuncional que, de repente, mal consegue dar um passo sem quase desmaiar, exatamente quem Aubrey espera que ela seja.

Mo não diz uma palavra sequer sobre a encenação da Chloe. Entrando na onda, ela pega Chloe pelo braço e a apoia enquanto caminham de volta pela praia, com Chloe contraindo-se a cada passo.

– Vou pegar o carro – Aubrey diz.

Quando Aubrey sai de vista, Chloe se volta para o oceano e diz para a Mo:

– O mar vai sentir a falta dela.

Sorrio e choro um pouco porque ela tem toda razão.

53

Volto para casa, bem no meio de uma discussão acalorada.

– Mas que droga, Jack, você está tentando se matar?

– Sim, é isso que estou tentando fazer – meu pai ladra do sofá, onde está deitado, a pele acinzentada e o corpo encharcado de suor, com a perna apoiada em um travesseiro.

– Aonde é que você foi?

– Não é da sua conta.

– É da minha conta, sim. Aubrey está te procurando. Chloe está te procurando. Liguei para o Bob.

– Ah, é? Você ligou para o Bob? Mas que surpresa. O bom e velho Bob tem sido um grande amigo pra você ultimamente.

– Mas que merda isso quer dizer?

– Você sabe exatamente o que isso quer dizer. A questão é: a sua melhor amiga, Karen, sabe o companheirão que ele tem sido, ou você simplesmente ainda não contou a ela que ele vem correndo assim que você liga pra ele?

As narinas da minha mãe inflam, e tenho certeza de que, se fosse possível, estaria saindo fumaça das orelhas dela.

– Não tem nada acontecendo entre mim e o Bob, e, para a sua informação, o Bob tem sido incrível. Ele praticamente liderou as buscas pelo Oz.
– SAI DAQUI! – meu pai ruge. A explosão de raiva provoca um ataque violento de tosse que o deixa sem fôlego. Ele cospe as palavras em meio à crise. – Sai daqui. Não se atreva a ficar aí me dizendo de que grande ajuda o Bob foi nas buscas pelo meu filho. Oz está morto. Você o abandonou, e Bob não tomou conta dele.
Minha mãe cambaleia para trás.
– AGORA!
Meu pai tenta levantar, mas a força dele se esvai, e tudo o que ele consegue fazer é causar mais tosses.
Minha mãe foge para a cozinha, onde se apoia no balcão. Os ombros, o pescoço e o corpo dela curvados de uma maneira que eu jamais vi antes. Meu pai e minha mãe, agora mais velhos e menores do que sempre me lembrei deles.

54

Aubrey passou a noite aqui, e isso foi uma dádiva. Quando ela está por perto, minha família tem o melhor comportamento possível, com meus pais fazendo um belo trabalho de agir como antes do acidente, como um casal modelo que vive um casamento difícil, mas notável. Meu pai chama minha mãe de *benzinho*, e minha mãe lhe traz cervejas e o provoca sobre não ser a serva dele. É tudo um fingimento para o bem da Aubrey, mas aceito essa encenação se isso significar um dia melhor que o de ontem.

No café da manhã, minha mãe serve panquecas de ricota e limão na mesa de café, e meu pai finge estar de bom humor. Ele brinca com a Aubrey sobre o velho padre que a mãe do Ben insiste para celebrar o casamento deles.

– Não se preocupe. Sei como fazer RCP. Se ele tiver um ataque durante a cerimônia e eu não puder ressuscitá-lo, eu mesmo celebrarei o casamento. Tenho licença.

É verdade. Antes de o meu pai se casar com a minha mãe, ele era capitão de um iate particular, e certa vez seu chefe pediu para ele tirar a licença e oficializar o quarto casamento dele.

– Isso não vai acontecer – Aubrey diz.

– Mas poderia. Eu seria ótimo. *Meus caros, estamos hoje aqui reunidos para unir esta mulher incrível, adorável e fabulosa a este homem que não chega nem aos pés...*

Aubrey dá soquinhos no braço dele.

– Você bate como uma garotinha – meu pai provoca. – Chloe, ensina à sua irmã como dar um soco?

Chloe dá um meio sorriso.

Ela desceu mesmo para o café da manhã. Principalmente porque minha mãe se recusa a levar as refeições até ela, assim como não deixa que mais ninguém faça isso, forçando Chloe a sair da cama.

– Eu amo essas panquecas – Aubrey diz. – Juro que é disso que sinto mais falta em não morar aqui. Sem ofensa, pessoal, vocês são ótimos e tudo o mais, mas, sério, viver sem a comida da mamãe é muito difícil.

As faces da minha mãe ficam coradas.

– Talvez você queira levar alguns limões pra casa, Aubrey. O limoeiro está carregado – enquanto fala, ela olha para meu pai, a menção ao símbolo do início da vida deles juntos, sua história e seu casamento, transparentes. O olhar dela faz ricochete na expressão simpática e estática dele.

Aubrey não percebe nada.

– Ah, seria ótimo. E você pode me dar a receita das panquecas? O Ben amaria.

Apesar de tudo o que aconteceu, Aubrey permanece impressionantemente inalterada. Como uma viajante do tempo lançada em um mundo pós-Armagedom, ela está ciente da tragédia, mas também alheia a ela, invariável e, portanto, impermeável ao fato de que todos ao redor se transformaram em novas criaturas, estranhas, seres alienígenas à beira da destruição. E algo igualmente notável é o fato de a cegueira dela ser como um polo magnético que atrai tudo de volta à normalidade. Ela conversa sobre o casamento e as flores e os convites, e minha mãe, meu pai e Chloe se agarram a isso, sendo mais participativos do que nunca, gratos ou desesperados por estarem focados em algo diferente da farsa na qual estiveram imersos nos últimos vinte e seis dias.

Até certo ponto, acho que a Aubrey percebe isso mais do que deixa transparecer, para além da sua exagerada indiferença. Ninguém sabe disso, mas, logo após o acidente, ela e Ben tiveram uma conversa sobre adiar o casamento. Uma celebração pegando carona em tanta tragédia pareceu algo errado, e Aubrey ficou preocupada. Ela conversou com a futura sogra, que falou com o padre, porém, por fim, foi Karen quem consolidou a decisão dela de seguir com o planejado.

No dia em que meu pai e Chloe foram transferidos de volta para o Condado de Orange, um pacote chegou ao apartamento da Aubrey. O cartão dizia: *Você será a noiva mais linda de todas, um raio de luz em tempos sombrios. Sinto muito não podermos comparecer ao seu casamento. Com todo o nosso amor, tia Karen, tio Bob e Natalie.*

A Tiffany Blue Box que ela recebeu continha um deslumbrante par de brincos de pérola e diamante: exatamente o tipo de brinco sobre o qual minha mãe e tia Karen ficaram cacarejando no salão de noivas no dia anterior à nossa viagem para as montanhas. Aubrey fechou a caixa e a segurou por um bom tempo. Então, colocou os brincos e o bilhete na primeira gaveta de sua cômoda e ligou para a minha mãe contando que havia encontrado os brincos que combinariam perfeitamente com o vestido dela. Minha mãe forçou uma leveza na voz ao perguntar sobre eles. E Aubrey se obrigou a ser alegre ao descrevê-los.

Depois disso, não houve mais nenhuma conversa sobre o cancelamento do casamento, e Aubrey ficou determinadamente animada cada vez que estava perto da minha família, comprometida a ser o "raio de luz" de que a minha família precisava, apesar das tantas vezes que ela não se sentia realmente assim.

— Ben e eu estamos completamente perdidos sobre a trilha sonora da festa — ela diz agora. — Nenhum de nós sabe de música. Nossos convidados vão reclamar.

– Posso ajudar – Chloe se oferece, deixando meus pais surpresos e fazendo Aubrey arregalar os olhos.

Chloe revira os olhos.

– Não se preocupe, maninha. Sei que você não é do grunge. Já entendi, pura Adele e Maroon 5, coisas do tipo breguice romântica da Taylor Swift.

A expressão da minha mãe do outro lado da mesa é de súplica, implorando a Aubrey que diga sim.

Com um sorriso corajoso e um entusiasmo tão falso quanto consegue dissimular, Aubrey responde:

– Ótimo.

Dou um tapinha nas costas dela e faço uma dancinha em comemoração. *Mandou bem, Aubrey.*

Desde o momento em que Aubrey anunciou o noivado, fiquei de saco cheio, mas agora estou adorando tudo. Vamos falar de fitas e rendas e cintas-ligas e damas de honra. Minha mãe sorri quando meu pai brinca que quer ajudar Chloe com a escolha das músicas, dizendo que ela deveria acrescentar um pouco de Michael Jackson e Madonna à trilha. Chloe revira os olhos, e Aubrey faz um gesto com os dedos, como um crucifixo repelindo o diabo. Olhando para os quatro, eles quase aparentam formar uma família normal e feliz.

55

No momento em que Aubrey sai, o ar murcha, uma exalação em uníssono de exaustão por toda aquela felicidade simulada durante quase um dia. Chloe some, de volta ao quarto dela. Minha mãe lava pratos. Meu pai assiste à TV.

Quando o telefone da minha mãe toca, ela vai para o quintal e se senta debaixo do limoeiro para atender.

– Olá – ela diz suavemente. – Aham, sim, ele está bem... Não sei pra onde ele foi. Ele não me disse – ela então ri. – Acho que não. Ele mal consegue levantar pra fazer xixi.

Eu me contorço de constrangimento.

Ela escuta e ri de novo, uma risadinha tímida.

– Obrigada por ligar. A Karen e a Natalie estão bem? Que bom... Aham... Sim, te ligo amanhã... Depois do trabalho?... Sim, isso seria bom... um drinque cairá bem. – Ela ri mais uma vez. – Você tem razão, vários cairiam bem.

Ela desliga e, com um suspiro profundo, volta para casa.

– Era o *Bob*? – meu pai pergunta, surpreendendo minha mãe quando ela passa pela porta do quintal e o encontra inclinado desajeitadamente em um banquinho, a perna esticada como um poste.

– Ele só queria saber como andam as coisas – ela responde defensivamente.

– Ah, aposto que sim. O bom e velho Bob – ele esbraveja. – Vocês dois estão dormindo juntos de novo?

Recuo ao mesmo tempo que minha mãe, e então o rosto dela fica vermelho de indignação. Mas a reação demorou um pouco demais, e a acusação não foi negada por uma única pulsação reveladora sequer.

– Como você se atreve?

– Como me atrevo a quê? A acusar você de algo que eu sei que aconteceu, que você já dormiu com ele, ou questionar algo do qual não tenho certeza, se você está dormindo com ele de novo? – meu pai retruca.

Minha mãe fica rígida. Meu pai a encara.

– Você sabia? – ela diz, por fim. Os olhos e a voz dela abaixam.

– Claro que eu sabia – meu pai ruge, mas agora sinto a raiva sendo drenada dele, e uma dor horrível tomando lugar. Fico aflita, por ele, com ela e por ela.

Minha mãe olha fixamente para o azulejo entre eles:

– Você ficou – ela murmura.

– Pra onde eu iria?

Uma punhalada no coração seria menos dolorosa do que a declaração dele de que a única razão pela qual ele não partiu foi por não ter tido escolha, e sinto o ar restante no peito da minha mãe se esvair. Ela cambaleia para uma cadeira ao lado da mesa e se joga nela, seus cotovelos nos joelhos, seu rosto enterrado nas mãos, e meu pai lhe dá as costas. Os olhos dele pousam por um segundo no limoeiro, e ele então segue seu caminho, mancando de volta para a sala de estar e para longe dela.

Eu sabia que eles eram infelizes, mas não tinha ideia da profundidade do infortúnio em que os dois se encontravam.

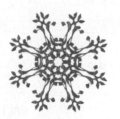

56

Eu me torturo ao começar a manhã com a Mo na escola. A coisa mais difícil de estar morta é ver o mundo seguir em frente sem mim. Já se passaram quatro semanas desde o acidente.

Meu time de futebol passou para as eliminatórias. Estou entusiasmada por eles e triste por mim. A maioria do pessoal do meu ano já tem suas carteiras de motorista e carros novos. O baile foi na semana passada, e todos estão falando sobre isso.

Mo agora está andando com a turma do teatro, um acontecimento que acompanho com grande horror. Nós odiamos... odiávamos o grupo de teatro. Eles são sempre tão dramáticos. Pensando bem, acho que foi por isso que ela os escolheu. Fazem parte do único grupo que está tão envolvido em suas próprias crises que não se detêm na dela. Pelo menos na maior parte do tempo. Hoje é a exceção.

– E aí, Mo, por que você não contou pra gente sobre o carinha gato que estava com vocês no acidente? – Anita, a diva-mor do grupo, pergunta quando Mo se junta a eles. – Natalie disse que ele era gostoso e foi assim, tipo, totalmente heroico e a puxou pra longe do corpo da Finn quando ela tava, tipo, surtando.

Natalie disse que... parece ser o começo de muitas conversas esses dias.

Toda a novidade envolvendo o acidente se desgastou, e, com isso, a popularidade dela. Agora, a personalidade irritante da Natalie a faz descer rapidamente em espiral pelos estratos sociais. Então, para se segurar onde está o máximo de tempo possível, ela tem tagarelado cada vez mais sobre aquele dia... e se afastado cada vez mais da verdade.

— Licença — Mo diz, levantando-se, e eu a observo atravessar o pátio até a mesa dos esportistas, onde Natalie está sentada na ponta do banco ao lado do novo namorado, Ryan, um idiota de marca maior cujo apelo para a fama que tem é ser mais expulso dos jogos de futebol americano por conduta antidesportiva do que chegar ao fim das partidas.

— Cada dia melhor, hein, Mo? — Ryan diz, com os olhos estreitos a olhando de cima a baixo.

Mo o ignora.

— Natalie, posso falar com você?

— Tô comendo — Natalie responde, afastando a salada no prato.

Ryan usa o quadril para dar um empurrão nela, que cai de bunda no concreto.

— A Mo quer falar com você, gatinha — ele diz em meio às gargalhadas. — Não esquece de comentar sobre aquele *ménage* que você me prometeu.

Natalie se levanta, fingindo não ter sido humilhada.

— O que você quer? — ela pergunta raivosa, quando ela e Mo já dobraram a esquina e estão fora da vista das mesas.

— Por que você namora aquele cara?

As narinas da Natalie inflam.

— O que você quer? — ela repete.

Mo respira fundo, depois diz com uma voz surpreendentemente calma:

— Quero que você pare de falar sobre o acidente.

— Posso falar sobre o que eu quiser.

Mo a examina, mas não diz nada, e sua sobrancelha franze como se tentasse descobrir algo.

– É só isso que você queria dizer? – Natalie pergunta sem paciência.

Aparentemente, Natalie parece ser a menos afetada pelo que aconteceu. O desprendimento dela durante o acidente parece tê-la protegido de quaisquer repercussões duradouras. Somente eu percebo as diferenças: o nervosismo constante dela, que beira a neura; como ela verifica a fechadura da porta ao chegar em casa pelo menos seis vezes antes de ir para o quarto; como ela desvia três quarteirões do caminho usual para chegar a uma faixa de pedestres que tenha um semáforo; como ela estoca comida na mochila, no armário e na mesa de cabeceira ao lado da cama. Ela ainda não ganhou o MINICooper que seus pais lhe prometeram, após uma dúzia de desculpas que a impedia de fazer o exame de direção.

Mas o mais surpreendente de tudo isso é a obsessão dela com a minha morte. Há uma caixa de sapatos no *closet* dela cheia de notícias sobre o acidente, além de todo tipo de informações sobre mortes em acidentes de carro e como evitar se machucar. Junto de toda essa leitura mórbida está o baralho que usamos para jogar *Duvido* no trajeto para as montanhas e várias fotos dela e de mim tiradas ao longo dos anos. Ela olha as fotos com frequência, e vê-la fazer isso é de partir o coração. Em cada uma delas, Natalie sorri quase ansiosamente, enquanto estou ao lado dela quase segurando uma careta. Sinto-me horrível por ter sido tão indelicada, percebendo agora o quanto ela realmente queria ser minha amiga.

Por fim, Mo diz:

– Eu sinceramente não entendo. Por que falar nisso o tempo todo? É tão horrível. Você não quer deixar isso pra trás?

Natalie inclina a cabeça, como se não tivesse certeza do que Mo está perguntando.

– E a forma como você conta as coisas – Mo continua –, mudando a história. É como se a sua versão e o que realmente aconteceu fossem duas coisas completamente diferentes.

Natalie continua parecendo confusa, e então percebo: é possível que, na cabeça dela, a verdade tenha sido mesmo alterada. Começo a me lembrar de como ela se debruçou sobre os recortes de notícias a respeito do acidente, lendo-os repetidas vezes como se estivesse tentando dar sentido a eles ou recordar-se de algo. Depois me lembro de como ela estava durante o acidente, o olhar atordoado enquanto os pais cuidavam dela, e chego à conclusão de que talvez ela não se recorde mesmo, e que agora está se esforçando para fazer isso.

– É realmente assim que você se lembra? – Mo pergunta. Não há raiva no tom de voz dela. A pergunta é sincera, como se ela realmente quisesse saber.

Natalie olha para a calçada entre elas. A cabeça dela treme lentamente, e ela encolhe os ombros:

– Na verdade, não lembro de muita coisa. Quer dizer, eu lembro. Sei que aconteceu, e sei que estive lá, mas é tudo desfocado, como se tivesse acontecido com outra pessoa há muito tempo. É assim pra você também?

Mo enrijece, e percebo como ela exala lentamente pelo nariz, demorando bastante tempo até finalmente responder. Quando ela o faz, as palavras são lentas e deliberadas, denunciando o esforço necessário para falar sobre o assunto.

– Não. Pra mim é o oposto. A memória é tão real que é como se eu tivesse mais do que vivido. E é tão próxima de mim que é como se tivesse acontecido ontem ou como se fosse acontecer de novo a qualquer momento.

Natalie arregala os olhos.

– Cada detalhe é tão vívido que, na maioria das vezes, não consigo ver nada além disso.

– Nossa... – Natalie diz.

Mais um longo tempo em silêncio se passa. Natalie, inquieta; Mo, imóvel.

– Você pode me responder uma coisa? – Mo pergunta.

Natalie assente. Ela já não tem mais pressa em voltar para a mesa onde estava.

– Como seu pai acabou ficando com as luvas do Oz?

Natalie dá de ombros.

– Você não sabe?

– Você sabe o que aconteceu com aquele garoto que estava com a gente? – Natalie faz outra pergunta em vez de responder.

– Não sei. Imagino que ele tenha voltado à vida normal dele.

– Ele era tão gatinho – Natalie diz. – Você não achou?

Mo dá um pequeno sorriso. Esta é a Natalie: uma menina com a profundidade de uma poça d'água, que prefere falar de um menino bonito a falar sobre quase morrer de frio, e que vai lidar com isso no escuro, no *closet* de seu quarto, onde ninguém possa vê-la, revirando a história de novo e de novo até ela finalmente entender o acontecimento, já transformado em uma versão que ela possa compreender.

– Ele também foi tão legal. Você não achou? Sabe o que ele me disse quando me deu pezinho pra subir no *trailer* depois que fomos lá fora? Que ia ficar tudo bem. Ele estava errado, e eu sabia, mas foi tão legal da parte dele dizer aquilo.

– Ele estava errado? – Mo pergunta.

– Sim, né? Não tem nada de *tudo bem*. Quer dizer, talvez pra ele, mas não pra gente. Finn e Oz morreram. Chloe está toda esquisitona agora e perdeu vários dedos dos pés. Vance largou a escola. Meus pais estão uma bagunça. E você, tipo, nem é mais você.

Mo ri, uma risada aguda e cadenciada que me faz sorrir também.

– Não sou?

– Não. É só olhar pra você.

Mo se olha. Ela está usando tênis Converse, *jeans* e um moletom de capuz, totalmente o contrário da fashionista de tempos atrás. Ela ri de novo, e Natalie ri com ela.

– Acho que você tem razão.

– Nat, vamos – Ryan grita da esquina do prédio. – A não ser que você esteja combinando aquele *ménage*, então gaste o tempo que precisar.

Mo revira os olhos e mostra o dedo para ele. Ele responde com uma chacoalhada de quadril, depois vai embora.

– Que otário – Mo diz.

Natalie cavouca a terra.

– Bom, acho que a gente deveria ir pra aula – Mo completa.

Natalie não se mexe.

– Promete que não vai contar pra ninguém? – ela questiona.

– Contar o quê?

– Por que o Oz deu as luvas dele pro meu pai?

Fico surpresa, ao mesmo tempo que não, que Natalie tenha decidido confessar. É incrível como as pessoas confiam na Mo. Acho que tem muito a ver com os olhos dela, aquelas grandes piscinas azuis, tão inocentes que parecem incapazes de enganar alguém... pelo menos é nisso que as pessoas acreditam.

– Biscoitos água e sal – Natalie diz. – Meu pai trocou dois pacotes pelas luvas do Oz.

A covinha no lado esquerdo do rosto da Mo treme, mas essa é a única reação dela. Seus olhos permanecem fixos nos de Natalie, ao mesmo tempo que seus lábios de cereja ainda mantêm um sorriso compreensivo.

– Ele me contou uma noite, quando estava bêbado – Natalie continua. – Provavelmente, ele nem lembra que me disse isso. Ele estava completamente tonto. Ele consegue ser tão derrotado às vezes.

Então, talvez percebendo que ultrapassou a fronteira da lealdade, ela completa:

– Promete que não vai contar?

Os olhos azuis da Mo piscam inocentemente, e ela responde com seu sorriso mais cativante:

– Seu segredo está guardado comigo.

57

Minha mãe está no trabalho, o que significa que a Chloe e o meu pai estão sozinhos em casa. Se eu ainda tivesse unhas, eu as roeria até o cotoco. Não tenho ideia do que está por vir, apenas que os dois estão à beira da autodestruição e que esta é a primeira oportunidade que eles tiveram para agir.

A enfermeira chega às nove. O nome dela é Lisa. Ela é uma loira animada, tem olhos azuis e seios exagerados, e estou feliz por ela ser a enfermeira que temos em vez de uma bruxa velha. Ela é como uma rajada de ar fresco cada vez que entra pela porta.

Primeiro, ela vai olhar a Chloe, que está sentada na cama, *notebook* no colo e fones nos ouvidos. Ela está fazendo anotações sobre a trilha para a festa de casamento da Aubrey, tarefa na qual se jogou de cabeça.

– Como estão as dores? – Lisa pergunta, ao examinar os dedos dos pés da Chloe.

– Minha hidrocodona já está quase no fim – minha irmã responde.

Engulo em seco com a mentira. Ela veio do hospital com oito comprimidos, e ainda não tomou um único sequer.

– Vou pegar um refil e trago na quarta – Lisa responde, sem a menor suspeita. – Seus dedos parecem bem. Precisa de mais alguma coisa?

Chloe balança a cabeça, e Lisa dá um joinha, depois sai a meio galope do quarto e desce as escadas para ver meu pai.

– Bom dia – meu pai diz, empolgado.

Enquanto Lisa estava lá em cima, ele trocou de camisa, fez a barba e penteou o cabelo.

– Bom dia, Jack. Você está com uma aparência melhor. Banho primeiro ou por último?

– Primeiro. Vá em frente e tire sua roupa, que eu vou aquecer a água.

Ele começa a se levantar. De um jeito brincalhão, ela o empurra de volta.

– Muito engraçadinho, você. Como se eu nunca tivesse ouvido isso antes.

Ela então tira um medidor de pressão da bolsa.

– Mas você já ouviu isso de alguém tão charmoso quanto eu? – meu pai sorri com todos os dentes.

Ele está flertando, e sou obrigada a rir. É absolutamente péssimo, mas ao mesmo tempo incrivelmente engraçado. Talvez ele esteja compensando a emasculação de ter uma mulher jovem e bonita cuidando dele, ou talvez seja um pouco para descontar na minha mãe, ou talvez seja apenas para aliviar o tédio que é esse período de recuperação, mas a cena é hilária: ele atirado no sofá com a perna estropiada e jogando o seu charme como *Sir Lancelote*.

As sobrancelhas bem delineadas da Lisa se juntam, concentradas, enquanto ela afere a pressão arterial do meu pai.

– Você sabe que isso não é justo – meu pai diz.

– O que não é justo? – ela pergunta, distraída.

– Aferir a pressão de um homem depois que você a faz subir.

Ela faz uma careta depois dessa fala cafona, mas também fica corada, e eu realmente acho que ela pode estar caindo na dele.

Fala sério. Meu pai tem o dobro da idade dela.

– Forte como um touro, Jack – ela comenta, e seus dedos permanecem no braço dele um segundo a mais do que o necessário quando ela retira o medidor.

– Então, estou liberado pra *todas* as atividades? – ele diz, levantando as sobrancelhas duas vezes, me deixando constrangida. A situação vai de engraçada a nojenta rapidamente.

Ela ri.

– Essa cinta pode ser um pequeno obstáculo.

Saio antes que ele responda. É bizarro ver meu pai não como pai, mas como homem, e acho que não gosto disso.

58

A fome tira Chloe da cama pouco antes do meio-dia.

Meu pai desliga a televisão quando ela volta da cozinha trazendo um sanduíche de manteiga de amendoim e geleia, além de uma lata de Coca-Cola.

– Chloe – ele a chama –, você pode sentar aqui comigo um minutinho?

Ela muda o trajeto que fazia e se senta no sofá em frente a ele, com o lanche no colo. Meu pai se ajeita no sofá para ficar mais sentado do que deitado. Ele olha para ela, depois para longe. Os olhos dele então se fixam na mesa entre os dois enquanto ele decide ou imagina algo.

– Sei que você não quer falar sobre isso – ele diz, por fim.

Chloe para de mastigar. Ela já deixou bem claro que não quer falar sobre isso.

– É que... eu não preciso saber o que aconteceu lá fora, mas...

Ele para, sem ter certeza de como continuar.

– Você quer saber por que eu fui – ela então diz, colaborando.

Ele ainda não a encara. Ele não consegue, a dor da decisão dela retumbando entre eles como uma lâmpada de mil watts.

Chloe olha para o prato em seu colo, suspira e, com a cabeça ainda baixa, continua:

– Eu não podia deixar o Vance ir sozinho. Eu sabia que vocês estavam certos, assim como sabia que ele pensava estar certo, o que significava que ele iria de qualquer forma, não importava o que acontecesse ou dissessem a ele, e eu não podia deixar o Vance ir sozinho. Seria a mesma situação se você não estivesse machucado. Mesmo eu estando errada, você teria ido comigo. Você não teria me deixado ir sozinha.

Os olhos dela deslizam para a cornija da lareira, mais especificamente para a foto da minha mãe e do meu pai no dia do casamento deles. Eles se fixam no rosto então jovem da minha mãe, e a dor irradia. De repente, a razão pela qual ela está tão zangada fica clara: ela acredita que minha mãe não a amava o suficiente para ir atrás dela.

– Eu amava o Vance... amo.

O rosto do meu pai se contorce com a ideia angustiante de que a Chloe ainda ama o Vance, especialmente depois do que ele viu no sábado.

Chloe não percebe. Seu queixo caiu, e as lágrimas lhe escorrem pelas faces.

– E agora... ele me deixou. – o corpo dela convulsiona com os soluços.

– Exatamente – meu pai diz, ácido no tom de voz. – Ele te deixou.

Chloe levanta o rosto e pisca em meio às lágrimas.

– Não lá na tempestade. Lá ele me deixou porque precisava fazer aquilo.

– Mas você acabou de dizer que ele te deixou.

– Depois... – ela chora – ele me deixou depois. Ele não me responde. Não veio me ver...

– Querida, ele está passando pelas próprias...

– Pelas próprias o quê? – ela grita. – Eu fui com ele. Fui atrás dele. Deixei você, a mamãe e o Oz pra trás, e agora ele me deixa de lado como se eu não existisse, como se eu não fosse nada, como se eu não significasse nada.

– Chloe...

– Não – ela diz, levantando-se e indo em direção às escadas. Antes de subir, ela volta. – Isso aqui – ela desabafa, exibindo sua mão com o dedinho amputado – não é nada. Eu renunciaria a todos os meus dedos das mãos e dos pés por alguém que amo. O problema é amar alguém tanto assim e descobrir que esse alguém não retribui esse amor.

Ela tropeça para a frente, deixando meu pai, que a observa, perdido... não pela primeira vez, quando se trata de lidar com suas filhas.

59

Homens não conseguem lidar com o acúmulo de suas emoções. Pelo menos, homens como meu pai. O tédio e a emoção levam à irritação e à frustração, que, quando combinados à testosterona, tornam-se altamente inflamável e levam a ações irracionais, guerras mundiais e destruições em massa.

– Levanta! – meu pai diz, arremessando um moletom que estava no chão no Vance, que está quase na mesma posição da última vez que meu pai entrou no quarto dele há dois dias. A única diferença é que agora a face dele, onde meu pai mais acertou com a muleta, está machucada. Há também uma mancha de sangue seco ao lado do lábio.

– Agora!

Vance se inclina para o lado e coloca o travesseiro sobre a cabeça.

– Do jeito difícil ou do fácil, não importa, você vem comigo.

Alimentado tanto pela comida da minha mãe quanto por algum novo propósito na vida, a força do meu pai foi miraculosamente restaurada.

– Me mata ou me deixa em paz – Vance resmunga.

– Matar você seria a minha escolha, mas não posso fazer isso, então levanta!

Como Vance ainda não se mexe, meu pai vai mancando até o banheiro no final do corredor, esvazia a lixeira, enche-a de água fria, volta caminhando desajeitadamente, arranca o travesseiro da cabeça do Vance e joga a água nele.

– Mas que merda, cara – Vance reclama e vira para o outro lado. – Qual é seu problema, porra? Eu te disse, me deixa em paz.

– Não posso fazer isso. Agora vamos. Você vai dirigir.

– Vai se foder.

– Vai se foder você.

Vance vai para cima do meu pai, um ataque desajeitado de um moleque que está chapado e nunca foi ensinado a lutar. Meu pai praticava boxe, então, mesmo de muletas, Vance não tem a menor chance contra ele. Vance vai direto na muleta do meu pai, agarrando-se na base de borracha, e ele cai no chão, ofegante.

– Merda, cara. Fica longe de mim.

– Você precisa conversar com a Chloe.

Estou tão chocada quanto o Vance, cujos olhos saltam de seu rosto cadavérico.

– Não posso – ele gagueja. Toda a sua pose de fodão desaparece e de repente ele parece um garotinho assustado. O queixo dele treme ao limpar o ranho do nariz com a mão deformada.

– Bom, mas você tem de fazer isso – meu pai diz, fingindo não ter sido afetado por aquela cena. – Então, vamos lá.

– Ela não quer me ver – Vance geme. – E eu não posso ver a Chloe. Não posso.

A fúria do meu pai volta com toda a força, e ele bate no ombro do Vance com a muleta.

– Não se atreva a me dizer o que você pode ou não fazer. Chloe precisa te ver, então levanta, porra. AGORA!

Ele então o acerta mais uma vez nas panturrilhas.

Com um gemido, Vance rola para fora do alcance do meu pai e levanta desajeitadamente. De pé, ele é ainda mais patético do que quando estava na cama: machucado e espancado, chapado e derrotado, ensopado e sujo da cabeça aos pés.

– Merda, como você fede. Toma um banho primeiro. Não quero que mate a Chloe com esse cheiro.

Enquanto Vance se arrasta em direção à porta, seus olhos deslizam para a caixa de madeira que guarda suas drogas. Meu pai também a vê, e anda para se colocar entre Vance e seu estoque.

Com um suspiro de resignação e talvez um lampejo de esperança, Vance continua e vai para o banheiro. Meu pai desmorona ao sentar-se na cama, estremecendo de dor ao levantar a perna, um momento para baixar a guarda e recuperar o fôlego.

Observo, incrédula. *Ele ficou maluco?* A Chloe não pode ver o Vance assim. Se ela o vir desse jeito, certamente não vai esperar até quarta, quando Lisa levar a dose fatal. Isso vai destruí-la. Ela não vai conseguir passar dessa noite. A única esperança para a Chloe não seguir com o plano dela é a ilusão que ela ainda carrega de se reconciliar com o Vance, um otimismo ingênuo de que as coisas podem voltar a ser o que eram. É nisso que ela se agarra, mas, se ela o vir desse jeito, toda a esperança vai por água abaixo.

Má ideia, pai. Má, má ideia.

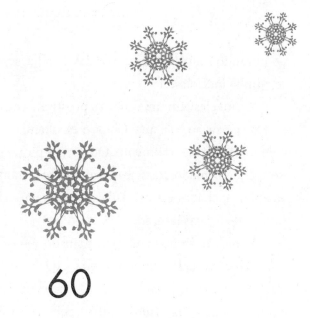

60

Volto para onde Chloe está. Vou esperar com ela até Vance e meu pai chegarem, rezando para ela tirar uma soneca e, assim, eu possa lhe dizer para sair de casa ou, pelo menos, tentar prepará-la de alguma forma para o que está prestes a acontecer.

Ela está no banheiro, e fico chocada por encontrá-la de banho tomado e cabelo cortado: o preto se foi, e sua cabeça agora está coroada com uma bela pelagem cor de cobre. O pé dela se apoia no vaso sanitário enquanto ela depila a perna. Do iPod apoiado na pia, explode *Lovesong*, do The Cure, e ela canta junto.

Estou atordoada. É como se alguém tivesse injetado o suquinho da felicidade nela e a transformado de volta na minha irmã levemente narcisista e despreocupada.

Quando termina de se depilar, ela abre nosso armário da vaidade e olha para a incrível coleção de esmaltes que temos, até encontrar o Ruby Rebellion, e meu estômago congela quando as coisas ficam claras para mim. Essa é a cor que ela escolheu quando estávamos com minha mãe comprando roupas de volta às aulas. No dia, segurando o vidro do esmalte, minha mãe disse:

– Agora eles têm uma cor pra prostitutas e arlequinas.

Esta é a razão pela qual Chloe o escolheu, e é a razão pela qual ela o escolheu neste exato momento. Observo-a pintar cuidadosamente os dedos dos pés deformados, os sete que ainda lhe restam, inchados e descascados, as unhas rachadas e amareladas. O vermelho é horripilante, erupções de sangue de feridas laceradas.

Não me preocupo mais que a visita do Vance a coloque à beira do abismo. Chloe já está lá. Ela caminhou para lá na noite em que me sentei com ela, no frio, e nunca mais voltou. Algo irrevogavelmente mudou nela, uma determinação... não fruto do desespero, mas, sim, de algo muito menos maleável, uma reação mal adaptada à impotência dela naquela noite. Ela quis que seu coração parasse, implorou pela morte, mas ele continuou a pulsar. Agora ela tem o poder de determinar seu destino, e é exatamente isso que ela pretende fazer.

Chloe está realmente perturbada, e ninguém tem conhecimento disso. Eles pensam ser os dedos dela. Eu pensava ser o Vance. Não é nenhum dos dois.

Procurei pistas sobre o porquê disso logo agora. Não existe resposta, exceto: *por que não agora*? Provavelmente, é tão simples quanto o fato de o meu pai e a minha mãe terem saído e ela estar sozinha. Talvez isso seja tudo pelo que ela tem esperado.

Ela passa a última camada, admira sua mórbida criação, depois troca a música no iPod para *Fade to Black*, do Metallica, dançando enquanto aplica a maquiagem. Ela leva o tempo dela, e eu me pergunto por que meu pai e Vance estão demorando tanto, agora desejando que eles cheguem logo.

A maquiagem está completa: nos olhos, um delineador preto e um esfumado cinza; a base é espessa e fantasmagórica; os lábios, da cor do vinho. Ela dança em frente ao nosso *closet* e escolhe um vestido de cetim branco com comprimento até o joelho, originalmente da Aubrey. Foi comprado para o baile de debutante da nossa irmã mais velha quando ela tinha dezesseis anos. Um mês depois, a roupa já estava pequena para ela, e a peça passou então para a Chloe.

O vestido está um pouco largo, mas fica até melhor assim, fazendo-a parecer frágil, o cetim marfim dançando ao redor de seus braços e finos quadris.

Chloe está puxando o zíper quando a campainha toca. No início, ela apenas ignora, mas, depois do segundo toque, faz piruetas ao sair do *closet* e desce as escadas, surpreendentemente ágil e sem ser afetada pelos dedos dos pés que lhe faltam.

– Mo – ela diz, ao abrir a porta.

Os olhos da Mo tremem ao perceber o bizarro traje da minha irmã: o vestido branco, os lábios bordô, a base funérea e os dedos dos pés pintados de rubi.

– Ei, Clover – Mo diz, e sua expressão nada revela.

– E aí? – Chloe pergunta.

– Preciso da sua ajuda.

Chloe entorta a boca.

– Tô meio que ocupada agora – ela responde, sem ironia.

– Não dá pra esperar – Mo diz, com um leve tremor na voz denunciando seu alarme ao perceber que ela pode ter chegado justamente na hora certa. – Por favor, Clover, você é a única que pode me ajudar. Você precisa vir comigo.

Menos de um segundo se passa, que mais se parece com uma hora, antes de Chloe encolher os ombros, e Mo a puxar para fora da porta.

Chloe está descalça, mas elas não vão longe, apenas até o quintal da Mo, a meio quarteirão de distância.

Elas passam pelo gramado espesso e bem-cuidado dos Kaminskis até o deque que dá para a praia abaixo. No canto, fica a hidromassagem. Na metade do caminho, Chloe para e a cabeça dela se inclina. Eu também ouço. Pios e guinchos agudos que fazem meu coração disparar.

Mo anda na frente e levanta a beirada da lona que cobre a hidromassagem, revelando uma caixa de sapatos com quatro gatinhos dentro, não maiores que gerbos. Os filhotes se aninham uns nos outros, chorando e tropeçando uns sobre os outros, desesperados e sem visão.

Chloe não se aproxima mais. Em vez disso, seus dedos comprimem a grama, apertando a terra.

Ela ainda está muito longe para vê-los, mas aqueles gritinhos são ensurdecedores. O som é tortuoso, do nível *prego-arranhando-quadro-negro*. É a maneira de Deus proteger os pequenos seres, um decibel de desespero único tão próprio dos bebês, algo simplesmente impossível de se ignorar.

Mo leva a caixa até a grama e a coloca aos pés da Chloe, fazendo-a olhar para baixo.

– Ahhhh – ela diz, caindo de joelhos. – Olha só pra eles. Pobres criaturinhas.

Mo levanta o rosto para os céus estrelados e diz, silenciosamente, *Obrigada*.

– Cadê a mãe deles? – Chloe pergunta, usando o dedo indicador para acariciar as costas de um gatinho cinza que mia loucamente enquanto se arrasta cegamente por cima de seus irmãos.

– Não sei. Encontrei a caixa perto da escada.

Ela está mentindo, mas só eu sei disso porque conheço a Mo bem demais. Quando ela mente, a ênfase em certas palavras é bastante aguda. *Não* sei. *Encontrei a caixa* perto *da escada*.

Chloe pega o cinza. Ele não é maior do que a palma da mão dela. Ele chora e chora.

– Shhh – ela diz, depois se vira para a Mo: – É fome?

– Você acha? – Mo pergunta, inocentemente, ainda mentindo.

– Você tem leite?

Mo acena com a cabeça.

– E um conta-gotas?

Mo corre em direção à casa dela.

– Tem de aquecer o leite – Chloe diz quando Mo abre a porta. – Sem ser quente, apenas morno, como a temperatura do corpo.

A senhora Kaminski está na cozinha, esperando sentada à mesa com uma xícara de chá na frente dela e um livro.

– Funcionou? – ela pergunta.

– Acho que sim. Ela está lá fora com eles agora.

Enquanto o micro-ondas aquece o leite, Mo caminha até a mesa e dá um beijo na cabeça da mãe.

– Obrigada.

A senhora Kaminski dá tapinhas na mão da Mo.

– No que eu puder ajudar. Lamento saber que ela tem passado por tempos difíceis. Sinto muito por ter demorado tanto. Encontrar gatinhos recém-nascidos assim não é fácil. A maioria dos canis dá fim neles quando são tão pequenos. Precisei dirigir até Oceanside.

O micro-ondas apita.

– Bom, vamos esperar que tenha valido a pena – Mo diz, pegando a tigela de leite e o conta-gotas e voltando para o quintal.

Mo é brilhante, brilhante e maravilhosa, e eu tive muita sorte de tê-la como minha melhor amiga. Seu maior talento é conhecer pessoas, uma capacidade incrível de identificar a essência de um indivíduo, assim como um cão de caça. Enquanto o resto do mundo viu apenas o que queria ver ao olhar para a Chloe, Mo viu a verdade e, mais importante ainda, criou o plano perfeito para salvá-la.

Mo observa como Chloe goteja leite na boca do gatinho cinza.

– Shhh, você está bem. Shhh, isso aí. Bom garoto.

Chloe está apaixonada.

Ao terminar de alimentá-lo, ela pega um filhotinho malhado raquítico, com metade do tamanho do irmão, mas o rugido de um leão.

– Finn – ela diz. – Seu nome vai ser Finn.

61

Quando Chloe pega o terceiro filhote, vou atrás do meu pai para ver o que está fazendo Vance e ele demorarem tanto assim. Já se passaram horas, e o trajeto de Audubon leva apenas vinte minutos.

Tá de brincadeira comigo?

Não vou parar na casa do Vance, nem estou a caminho da nossa casa. Não estamos nem mesmo no Condado de Orange. Estamos no *4Runner* do Vance, quase chegando à cabana do meu avô. Vance dirige enquanto meu pai ressona no banco de trás.

Estremeço quando a caminhonete passa pela curva onde o acidente aconteceu. Vance não percebe nem olha para a nova grade de proteção ou para a encosta que nos empurrou penhasco abaixo. Talvez seja porque ele estava na parte de trás e não viu o cervo ou não passou pela experiência de olhar através do para-brisa quando tombamos sobre a borda. Estranho como cada perspectiva é tão diferente, onze pontos de vista completamente distintos.

A nova grade é mais resistente, construída inteiramente de aço, sem madeira para apodrecer com o tempo. Se o Millermóvel encontrasse hoje um cervo, estaríamos a salvo. Mas, é claro, não há mais Millermóvel ou eu ou Oz ou amizade entre os Millers e os Golds. Mo nunca mais seria confiada à nossa família para uma viagem de esqui, e Kyle provavelmente nunca mais pegaria este atalho. Hoje não há neve na estrada ou no ar, o céu está azul e o sol brilha.

– Senhor Miller – Vance diz, quando eles fazem a última curva e a cabana se aproxima.

Meu pai grunhe.

– O senhor realmente acha que essa é uma boa ideia?

Vance agora só tem a metade da aparência ruim de antes. Tomar um banho, barbear-se e colocar roupas limpas ajudou. A única mudança para pior é a leve icterícia de sua pele e o tremor de suas mãos deformadas no volante.

Meu pai esfrega os olhos ao se sentar e ignora a pergunta.

– Cadê o carro dela? – Vance pergunta quando entra com a caminhonete na garagem.

– Ann trouxe a Chloe e depois voltou pra casa – meu pai mente.

Vance acena com a cabeça e, engolindo em seco, sai corajosamente do seu carro.

– Ela sabe que eu tô vindo? – ele pergunta, enquanto ajuda meu pai a sair do carro.

Meu pai faz um gesto indicando que ela sabe, sim, e Vance começa a andar em direção à porta.

– Espera – meu pai o chama. – Me empresta as chaves. Deixei meus comprimidos dentro do carro.

Vance as entrega e continua. Meu pai abre o carro, finge pegar algo no banco de trás, depois o tranca e enfia as chaves no bolso.

– Onde é que ela tá? – Vance pergunta, quando eles entram na cabana vazia.

– Bem-vindo à sua nova casa – meu pai responde.

O lugar está estranhamente inalterado desde a noite em que saímos para comer panquecas no Grizzly Manor. Nossos esquis e os *coolers* ainda estão na entrada, os sacos de supermercado com nossa comida para passar o fim de semana ainda em cima do balcão.

Vance olha para ele, e sua testa franze pela confusão.

– A Chloe não tá aqui?

– Vou dormir – meu pai diz. – Deve ter cereal na cozinha. Não tem leite, mas você vai sobreviver sem.

– Mas que porra é essa? Você me disse que...

Meu pai se vira, e seu semblante é de pura exaustão.

– Eu te disse que a Chloe precisa te ver. E ela precisa mesmo, mas não desse jeito. Chloe tem uma quedinha por coisas patéticas. Então, antes que eu te deixe ver a minha filha, preciso fazer você voltar a ser o *punk* arrogante de antes. Aí a Chloe vai poder perceber o idiota que você é e terminar com você.

Vance ri sarcasticamente do meu pai, o mais breve vislumbre de seu antigo eu.

– Exatamente – meu pai diz. – Então, bem-vindo à sua nova casa.

Chego a achar que Vance vai protestar um pouco mais, só que, em vez disso, ele vai andando apressado para a cozinha, mal chegando a tempo de vomitar suas entranhas na pia.

O vídeo "diga não às drogas" que passaram na escola foi surpreendentemente preciso ao descrever a abstinência. A pele dele transita entre o verde e o branco, e seu corpo treme ao vomitar todo o seu almoço – um verdadeiro garoto-propaganda do porquê ficar longe das drogas.

– Limpe isso daí e beba um pouco de água. O vômito causa desidratação, e, a esta altitude, isso pode te dar uma dor de cabeça bem desagradável.

– Vai se foder. Me dá as minhas chaves. Vou embora daqui.

Meu pai ri.

– Isso é sequestro – Vance diz, claramente não disposto a brigar com o meu pai de novo.

– Você veio dirigindo.

– Porque você disse que a Chloe ia estar aqui. Você mentiu.

– Beba um pouco de água.

– Vai se foder.

– Vá você.

Meu pai se vira e vai mancando para o quarto.

– Você não pode me prender aqui.

– A porta está bem ali.

Há crueldade no tom de voz do meu pai, uma provocação para Vance desafiá-lo, assim como Vance fez na noite do acidente. Hoje já não está tão frio como há um mês, mas o clima ainda pode mudar, e ele está apenas de camiseta e calça *jeans*.

A porta do quarto se fecha.

– Vai se foder – Vance ruge, e então se inclina sobre a pia para vomitar mais uma vez, com o corpo ainda tremendo.

Os olhos dele se desviam para a porta, outra encruzilhada diante dele, só que desta vez ele não é tão ingênuo, inteiramente consciente do quanto um único passo pode custar.

62

    Vou atrás da minha mãe para ver o que ela pensa sobre meu pai não estar em casa e descubro que isso nem passa pela cabeça dela. Minha mãe está sentada com o Bob nos fundos de um bar conhecido como Pássaro Sujo. Seu verdadeiro nome é Maçarico, uma espécie de pássaro, mas é tão decadente e infame pelo seu quê *grunge* que há uns vinte anos é chamado quase exclusivamente pelo apelido.

    – ... e juro, juro por Deus – Bob diz –, a mulher está sedada, mas, assim que eu começo a perfuração, a mão dela mexe de repente e me agarra. E o que eu posso fazer? Estou lá trabalhando com uma broca na boca dela, e ela vai e do nada agarra as minhas pedras preciosas.

    Minha mãe ri e toma outro gole de seu drinque.

    Ela está bêbada, e ele está bêbado. Percebo pela maneira como eles se mexem nas banquetas do bar enquanto falam e riem.

    Bob bebe. Muito. Vejo agora que estou morta. No trabalho, ele fica sóbrio; o resto do tempo, bêbado. Do consultório para casa, ele para e toma um uísque. Quando entra em casa, duas cervejas. No jantar, bebe vinho com Karen. Depois, antes de dormir, meio copo de algo dourado.

Deve estar pior agora, pois Karen menciona isso com frequência.

– Querido, você não acha que já deu? – ela perguntou ontem à noite, quando ele se serviu da terceira taça de vinho.

Em resposta, ele a bebeu em duas goladas e depois serviu a quarta.

Parece que cada palavra saída da boca da Karen é um fator de irritabilidade, como se a própria voz dela já causasse comichões no cérebro dele. Enquanto isso, minha mãe parece ter o efeito oposto: a companhia dela é um elixir calmante que o torna espirituoso e encantador, afetuoso e feliz.

– Você precisa mesmo ir? – ele pergunta.

Minha mãe assente.

– Jack não está em casa. Foi pra cabana.

Bob não diz que sente muito; isso seria desonesto demais. Em vez disso, ele toma o restante da bebida e, cambaleando levemente ao se levantar, diz:

– Vamos sair daqui.

Imploro à minha mãe para dizer não, mas isso seria pedir muito. Sem hesitar, ela se levanta, e Bob pega na mão dela, levando-a do bar para o hotel do outro lado da rua.

63

Decido ir até a Karen, curiosa de ver como ela está lidando com o fato de o Bob ainda não estar em casa já tão tarde depois do trabalho.

Karen não está sentada, ociosa. Karen jamais fica ociosa. Desde que voltou das montanhas, ela nunca para. Ela evita pensar nas coisas, valendo-se da fuga e de ocupações maníacas, contando com atividades e obrigações que não lhe permitem tempo para reflexão. Se houver um relato sobre nevascas nos noticiários, ela muda o canal. Um acidente de carro na rodovia? Ela sai de lá e pega uma rota alternativa para casa. O mecanismo de enfrentamento dela parece estar baseado na teoria de que o passado só pode ser prejudicial se você permitir, apenas se você parar por tempo suficiente para refletir sobre ele. O melhor é não ficar pensando nas coisas, melhor ainda se você não pensar nelas, fingir que nada aconteceu e viver em negação de que algo mudou.

Isso até funciona quando é de dia, e Karen pode correr da sua reunião de pais e professores para o abrigo de mulheres, e do mercado para a academia. Mas na madrugada, quando ela está acordada e o resto do mundo dorme, e seu marido ainda não chegou em casa, nenhuma dessas distrações está disponível. Então, em vez disso, ela limpa, obsessivamente, fingindo não reconhecer que Bob não está lá, agindo como se ele estivesse apenas um pouco atrasado e como se não fosse de fato a madrugada de um outro dia.

Talvez ela se convença de que ele está tomando uma bebida com o outro dentista da clínica ou adormeceu no consultório. Não sei. Só sei que a mente dela se recusa a reconhecer a verdade. Ela ajeita as coisas e tira pó e lustra. Retoca a maquiagem e aspira a casa. Analisa as contas em cima da mesa. Limpa a caixa de e-mails. Ajeita, tira o pó e lustra, de novo.

Só eu sei como a vida dela é triste, como ela se tornou solitária, como o casamento dela se desintegrou ao ponto de, se ela entrar em um cômodo, Bob sair. Em público, os dois parecem unidos. Bob, um ator talentoso, envolve seu braço nos ombros da Karen e deleita quem quer que esteja ouvindo com histórias de sua corajosa família enquanto ela sorri educadamente, ninguém além de mim notando a angústia nos olhos dela pelo quanto custa manter aquela farsa.

O estômago dela a tem incomodado constantemente e, sempre que Bob fala sobre aquele dia, ele reage. Às vezes, é demais, e ela precisa pedir licença para ir ao banheiro, onde se tranca e toma um antiácido, esperando que a sensação passe. Esse é o tipo de coisa que ela normalmente falaria com a minha mãe, mas minha mãe não é mais sua amiga.

Por volta das três, começo a sentir pena dela.

Até o acidente, eu amava a Karen. Ela era como uma tia de verdade para mim, minha tia mais próxima. Era a primeira ligação que eu fazia se me metesse em problemas porque eu sabia que ela faria qualquer coisa por mim; e a última quando eu tinha boas notícias para compartilhar porque eu sabia que ela me pediria para contar todos os detalhes e que eu nunca conseguiria fazer as outras ligações.

Agora, depois do acidente, eu a odeio.

Principalmente por me sentir tão traída. Durante toda a minha vida, Karen se autodeclarava como a benfeitora, a campeã das causas sociais, a primeira a se voluntariar para a venda de bolos e a liderar a tarefa de calçar crianças na África ou colocar comida nas mesas dos pobres. Autodidata e piedosa, quase uma santa, é quem eu acreditava que ela fosse.

Supostamente, ela deveria ser uma boa pessoa, fazer o bem, ser altruísta e se importar com os outros, mas ela falhou. Quando as coisas ficaram feias, toda aquela preocupação se voltou apenas para Natalie e ela mesma. É como puxar a cortina do grande e poderoso Oz, revelando por trás dela um velho com um monte de alavancas e cordas, sem magia alguma. Ela não tem o direito de afirmar ser uma boa pessoa, porque ela não é.

Mas minha convicção fraqueja porque, por mais que eu tente apenas odiá-la, os dezesseis anos que compartilhamos antes daquele dia ainda existem, juntos de todas as coisas que eu amava nela. E aqui estou eu, me preocupando com ela e sentindo pena dela. Ela está tão completamente sozinha e infeliz, e Karen não é uma mulher concebida para a solidão ou a tristeza. É uma mulher feita para rir e abraçar... cheinha e macia, palhaça e divertida, amorosa e boa... sim, boa. Até aquele dia, ela era boa, e descobrir que não é algo triste demais.

Tenho dificuldade com isso: a bondade só é verdadeira se for a um custo pessoal? Qualquer um pode ser generoso quando se é rico; qualquer um pode ser altruísta quando se tem muito. Minha mãe não é conhecida como a pessoa mais compassiva do mundo – alguns podem até dizer que ela é uma vaca –, ainda assim, com as próprias mãos, ela fechou a janela do *trailer*. Ela despiu sua filha morta e não guardou um pingo de calor para si. Corajosamente, deixou o filho e o marido e foi pedir ajuda. Enquanto Karen estava lá, imóvel na parte de trás do *trailer* com a Natalie.

Posso culpar Karen pela covardia dela? Por ser egoísta porque estava assustada? Cada um já nasce com sua força interior? Se sim, então devemos condenar aqueles que não a têm?

Eu a vejo se alvoroçar na cozinha, onde ela retira os botões do fogão para poder esfregá-los na pia, e decido que não, eu não tenho pena dela. Medo não é desculpa. Minha mãe estava apavorada. Kyle estava apavorado. Mo estava aterrorizada. Por causa da Karen, o Oz está morto.

Ela está colocando os botões de volta no fogão quando a porta se abre e Bob entra.

Ela sai correndo para recebê-lo.

– Até tarde no consultório?

A aparência dele está péssima: cabelo desgrenhado, roupas amarrotadas, rosto corado por talvez ainda estar bêbado. Ele levanta a cabeça e a vê segurando um botão de fogão com uma luva de borracha e, dando um suspiro, acena para a farsa e depois tropeça pelas escadas até o quarto dos dois.

Karen continua onde está. Sua compulsividade é momentaneamente pausada enquanto ela o observa ir. É quando a realidade a cega e a faz deixar cair o botão enquanto se segura em uma cadeira. Porque, não importa o quanto você se mantém ocupado e recusa-se a falar sobre o passado ou enfrentá-lo, não importa quantas vezes você muda de canal se o meteorologista prevê a chegada da neve, há momentos, inevitáveis lapsos e lacunas no tempo, em que o passado inunda o presente com tanta fúria que suga o ar de seus pulmões e o desequilibra.

Desmoronando no chão, ela se enrola e chora de soluçar.

64

Minha mãe entra na casa como uma assaltante. Em qualquer outra noite isso até poderia funcionar, mas hoje ela é pega no flagra assim que passa pela porta.

– Mãe – Chloe diz do sofá.

– Chloe? – A culpa acompanha o tom de voz da minha mãe, embora isso não seja necessário.

Chloe é a última a atirar pedras. Ela também está coberta de segredos. Chloe ainda veste o traje ridículo de mais cedo. Há manchas de terra na saia, onde ela ajoelhou na grama, e a maquiagem dos olhos está borrada.

Minha mãe finge não notar toda aquela estranheza.

– O que você tem aí? – ela pergunta, aproximando-se. – Minha nossa. Eles são tão pequenininhos.

Os quatro gatinhos dormem no colo da Chloe. Finn mia e boceja com a perturbação, depois se encaracola mais forte no irmão e nas duas irmãs e volta a dormir.

Bingo, que se deita aos pés da Chloe, levanta a cabeça no bocejo e depois a deixa cair novamente.

Chloe balança a cabeça.

– A mãe deles foi embora.

Minha mãe senta-se ao lado dela e acaricia as costas do gatinho cinzento.

– Provavelmente, ela não poderia cuidar deles. Você vai levar os gatinhos para um abrigo?

– Não posso. Mo os encontrou e chamou o abrigo, mas o pessoal disse que não pode levar os gatinhos até eles conseguirem beber por conta própria.

– E a Mo não pode ficar com eles?

– O pai dela é, tipo, superalérgico.

Percebo um esboço de sorriso nos olhos da minha mãe, um sorriso de reconhecimento e gratidão pela genialidade da Mo. Minha mãe pode não perceber o perigo exato em que Chloe se encontra, mas sabe que ela tem passado por momentos difíceis.

– Então você vai ficar com eles?

– Tenho de ficar.

Minha mãe acena com a cabeça em concordância.

– Que tal eu ficar de olho neles pra você descansar um pouco?

Chloe boceja e balança a cabeça, depois transfere cuidadosamente o pequeno pacote para o colo da minha mãe. Todos os filhotinhos acordam e gritam, uma sinfonia de pequeninos guinchos.

– Eles estão com fome – Chloe diz.

Minha mãe revira os olhos.

– Não... – minha mãe responde. – Criei quatro filhos. Sei quando um bebê está com fome. Vá dormir. Deixa comigo.

Chloe dá um sorriso amarelo, preocupado, depois sai tropeçando em direção às escadas.

– Chloe – minha mãe diz, parando-a –, seu cabelo ficou legal.

– Obrigada – ela responde, meio adormecida.

Finn mia mais alto, e as sobrancelhas da Chloe franzem de preocupação.

– Sabe, eu estava pensando... meu chefe me deu ingressos para a Pacific Symphony no sábado. Talvez a gente pudesse ir...

Há tanta esperança na voz da minha mãe que meu coração acelera.

– Você quer que eu dê o leite? – Chloe pergunta, com a voz apertada de preocupação diante da crescente aflição dos gatinhos.

– Não, pode deixar – minha mãe responde, colocando-os na caixa de sapatos, todos eles agora berrando. – O que você acha?

– Tá bom – Chloe responde distraidamente, seu foco inteiramente na vagareza da minha mãe, e não no que ela está dizendo, desejando que minha mãe desse uma acelerada nos passos.

O semblante da minha mãe se ilumina, e agora ela sorri ao carregar a caixa de miaus para a cozinha. Chloe exala um suspiro de alívio e sobe as escadas a passos pesados.

Fico com minha mãe enquanto ela alimenta cada gatinho com o conta-gotas, acalmando e acariciando aquelas criaturinhas e as lágrimas lhe escorrendo pelas faces. E eu a perdoo por esta noite, e espero que ela se perdoe também. Como todo mundo, ela segue aos tropeços, um pé na frente do outro, nem sempre no rumo certo, mas cambaleando na mesma direção.

Preciso me lembrar de que ela não sabe o que o Bob fez, que ela não sabe o que o meu pai está fazendo com o Vance. Ela só sabe que meu pai a odeia por não ter protegido Oz e que ele partiu, e que Bob a ama e está aqui – uma visão mortal distorcida.

Quando termina de alimentar o quarteto, ela volta ao sofá, coloca os filhotes ao lado dela, envolve o braço de um jeito protetor ao redor deles e fecha os olhos. Finn é uma das mais serelepes. Ela pode até ser a menor, mas isso não a impede de insistir no seu objetivo. Ela empurra Brutus (foi o nome que dei ao gatinho cinzento) para poder reivindicar o lugar mais próximo ao coração da minha mãe.

65

– Levanta – meu pai ordena ao bater nos pés de Vance, que ronca no sofá. Vance geme e tenta puxar os pés para cima, mas meu pai bate neles de novo, desta vez com força suficiente para fazê-lo rolar e ir do sofá para o chão. – Agora.

– Que merda, cara. Sai daqui.

– O dia está raiando lá fora, estamos perdendo tempo – meu pai diz. Vance aperta os olhos inchados e olha através da janela escura.

– Você tem dez minutos. O café da manhã está em cima da mesa.

Meu pai se afasta, pulando em suas muletas. Na mesa, uma barra de granola e um copo de água da torneira: alimentação de prisioneiro.

Vance enrosca o corpo e fecha os olhos.

Exatamente dez minutos depois, meu pai está de volta e bate na sola dos pés dele com a muleta.

– Vamos.

– Ir aonde? Ainda tá de noite, porra.

– Na verdade, são seis da manhã.

Meu pai bate nos pés do Vance com mais força, até ele não ter outra escolha a não ser se levantar.

– Hora de ir procurar o Oz.

Vance inclina a cabeça, preocupado que meu pai tenha perdido o juízo, pergunta que eu mesma me faço neste momento.

– O corpo não foi encontrado – meu pai continua. – Então a gente vai fazer isso. Agora, vamos lá.

Vance balança a cabeça, toda aquela ideia absurda demais para ser compreendida. O corpo do Oz está perdido em uma tundra que quase matou os dois há apenas um mês. Sem chances de ele se voluntariar para uma brigada composta apenas pelos dois – um batalhão com falta de membros, dedos e sanidade – em busca do cadáver em decomposição do meu irmão.

Meu pai venta pelas narinas.

– Não é uma escolha, Vance. Olha só, o negócio é o seguinte. Você fez merda, e o seu erro envolveu minha garotinha, e não tem nada no mundo com que eu me importe mais do que a minha família. Então, vamos ser claros aqui: eu não dou a mínima pra você. Não estou fazendo isso porque sou um cara bom que se importa e quer te salvar de você mesmo. Se dependesse só de mim, você apodreceria no seu quarto. Mas tudo o que me importa é a Chloe, e, neste momento, ela tem a impressão equivocada de que ainda te ama.

Vance olha para o meu pai com os olhos arregalados. Meu pai disse a Vance que Chloe queria vê-lo, mas nada sobre ela ainda amá-lo.

Nunca fui uma grande fã do Vance, mas sempre fui entusiasta do quanto ele e Chloe se amavam. Meu pai não estava lá, então ele não sabe disso, mas, depois de perceber o erro que havia cometido, Vance ficou desesperado para salvá-la, caminhando a esmo por quase dois dias sem descanso, somente com seu propósito o impulsionando além das forças mortais. Ele tem apenas dezoito anos. Gostaria que meu pai pudesse enxergar isso.

Meu pai franze o cenho ao notar a esperança do garoto.

– Então, por mais que me doa, Chloe ainda precisa te ver pra poder superar isso. Só que infelizmente agora você mais se parece com um perdedor do que um *punk*, e aí não vai rolar.

– E se eu me recusar?

– A porta está logo ali. A mesma que estava lá ontem à noite. A mesma que estará lá nesta noite e amanhã e no dia seguinte.

Vance pondera a escolha em sua mente, depois se levanta.

– Quando eu vou poder ver a Chloe? – ele pergunta, e meu coração se enche de emoção com o quanto ele ainda ama a minha irmã.

– Quando encontrar o Oz.

66

Sei que prometi não visitar mais os sonhos daqueles que amo, mas não posso evitar. Mo está passando por um momento difícil por causa do que a Natalie disse, e eu e a Mo sempre nos ajudamos quando o assunto é a Natalie. Mesmo na morte, aquela garota é um grande pé no saco.

Mo não sabe o que fazer com a confissão da Natalie sobre Bob trocar biscoitos pelas luvas do Oz. Ela estava disposta a deixar para lá os exageros e as mentiras que a Natalie tem contado, sabendo que as merdas saídas da boca dela seguiriam seu curso e que todos acabariam se cansando disso uma hora ou outra. No entanto, do mesmo modo como aquelas luvas perturbaram Mo lá no *trailer* enquanto aguardava pelo resgate, elas a perturbam agora, e minha amiga não sabe como lidar com isso.

Meu pai está em Big Bear. Chloe, fragilizada. E minha mãe e Bob estão como unha e carne. Ela chega a considerar contar para a mãe, mas a senhora Kaminski não quer que Mo se envolva. Ela é uma mulher prática. Oz está morto. Que bem isso faria?

Mo tenta dizer isso a si mesma, mas sua consciência está atormentada. Talvez seja por sua própria culpa pelo que aconteceu com o Oz pesar sobre ela. Ela sabia que algo havia acontecido para Bob estar com as luvas e Oz não ter voltado. Ela sabia lá atrás e não fez nada. Hoje, ela sabe ainda mais, e o fato de não fazer nada outra vez a corrói.

Se eu estivesse viva, lidaria com isso da maneira como sempre lido com as coisas: diria ao mundo o que o Bob fez, como ele mandou Oz para o frio e o manipulou em troca das luvas. Eu dirigiria pelas ruas com um megafone contando tudo, descrevendo a covardia e o egoísmo dos Golds. E todos acreditariam em mim porque eu tenho uma daquelas personalidades francas em que as pessoas acreditam. Se eu estivesse viva, era isso o que eu faria. Mas Mo não sou eu, e desafiar alguém em público assim não é seu estilo. Então, quando ela vai dormir, entro furtivamente no sonho dela e ofereço uma sugestão que funcionará para ela.

Meu sussurro é simples e se disfarça em um sopro: *Escreva. Escreva a verdade.*

67

Meu pai e Vance estão naquele lugar horrendo onde tudo começou: a curva estreita onde vimos o cervo e a vida mudar, embora hoje a estrada esteja livre de neve, assim como o céu, e não haja cervos à vista. Não parece perigoso ou notável, apenas uma curva em uma estrada como um milhão de outras curvas em um milhão de outras estradas.

– Aqui será nosso acampamento-base – meu pai diz. Da caçamba da caminhonete do Vance, ele pega um arnês e uma corda longa.

Vance está vestido com esmero, com tantas camadas de roupa sobrepostas que seu rosto está encharcado de suor.

– A gente vai descer daqui? – ele pergunta olhando para o penhasco.

– Você vai. Estou fora de combate – meu pai responde, olhando para sua perna na cinta. – Você vai descer de rapel, depois vai fazer um reconhecimento do local pra procurar o Oz.

Vance balança a cabeça e olha para meu pai como se ele fosse um louco. Vance é um menino do subúrbio do Condado de Orange que cresceu sem pai. Nunca acampou ou escalou montanhas, e a ideia dele de aventura ao ar livre é ir a pé até a Starbucks porque seu carro está na oficina.

– Aham, tá certo. Acho que não vai rolar. Vários problemas com o seu plano, senhor Miller. Primeiro, sem chance de eu descer lá sozinho. Segundo, não tenho dedos pra fazer esse lance de rapel. E, terceiro, sem chance de eu descer lá sozinho.

– São apenas dois problemas – meu pai diz, ajustando o arnês. – O rapel é fácil. A parte da subida que é difícil. Você ainda tem a maior parte dos dedos, então deve ficar bem.

– *Deve* não é uma palavra muito encorajadora.

– O pior que pode acontecer é você cair alguns metros.

– Sem chance.

Meu pai suspira.

– Primeiro as primeiras coisas. Você precisa aprender como prender a âncora na montanha. Você vai carregar a corda, amarrá-la e descer de rapel. Depois, vai fazer isso de novo até chegar ao local do acidente. Quatro descidas devem ser suficientes.

Vance revira os olhos como se aquilo jamais fosse acontecer, mas o que ele não percebe é que meu pai tem um olhar, aquele que ele carrega quando está determinado. E, uma vez que meu pai esteja com aquele olhar, nada vai fazê-lo mudar de ideia. Portanto, Vance precisa prestar atenção no que ele diz, porque, quer Vance concorde ou não, quer ele pense que isso é uma loucura total ou não, depois da lição do meu pai, ele vai descer aquele penhasco, sim, mesmo que meu pai precise atirá-lo da borda para isso acontecer.

68

Minha mãe começou a praticar corrida. Não *jogging*; esse é um termo gentil demais para o que ela faz. Braços e pernas bombeando. Todos os dias, ela corre pelas ruas e pelo caminho que serpenteia o campo de golfe, rasgando o asfalto até não conseguir respirar direito; então ela tropeça até parar, ofegante e tonta, com as mãos sobre as coxas, arquejando.

Ela começou no dia em que voltou para nossa casa vazia após o meu funeral. O silêncio e a quietude eram tão assombrosos que os músculos dela se enroscavam e retorciam até ela não suportar mais um minuto sequer e sair como uma louca correndo pelas ruas, e assim continuou.

Nos fins de semana, ela corre pela manhã. Durante a semana, depois do expediente. Ao longo de todo o dia no trabalho, ela se segura, firme como um espartilho vitoriano, mas, assim que volta para casa, coloca seu tênis e explode rua afora.

Nesta noite, ao caminhar cambaleante de volta para casa, cabeça inclinada na direção da calçada, ela cruza com Karen, que está de costas ao lado da caixa de correio folheando as correspondências. Elas se notam ao mesmo tempo, quando estão quase uma ao lado da outra. Seus rostos registram igual surpresa antes de se fecharem em expressões espelhadas de desprezo.

Karen não se retira como eu espero que ela faça. Em vez disso, ela se endireita e fica firme.

O queixo da minha mãe desliza para a frente, e ela continua passando sem nada dizer.

– Você escolheu primeiro – as palavras ecoam atrás dela. – Talvez eu não tenha feito a coisa certa pelo Oz, mas você escolheu primeiro.

Minha mãe para, os punhos cerrados balançando ao lado do corpo quando ela se vira.

– Mas que merda é essa que você está falando? Oz morreu. Sua preciosa Natalie nem uma gripe pegou. Só você mesmo, Karen, pra de alguma forma distorcer isso e jogar contra mim.

– Eu estava protegendo *minha* família. Você deixou claro onde a sua lealdade estava quando escolheu a Mo em vez da *minha filha*. Então, sim, quando a escolha precisou ser feita entre proteger *minha família* ou o Oz, eu escolhi a gente.

Minha mãe fica confusa, tentando entender sobre o que é que ela está falando.

– As botas da Finn – Karen esclarece. – Você deu as botas pra Mo.

Os olhos da minha mãe piscam sem parar enquanto ela processa as palavras *botas da Finn*. Consigo perceber que ela não se lembra.

Eu, sim, mas do que eu mais me lembro é da Mo devolvendo as botas. Um par de UGGs desgastadas salvou a vida da minha mãe. Provavelmente, salvou a vida de todos que sobreviveram àquele dia. Quando as coloquei naquela manhã, eu não tinha ideia de que estava tomando uma decisão tão importante; nem minha mãe quando as tirou do meu cadáver e as deu a Mo em vez de a Natalie.

– Você não é melhor do que eu – Karen continua. – Todos nós fizemos escolhas naquele dia, mas você escolheu primeiro.

Minha mãe recua um passo quando a memória volta. Sim, ela fez aquilo. Ela escolheu a Mo. Seu rosto se contorce assombrado; então, sem uma palavra, ela se vira e continua indo embora.

Quando já está segura dentro de casa, ela desliza na porta e senta-se no chão com a cabeça apoiada nos joelhos. Os dedos da mão direita dela se contraem e se soltam sem ela nem mesmo notar, como fazem com frequência atualmente.

A decisão foi tão simples quanto ela gostar mais da Mo? Ou mais complexa, com base nos clichês de garantias de segurança oferecidos à senhora Kaminski? Ou, pior ainda, com base no ressentimento com relação a Karen e à vida dela com Bob?

Minha mãe estica as pernas e olha fixamente para seus pés, e sei que ela está pensando na Chloe ao mesmo tempo que reconsidera suas prioridades em retrospectiva: Chloe, Oz, meu pai... Mo ou Natalie? Eu ainda não sei quem ela escolheria.

Ela olha para uma foto na cornija da lareira onde ela e Karen seguram Natalie e eu bebês, e então os ombros dela caem. Sei, pela tristeza em seu semblante, que ela ainda escolheria Mo. Não importa o tempo que ela tivesse para decidir: a escolha seria a mesma.

Eu me sinto mal pela minha mãe e por mim. Eu também teria escolhido a Mo. Não por despeito ou por causa da senhora Kaminski, mas exatamente por causa do que aconteceu. Minha mãe escolheu Mo, e, quando chegou a hora, Mo devolveu as botas. Natalie não teria feito o mesmo.

Isso de nada adianta para aliviar a culpa. Se Mo tivesse feito comigo o que minha mãe fez com Karen, eu me sentiria tão traída quanto Karen, uma punhalada de deslealdade direto no coração.

O preço que aquele dia custou só aumenta. Karen e minha mãe tinham uma dessas amizades extraordinárias, uma irmandade que qualquer um que as conhecesse acreditava perdurar até a velhice. E agora, por causa de um par de botas velhas, ela se foi.

69

Mo está na minha cama, com o queixo apoiado nas mãos. O jogo de cama e o edredom são novos.

Chloe está na cama dela, em uma posição parecida. As duas olham fixamente para as quatro bolinhas de pelo no chão, que tropeçam como marinheiros bêbados.

– Você vai ficar com eles? – Mo pergunta.

– Minha mãe diz que eu posso ficar com um. Vou ficar com a Finn.

– Ela não se importa de você chamar a gatinha assim?

Chloe dá de ombros.

Eu não me importo que Chloe a chame assim. Na verdade, eu me sinto honrada. Finn é megafofa e uma bela de uma lutadora.

– Gostaria de poder ficar com um.

– Sem chance?

– Meu pai é superalérgico, lembra?

Desde o resgate gatinhos/Chloe quatro noites atrás, Mo criou o hábito de vir passar as tardes com a minha irmã. Todos os dias, ela vem logo após as aulas. No início, eu pensava ser por preocupação com a Chloe, mas agora sei que é mais do que isso. Mo está solitária.

Mo sempre foi madura, contudo, desde o acidente, é como se ela tivesse passado zunindo por todas as pessoas da idade dela, como se o que aconteceu fosse uma espécie de túnel do tempo. Adultos adoram tagarelar sobre como um dia todas as coisas mesquinhas do colegial não importarão mais... o que as pessoas pensam, os cliques, as fofocas... e é como se Mo tivesse saltado para esse "um dia" em um instante.

– Como foi o baile? – Chloe pergunta, só para ter algo a dizer. Ela nunca foi a nenhum dos bailes do colegial, toda a cena e a música chatas demais para ela.

– Eu não fui.

– Achei que você tivesse convidado o Robert.

– E convidei mesmo. Mas, quando eu estava no hospital, Ally perguntou se ele gostaria de ir com ela, e, como ele não tinha certeza se eu melhoraria a tempo, ele aceitou.

– Que droga.

– Na verdade, nem foi. Eu não estava a fim de ir mesmo.

– E aquele garoto que a Finn convidou, ele acabou indo?

Meus ouvidos ficam atentos.

– Charlie. Sim, ele foi com aquela garota alta, Cami. Sabe, a goleira do time de futebol?

Meu coração murcha, e eu me pergunto, amargamente, se ele agora faz desenhos dela em vez de meus.

– Clover. Sabe o que tem me incomodado?

– Não até você me contar.

Mo ri.

– Natalie.

– Olha, está aí algo que não mudou.

Mo ri de novo.

– Então, você não vai falar sobre o que aconteceu, e eu odeio falar sobre isso, e sua mãe não vai falar sobre isso...
– Sim.
– Bom, isso significa que as únicas pessoas falando sobre isso são a Natalie e o pai dela, e o que eles estão dizendo não é o que realmente aconteceu.
– E daí? Deixe os dois terem seus momentos de glória estúpidos.
– Eu sei. Isso foi o que eu pensei no começo. Mas agora está me incomodando muito.
– Por quê?
– Sei lá. Acho que é porque eu preciso continuar dizendo a mim mesma a verdade pra que ela faça sentido, sabe? É a minha maneira de lidar com isso. Nós caímos. Nós sobrevivemos. Eu repasso isso na minha cabeça de novo e de novo, cada detalhe, pra que eu possa entender o que aconteceu.
– Mas então por que você se importa com o que a Natalie diz? Com certeza, ninguém sequer acredita nela. Afinal de contas, é a Natalie.
– Porque estou percebendo que faltam peças. Eu só conheço as peças que conheço, não todas.

Chloe se senta e cruza as pernas.

– Mo, deixa isso pra lá.
– Não posso.

Chloe fica tensa.

– Não consigo falar sobre isso.
– Eu sei. E eu não preciso que você fale. Eu escrevi tudo... bom, a maioria das coisas, as partes que eu conheço. E da parte sobre você eu tenho quase tudo. Depois do acidente, você, Vance e Kyle ficaram empilhados perto do banco do motorista.
– Quem é Kyle?
– Kyle era o garoto que pegamos na beira da estrada. O carro dele tinha estragado.
– Eu nem lembrava que ele estava com a gente. Ele está bem?

– Acho que sim. Foi ele que subiu com sua mãe pra conseguir ajuda.

Chloe balança a cabeça.

– Caramba, você tem razão. Nós realmente só conhecemos as partes que conhecemos.

– Exatamente. Você foi a primeira que eu vi. Eu abri meus olhos, e sua mãe estava cambaleando na sua direção. Tinha um corte na sua cabeça, e muito sangue...

– Não foi o Bob que me ajudou?

– Sua mãe te ajudou primeiro. Você não lembra?

Os olhos da Chloe se apertam olhando para a colcha em sua cama, tentando recordar. Ela morde o lábio, e seus dedos sobem até a cicatriz na testa, com a mais vaga lembrança do toque da minha mãe.

– Ah – ela diz.

– Foi quando ela percebeu que a Finn estava lá na frente, então pediu ao Bob pra cuidar de você.

As duas se calam, um momento compartilhado de reverência pela minha morte.

– Aí, depois do choque inicial de tudo, e depois de o seu pai ser levado pra parte de trás, você e Vance saíram. Dois dias depois, você foi encontrada.

A mandíbula da Chloe se contrai. A história dela não é complicada, apenas horrível, simplesmente pavorosa.

– As partes que me faltam são o que causou o acidente, por que o Oz partiu e o que aconteceu quando sua mãe e Kyle saíram pra buscar ajuda.

– Minha mãe não quer tocar no assunto. Ela está ainda pior sobre isso do que eu. Pelo menos, eu reconheço o que aconteceu. Minha mãe simplesmente finge que não aconteceu, nada... o acidente, a morte de dois dos filhos dela. A maneira dela de lidar com a situação é agir como se a Finn e o Oz jamais tivessem existido. É estranho, mas só te falo uma coisa: ela não vai comentar sobre o assunto. Ela está em uma negação séria e tem feito um esforço sobre-humano pra apagar todas as evidências disso.

É verdade. Após minha mãe ter expurgado meu quarto de todos os meus pertences, ela fez o mesmo no do Oz. Depois, começou uma varredura pela casa. Se encontrasse uma meia minha, ela era descartada; uma borracha que Oz tinha usado, jogada no lixo; um clipe de papel que fosse verde, arremessado longe. Ela não compra mais purê de maçã ou Fruit Roll-Ups, porque esses eram meus favoritos, ou a calda da Hershey's ou Oreos, porque esses eram os preferidos do Oz.

Mo fica de costas e olha para cima. Ainda há suaves contornos das estrelas brilhantes que ela e eu colamos no teto quando tínhamos nove anos.

– Que pena. É a história dela que eu mais quero ouvir. Ela foi incrível, no nível super-heroína. Eu devo a minha vida a ela. Todos nós devemos.

– Talvez, mas eu acho que ela não vê as coisas assim.

– Como não?

Chloe encolhe os ombros.

– Como você disse, nenhum de nós sabe a história toda. Só conhecemos nossas partes e da nossa perspectiva. E aposto que a parte que a gente não sabe sobre a história da minha mãe é a que faz com que ela corra pelas ruas como uma louca e finja só ter tido dois filhos em vez de quatro e evite espelhos, como se neles morasse o demônio que a persegue.

70

Chloe havia se esquecido completamente de ter concordado em ir à sinfonia com a minha mãe. No entanto, quando a cabeça da minha mãe surgiu na porta do quarto dela dizendo que era hora de se trocar para a grande noite delas, Chloe fez um ótimo trabalho fingindo estar empolgada.

Em um ato desafiador, ela optou por usar amarelo radiante no evento *black-tie*. Seu vestido é sem mangas, com uma saia larga que ondula em sua fina cintura. As sandálias são prateadas com pedrarias de cristais nas tiras, e os dedos dos pés dela ainda estão pintados de vermelho-sangue. Ela está de tirar o fôlego, e eu berro e aplaudo ao ver minha mãe e ela caminhando em direção à casa de espetáculos.

Por um segundo, acho que ela me ouve. Seus lábios se curvam nos cantos, e sua mão se levanta levemente, com um pequeno aceno.

Chloe sempre foi bonita, mas, subitamente, ela está primorosa. A cicatriz na testa, irregular e rosada, brilha contra sua pele pálida, atraindo olhares como moscas na direção do fogo, olhos que se demoram em seu rosto antes de descerem e descobrirem o dedo perdido na mão e depois os dos pés – pistas ainda mais sedutoras de sua misteriosa história –, suas feridas ousadamente exibidas como pedras brilhantes, objetos de curiosidade. Ela é frágil, forte e absolutamente fascinante, e os corações aceleram quando ela passa – de homens e mulheres. As mulheres sentindo uma ligeira repulsa, e os homens, hipnotizados, todos se movimentando e abrindo caminho, procurando uma forma de se aproximar, desejando estar perto.

Chloe é indiferente a tudo isso. Ela caminha ao lado da minha mãe, olhando para as estrelas, as pessoas e a arquitetura.

Minha mãe está nervosa, como se estivesse em um primeiro encontro, e deseja fazer tudo certo.

– Quer beber alguma coisa? – ela pergunta quando elas entram.

Distraidamente, Chloe balança a cabeça.

– Isso aqui é maravilhoso – ela diz, admirando o imponente *hall* de entrada e o vidro ondulado que pende como ondas vindas do teto.

– Este vidro aqui é o mais claro do mundo – minha mãe comenta. – Não tem ferro na composição, o elemento que mais tinge o vidro de verde. O arquiteto queria que fosse totalmente transparente pra que as pessoas dentro do salão fizessem parte da fachada.

– Uau, que legal.

É estranho ver como elas são parecidas. Somente Chloe acharia "legal" o amplo conhecimento da minha mãe sobre tais minúcias. Aubrey e eu teríamos perdido o interesse no momento em que descobríssemos que o assunto era vidro.

As duas seguem para seus assentos, e eu assisto ao concerto com elas, embora não tenha absolutamente nenhum apreço por ele. Os violinos choram música após música, sem nenhuma palavra sequer. Herdei o gene musical do meu pai, ou seja, não tenho nenhum.

Chloe e minha mãe se deixam levar pelo momento. Seus músculos tensionam com os crescendos e estremecem ao repousar quando o ritmo desacelera, como se suas pulsações estivessem atadas às notas, e, mais uma vez, eu me pergunto se minha mãe era como Chloe quando jovem e se Chloe será como minha mãe quando mais velha. Minha mãe é mais atlética, Chloe, mais sensível, mas o temperamento que corre no sangue delas é o mesmo: um poder absoluto de espírito tão único quanto o cabelo cor de cobre que Chloe e eu herdamos do meu pai.

Os olhos da Chloe marejam durante uma canção triste, e, ao lado dela, minha mãe sorri, mais absorta pela experiência da filha do que pela música.

No fim, ao saírem do calor da casa de espetáculos para a noite fria, Chloe treme.

– Aqui, pega meu casaco – minha mãe oferece rapidamente.

– Não, obrigada – Chloe responde, girando em uma pirueta, seu vestido flamejante e seu rosto levantado para as estrelas, provocando os céus enquanto o frio pinica sua pele. *Você tentou. Você falhou. Eu ainda estou aqui.*

Ao lado do estacionamento, há uma pequena fonte.

– Uma moeda, por favor? – Chloe pede, com um falso sotaque britânico e as mãos estendidas como as de um pedinte.

Minha mãe congela. Como o purê de maçã e os Fruit Rolls, atirar moedas em toda fonte que encontrava era uma coisa minha, um *Finn-ismo*.

Chloe finge não notar a hesitação da minha mãe. As mãos dela continuam estendidas.

Dê a ela uma moeda, eu grito. Estou cansada de cada lembrança sobre mim ser descartada, evitada ou embalsamada em um santuário. Quero que minha mãe sorria quando lhe pedirem uma moeda ou ao andar pela seção de carnes do mercado, lembrando-se do dia em que assamos um presunto junto do plástico transparente que o embrulhava, como o regamos por duas horas antes de percebermos que algo parecia estranho. Quero que meu pai sorria quando comer asinhas de frango e assistir a um jogo dos *Angels*. Quero que Mo jamais passe por um dente-de-leão sem o soprar e depois correr para que as sementes caiam em seu cabelo.

Estar morta é uma droga, mas vê-los destruir a vida que eu tinha é ainda pior.

Lembrem-se de mim, eu grito. *Celebrem quem eu fui. Não me coloquem em uma caixa e me descartem. Parem de evitar toda e qualquer lembrança de quem eu era. Eu vivi, e não quero ser reconhecida apenas pela minha morte prematura. Isso foi apenas o fim. Antes disso, foram dezesseis anos de vida – boa, ruim, engraçada, divertida. Finn.*

Entorpecida, minha mãe pega não uma, mas duas moedas na bolsa, uma para cada. As moedas são mantidas entre os lábios delas enquanto fazem seus pedidos (outro *Finn-ismo*) e depois atiradas na água.

Mandou bem, Chloe.

71

Meu pai está bêbado.

É quase meia-noite, e ele está acordado desde que o dia raiou, mas meu pai raramente dorme mesmo. Apesar da exaustão, ele permanece acordado, ignora a dor e se tortura com aquela noite, encolhendo-se com a lembrança do acidente reverberando em seu cérebro. Agora, ao imaginar, seus braços viram o volante para a esquerda, atingindo o cervo em vez de desviar dele. Seus punhos se apertam com tamanha intensidade que as unhas tiram sangue das palmas das mãos.

Hoje, meu pai afoga as mágoas com uísque. Ele está sentado na cama *king-size* do meu avô, uma garrafa de Jack Daniel's na mão, os olhos semicerrados e a boca entreaberta.

Vance dorme no sofá da sala de estar, completamente exausto após cinco dias de busca pelo meu irmão. Todos os dias, ele desce o traseiro magro dele de rapel e, usando apenas uma bússola, um mapa e o conhecimento que meu pai repassou a ele, caminha pela floresta durante horas.

Estou muito orgulhosa e me tornei sua líder de torcida silenciosa, orientando-o da lateral do campo e ficando de olho nele, sussurrando palavras de encorajamento e aplaudindo a coragem dele ao procurar pelo meu irmão atrás de cada árvore e rocha.

Ele não vai encontrar o Oz. Cada centímetro que ele verifica já foi verificado. Burns foi minucioso. Por uma semana inteira após a busca oficial ter sido cancelada, ele ainda enviou sua equipe para vasculhar a área até ficar óbvio que Oz não seria encontrado. Onde quer que o corpo do meu irmão esteja agora, ele já se afastou muito do local onde estava, transportado ou pelos animais ou pelas forças da natureza ou por ambos. Os restos dele, quem ele era, já não fazem mais parte deste mundo. Sei disso com a mesma certeza de que um dia também não estarei mais aqui. Há impermanência neste estado, um desassossego que não pode durar para sempre.

Todas as tardes, Vance refaz seus passos e sobe de volta ao penhasco até chegar ao meu pai, e o orgulho irradia ao contar como foram as coisas. É difícil acreditar que menos de uma semana se passou desde que Vance era *um-poço-de-autopiedade-devorador-de-pílulas* encolhido em sua cama. O corpo recuperou as forças, a pele agora brilha, e ele não treme mais por causa da abstinência. Exceto pelas orelhas, pelos dedos e cabelos, ele quase se parece com o Vance de antes.

Já meu pai nem sequer chega perto do homem que costumava ser. Ele parou de se barbear e parece um homem peludo da montanha. Sua barba escura cor de ferrugem está salpicada de pelos cinza e se espalha pelas faces e pelo pescoço. Os músculos, antes firmes, ficaram flácidos, e ele perdeu, pelo menos, treze quilos. Mas foi seu rosto que mais mudou – o conjunto de traços e a mandíbula –, uma transformação interior que irradia para o exterior. Antes do acidente, meu pai era um daqueles homens resistentes e imensamente capazes, aquele cara que as pessoas procuram quando precisam trocar um pneu ou puxar um sofá por um lance de escadas ou levantar um carro para tirar uma criança de debaixo dele. Nem era tanto pelo tamanho dele, e sim mais pela confiança: uma segurança em seu belo e franco rosto que exalava competência. Ele não tem mais essa aparência. A vitalidade, tão característica dele em outros tempos, de repente já não está mais ali, como se os músculos das faces dele tivessem atrofiado ou a gravidade tivesse se tornado mais forte, e olhar para ele desse jeito me deixa terrivelmente triste.

Eu o observo dar outra golada na garrafa e depois murmurar algo incoerente.

A maneira como eu vejo o álcool é que ele potencializa o que você já é. Bêbados felizes são pessoas mais felizes; bêbados desagradáveis, o oposto. Meu pai é um bêbado triste, um miserável angustiado e infeliz. Seus olhos estão vidrados, e a mandíbula se fecha retendo as lágrimas que ameaçam irromper.

Ele pega o telefone, e seus dedos lutam com as teclas. Por fim, ele consegue discar nosso número.

Minha mãe e Chloe foram para o concerto. No terceiro toque, Mo, que está lá como babá dos gatinhos, atende.

– Residência dos Millers.

Sem dizer uma palavra, meu pai desliga, depois enrola o lençol nas mãos e enterra o rosto no tecido para abafar os gritos.

Um potencializador do que você é, isso é o que o álcool faz. E, para alguém com a consciência pesada, ele o transforma em seu pior pesadelo: tudo do que você se arrepende e tudo o que você odeia em si mesmo ampliado, até o ponto de você querer arrancar sua pele ou desaparecer permanentemente no esquecimento.

72

Os nós dos dedos da Mo estão brancos sobre o volante enquanto ela dirige vagarosamente pela estrada sinuosa na direção de Big Bear. Ela tirou a licença de direção há três meses, mas nunca dirigiu mais longe do que duas cidades depois da nossa. Está um dia nublado. O céu ameaça mandar chuva, mas ainda segura sua carga. Já se passaram quase dois meses desde o acidente, e a temporada de esqui já chega ao fim. Pouca neve resta nas estradas, além das faixas brancas feitas pelo homem que sobem serpenteando as montanhas, delineando as poucas pistas de esqui ainda abertas. O indicador de temperatura da BMW diminui constantemente à medida que ela sobe a montanha, caindo de quinze graus na base dela para onze quando Mo chega à estação do xerife, pouco antes do meio-dia.

– Maureen, é um prazer ver você – Burns diz.

O capitão está com uma boa aparência. Sem todas aquelas camadas grossas de roupa e preocupação, ele parece mais jovem do que da última vez que o vi.

– Desculpe não ter ido dizer um oi quando você estava no hospital.

– Eu não ia querer isso. Fico feliz que todos os seus esforços foram pra procurar o Oz.

– Queria tanto ter encontrado o garoto. Me incomoda que ele ainda esteja por aí. Mas fiquei sabendo que o Jack Miller e o Vance retomaram as buscas.

Os olhos da Mo se alargam de surpresa. Chloe disse que meu pai foi à cabana para se recuperar e ficar um pouco longe da minha mãe. Todos pensam que ele foi sozinho. Agora Mo sabe que Vance está com ele, uma estranha dupla. E que os dois estão procurando pelo Oz, ainda mais estranho. A questão é: o que ela vai fazer com essa informação? No verdadeiro estilo Mo, seu semblante nada revela.

– Bom, acredito que você tenha algumas perguntas sobre aquele dia – Burns diz.

– São só sobre algumas peças que ainda faltam pra eu juntar.

– Posso perguntar por quê?

Mo hesita, ainda insegura.

– A história está ficando embaçada – ela responde, por fim. – Todo mundo que estava lá naquele dia se lembra das coisas de um jeito um pouco diferente... não apenas de perspectivas diferentes, sabe, mas de fatos diferentes... e eu quero esclarecer isso. Não tenho certeza do porquê, mas é importante pra mim.

– Faz ficar mais fácil de entender – Burns diz, pragmático. – Isso me ajuda quando escrevo um relatório de caso, pelo mesmo motivo. Tira a emoção da situação e faz com que ela se reduza ao que realmente é: geralmente, azar, coincidência, más decisões e, às vezes, a pessoas ruins mesmo.

Mo balança a cabeça, o alívio transparecendo na cara dela ao perceber que ele entendeu a deixa dada por ela.

– Agora, com relação às pessoas se lembrarem disso de maneiras diferentes – Burns continua –, cada um lida com eventos traumáticos do seu jeito. E algumas vezes não é nem que elas estejam mentindo quando contam a história de um jeito diferente do que realmente foi, mas é a forma como elas se lembram e que permite a elas conviver com isso um pouco mais facilmente.

— Eu entendo. Realmente entendo. E acho que é exatamente isso que está acontecendo. Mas eu não consigo fazer isso. Lembro perfeitamente como tudo aconteceu e não posso simplesmente fingir ou renegar as partes que não gosto.

— Então, você está tentando esclarecer isso só pra si mesma?

— Como assim?

— Ou você quer fazer isso pra que os outros tenham que admitir o que fizeram?

Mo pensa um pouco antes de responder:

— Não sei. Acho que é só pra mim. — Ela franze a sobrancelha. — Embora me incomode o fato de as pessoas que aparentam estar distorcendo os fatos também pareçam ser as que menos sofrem.

— Essa parece ser a infeliz verdade — Burns comenta.

— Então acho que é um pouco do que você disse também — Mo continua —, nem tanto pra que elas admitam o que fizeram, mas pra eu saber que tenho um registro do que aconteceu. Aí então, quando eu ouvir as mentiras, isso não vai me incomodar tanto.

Há determinação nas palavras dela, um voto feito ao fantasma de seu sonho de que ela escreverá a história, toda ela, e, ao fazê-lo, isso de alguma forma a libertará.

— Então contarei o que posso — Burns diz.

De um armário de arquivos ao lado da mesa, ele retira uma pasta com mais de uma polegada de espessura, e passa página por página, cobrindo tudo desde a primeira ligação para a emergência feita pela minha mãe até a ligação do Serviço Florestal informando que havia suspendido permanentemente a busca pelo corpo do Oz, cinco dias depois.

— A gente pode voltar pra antes da coletiva de imprensa no hospital? — Mo pede, quando ele termina a leitura. — Você pode me dizer outra vez o que o Bob falou sobre Oz ter ido embora?

É o tremor mais sutil, uma contração no músculo da face direita de Burns, mas Mo também percebe: um pequeno indício de que Burns também sabe que essa parte da história não está batendo.

Muito deliberadamente, as palavras sendo escolhidas com cuidado, ele recita, com uma lembrança excepcional, tudo o que Bob lhe disse.

— Ele contou como Oz ficou chateado porque estava preocupado que o cachorro não bebesse água suficiente. Então, quando foi a vez da Karen beber, ele bateu nela e tirou a água das mãos dela pra dar ao cachorro — ele faz uma pausa e, como Mo não diz nada, continua: — Foi quando Bob perguntou se ele queria ir lá fora, esperando que assim fosse acalmar o Oz. Quando os dois saíram, Oz disse que precisava encontrar a mãe e foi embora. Bob disse que tudo isso aconteceu enquanto ele ainda estava em cima do *trailer*. Explicou que ficou lá porque Oz estava chateado, e ele ficou apreensivo que o garoto pudesse ser perigoso. A história parece certa pra você?

Mo balança a cabeça.

— A primeira parte foi mais ou menos assim mesmo. Oz queria que eu desse água para o Bingo antes de dar a Karen, e então ele meio que a acertou com o braço quando tirou a água dela, mas ele não estava fora de controle. E, depois que conseguiu o que queria, ele ficou tranquilo. Na verdade, até achei que o Bob estava sendo esperto quando levou Oz, que aquilo era uma distração pra cada uma de nós poder tomar um pouco de água antes de eles voltarem. Além disso, e não é minha intenção ser maldosa aqui, mas Oz não era assim tão louco de amores pela mãe. Mas ele realmente me amava, e amava muito, muito, muito o pai dele, então não tem como ele simplesmente ter deixado a gente lá e saído pra procurar a mãe.

— E o Bob ficou em cima do *trailer* como ele disse?

— Não, dessa parte eu tenho certeza. Oz deu pé pra ele subir. Ouvi Bob pedir ajuda pra ele. Bob também deixou de fora a parte sobre fazer uma troca pelas luvas do Oz. Se o Oz estivesse chateado e simplesmente tivesse dado o fora, Bob não teria conseguido as luvas.

– Ele pegou as luvas do Oz?

– Ele fez uma troca. Quando Bob voltou para o *trailer*, ele estava usando as luvas do Oz. Até então, eu não sabia como ele tinha conseguido aquelas luvas, mas um dia desses a Natalie me contou que o pai dela trocou dois pacotes de biscoito água e sal por elas.

Burns visivelmente estremece, e, com a reação dele, toda a compostura da Mo se desfaz. O queixo dela cai, a cabeça treme para a frente e para trás, e as lágrimas escorrem.

– Isso tudo é tão horrível. Oz não sabia o que estava fazendo. Eu deveria ter saído com ele, ou deveria ter ido procurar por ele quando ele não voltou com o Bob. Eu sabia que tinha algo errado. Assim que vi as luvas, eu soube.

Ela usa as costas da mão para limpar o nariz, e Burns lhe dá um lenço de papel, depois desliza a caixa para ela.

– Maureen, me escuta. Em primeiro lugar, isso não é culpa sua. Se você tivesse ido atrás do Oz, há uma boa chance de que nós dois não estaríamos aqui sentados tendo esta conversa. Olha pra mim.

Ela levanta o rosto e pisca olhando para ele, em meio às lágrimas.

– Nada disso é culpa sua – a voz dele ressoa. – Agora, preciso que você me conte toda a história, todos os detalhes desde o momento em que a senhora Miller foi embora até você ser resgatada. Depois, preciso que você me conte a conversa exata que teve com a Natalie.

– Eu escrevi – Mo diz, pegando um caderno de anotações da bolsa e lhe entregando.

Mo olha para as mãos enquanto Burns examina as páginas. Ela estremece várias vezes, embora o escritório esteja bem aquecido, um arrepio passando por ela à medida que a história se repete em sua mente e Burns a lê.

A mandíbula de Burns se contrai durante a leitura, e as sobrancelhas franzem, formando um V profundo. Ao terminar, ele se inclina para trás na cadeira, seus dedos formando um campanário abaixo do nariz.

– Maureen, você sabe o que é homicídio negligente?

Mo engole em seco. As palavras são autoexplicativas.

– Há uma linha tênue entre uma morte acidental e uma morte causada por negligência. Você acha que o Bob propositalmente encorajou Oz a procurar pela mãe dele?

A pausa dura pelo menos cinco segundos.

– Não sei – ela diz, por fim. – Tenho minhas suspeitas, especialmente por causa das luvas, mas a verdade é que eu não sei.

Burns devolve o caderno da Mo e pega o arquivo do caso, que está na frente dele.

– Natalie estava usando as luvas quando você foi resgatada?

– Acho que sim. Karen ficou com elas por um tempo, mas foi a Natalie que usou mais.

– De que cor elas eram?

– Roxo, um roxo bem vivo. A cor favorita do Oz.

Burns folheia a pasta até encontrar o que procura. Ele pega um artigo de jornal.

– Na mosca – ele diz, entregando o recorte a Mo. A manchete informa: "Cinco resgatados de acidente após noite na neve". A foto abaixo mostra Bob saindo de um helicóptero do Serviço Florestal com os braços nos ombros de dois socorristas. Atrás dele está Natalie, quase fora de vista, mas visível o bastante para que se note uma luva roxa brilhante saindo da manga de seu longo casaco.

– Maureen, isso é importante. Você acha que Oz era perigoso?

Mais uma vez, Mo reflete, elaborando cuidadosamente sua resposta.

– Não, mas acho que o Bob e a Karen podem ter pensado assim. Oz só queria ter certeza de que o Bingo tinha bebido água suficiente. Ele se sentia responsável pelo cachorro. Tudo teria ficado bem se eles tivessem apenas me deixado derreter água para o Bingo e depois para o resto de nós.

– Agora me conte a ordem para quem você deu a água.

– Senhor Miller, Oz, Natalie, Karen, mas Oz pegou...

– Karen foi depois da Natalie?

– Sim, mas Oz pegou a água da mão dela.

– Mas você não deveria ser a próxima depois da Natalie?

Sinto a raiva de Burns inflamar por causa desse detalhe aparentemente minúsculo, e qualquer dúvida que ele tinha antes sobre ir atrás do Bob, incinerar.

– Eu não ter sido a próxima é importante?

– Mostra um padrão de negligência, uma desconsideração pelo seu bem-estar.

Mostra mais do que isso, mas Burns está sendo educado. Por dentro, ele ferve, e sei pela expressão dele que ele tem uma filha e que, neste momento, está pensando nela.

Mo começou a chorar de novo. Não tenho certeza se é a lembrança daquele momento terrível ou a percepção de que Bob, um homem que ela conheceu durante a maior parte de sua vida, foi tão cruel.

– É tudo tão horrível – ela diz em meio às lágrimas. – Sei que o que Bob fez foi terrível, mas ele não teria feito nada disso se não fosse a situação em que a gente se encontrava.

Ao vê-la chorar, reflito se a nossa humanidade é determinada mais pelas circunstâncias do que pela consciência, e se qualquer um de nós, quando encurralado, pode mudar. Presenciei isso naquele dia, nenhum deles sendo quem eles próprios acreditavam ser.

É diferente para cada um. Algumas pessoas, como minha mãe e Mo, têm mais força moral do que outras, mas talvez em todos nós haja um instinto básico de autopreservação, uma natureza selvagem, que, ao ser testada, faz com que sejamos capazes de coisas das quais jamais acreditávamos ser. Não necessariamente egoístas. Bob não pegou as luvas para si. Ele as deu a Natalie. Karen era quem estava aterrorizada com Oz, e Bob o mandou embora para protegê-la.

Sendo assim, isso justifica o que Bob fez ou apenas explica? Bob não saiu de casa naquele dia planejando matar Oz ou negligenciar Mo. Ele saiu para curtir uma viagem e praticar esqui durante o fim de semana com a família e os amigos. Ainda assim, por causa dele, Oz está morto.

Pessoas desesperadas fazem coisas que normalmente não fariam. Antes do acidente, se você perguntasse a Bob ou Karen ou Vance se eles eram boas pessoas, todos os três teriam dito sim, sem hesitação, e todos os que os conheciam teriam concordado. Todas as evidências apontadas para essa conclusão. Ao ouvirem uma história de covardia ou crueldade, eles teriam balançado a cabeça e pensado *Nunca, eu não*, sem saber que, a qualquer momento, todos somos capazes de fazer o que menos esperamos, inclusive eles. É fácil julgar após o fato. O que aqueles que julgam não percebem é que, fossem eles colocados na mesma situação que Bob ou Karen ou Vance, o traseiro dessa retidão condescendente estaria congelado antes do pôr do sol.

Oz não voltou para o *trailer*. Mo não foi atrás dele. Isso é possivelmente a mesma coisa? Escolher sua própria sobrevivência em vez de arriscar morrer para salvá-lo?

Não culpo Mo pelo que ela fez. Eu estava lá, e ela foi incrível, tão corajosa quanto qualquer menina de dezesseis anos poderia ser naquela situação. Mas, se ela não é culpada pela fraqueza dela, então Bob deve ser pela dele? Minha mãe é culpada por abrir a mão quando segurava a vida do Kyle entre os dedos? Vance deixou o amor da vida dele para congelar até a morte, sozinha. Karen só cuidava da Natalie. Natalie não fez nada. Bob pegou as luvas do Oz e o mandou para o frio. Certamente, algumas atitudes parecem piores que outras, mas ninguém é totalmente inculpável.

Mo também percebe isso, e é por essa razão que ela chora. Nada é como um dia foi. A pretensão de valores, a dela e a dos outros, foi dizimada, e a feia verdade sobre a natureza humana, revelada.

– Oz está morto. Bob pegou as luvas dele – Burns diz, esclarecendo com firmeza exatamente onde está essa linha, e especificamente quem a cruzou.

E relembro como tudo acabou sendo injusto. Minha mãe e meu pai seguem aos tropeços, pedaços e partes de suas vidas, além de seus filhos mortos, para sempre desaparecidos. Chloe e Vance mal sobreviveram, a vida dos dois descarrilada. Karen vive em um estado de negação maníaco.

Natalie mora em uma casa de vidro e mentiras que está na corda bamba à beira de um penhasco.

Somente Bob não é afetado. Ele dorme tranquilamente, sem ter os sonhos perturbados. Todos os dias, ele vai ao consultório, brinca com os pacientes e flerta com as higienistas. Depois, dirige sua BMW até em casa, onde a esposa o venera, o mundo o aplaude como herói e encontra minha mãe apaixonada.

Ele matou meu irmão.

73

Enquanto Mo caminha do escritório do xerife para a pizzaria que há descendo a rua para almoçar, decido dar uma olhada na minha mãe e na Chloe.

Chloe não está em casa. Ela está no apartamento da Aubrey trabalhando na trilha sonora da festa de casamento. O concerto a inspirou, e ela agora tenta, sem sucesso, convencer Aubrey de como seria legal incluir algumas peças clássicas à *playlist*.

Deixo o debate para ir até minha mãe e gemo quando me encontro no quintal olhando para ela e Bob sentados à mesa, uma garrafa de vinho e sanduíches de frango entre eles. Os gatinhos brincam na grama, os olhos deles agora já abertos. Com isso, eles ganharam confiança, então brincam e lutam e proporcionam um entretenimento sem fim.

– Eles são tão arteiros e divertidos – minha mãe comenta.

– Não são os únicos – Bob diz, esfregando seu pé na panturrilha da minha mãe embaixo da mesa, fazendo-a rir, e a mim, me contorcer.

Felizmente, o telefone toca, interrompendo os dois. Minha mãe entra para atender, e Bob vai até o gramado brincar com os gatinhos. Ele provoca Brutus com uma longa folha de grama, fazendo a bolinha de pelo saltar e girar e dar uma cambalhota. Finn entra em ação, partindo para cima do Brutus enquanto golpeia a folha. Gosto mesmo daquela gata: coragem do tamanho do Titanic em um corpinho de bote.

Através do vidro, vejo os ombros da minha mãe encolherem e vou lá dentro para ver o que está acontecendo.

Ela olha por cima do ombro para Bob, que agora está de quatro rosnando para Brutus.

– Não pode ser – ela diz ao telefone. – Mo deve estar enganada. Ele não teria feito isso.

O *notebook* da minha mãe está no balcão ao lado dela. Ela o abre e continua a ouvir a voz do outro lado da linha.

– Capitão, você pode me passar o endereço do *site* de novo?

A imagem aparece, a mesma foto que Burns tirou do arquivo mais cedo ao falar com a Mo: Bob, no centro, com Natalie atrás dele. Minha mãe olha fixamente, os olhos grudados no ponto roxo na mão da Natalie. A sobrancelha dela aperta, o telefone cai, e ela cambaleia para se apoiar no balcão.

– Está tudo bem? – Bob pergunta, aparecendo atrás dela e a segurando.

Ela se afasta, desvencilhando-se dos braços dele.

– Você pegou as luvas dele? – ela gagueja, ao se virar para enfrentá-lo, seus olhos desviando de volta para o ponto roxo na tela.

Bob segue o olhar dela. O sorriso dele desaparece no mesmo instante, e um caroço parece se alojar em sua garganta.

– Ele deu pra mim.

Como mercúrio em um termômetro, a cor imediatamente sobe ao rosto da minha mãe.

– Sai – ela diz por entre os dentes cerrados.

– Ann...

– Agora – ela rosna, com os punhos cerrados.

– Ann, ele deu pra mim. Eu juro. Ele disse que ia procurar você e me entregou as luvas. Não sei por que ele fez isso, mas ele fez. Depois ele saiu antes que eu tivesse tempo de impedir.

Ele vai atrás dela, e ela cambaleia afastando-se dele.

– Fora! – ela ordena. Ela sabe, assim como eu sei, assim como Mo sabe, que Oz nunca deu nada que fosse dele a ninguém. *Meu* era a palavra favorita dele, seu temperamento e sua mentalidade de compartilhar os de uma criança de dois anos, necessitando de algo que fosse atrativo a ele para fazê-lo aceitar.

Bob continua onde está, com seus olhos indo de um lado a outro enquanto procura uma explicação plausível.

Vejo minha mãe alcançando uma garrafa de vinho no balcão, a mão dela envolvendo o vidro pesado.

– Ann... – ele começa.

Como se o nome dela fosse um gatilho, a garrafa é levantada e depois desce, e Bob tropeça para trás usando o braço para se defender. O vidro se estilhaça contra o antebraço dele, e há vinho tinto explodindo por toda parte. Ela levanta mais uma arma sanguinolenta, e Bob se vira e sai correndo.

Antes de a porta se fechar, minha mãe cai no chão. O corpo dela convulsiona-se com soluços ao perceber o que fez.

74

Hesitante, Mo dirige em meio ao tempo cinzento e revolto. A temperatura agora estabiliza a nove graus, e as nuvens de tempestade se fecharam ao ponto de transformar o início da tarde em um crepúsculo assustador. O vento se choca contra o carro com rajadas e batidas irregulares, fazendo os ombros da Mo se levantar ao lado de suas orelhas e a velocidade diminuir até o carro quase parar. Quando finalmente entra no estacionamento do Snow Summit Ski Resort, ela está exaurida. Ela estaciona o carro e descansa a cabeça contra as mãos no volante.

Mo usa botas Sorel desenvolvidas para resistir ao frio do Monte Everest, e seu casaco é uma parca da North Face com garantia de isolamento para temperaturas de trinta graus negativos. Antes de sair do carro, ela pega um aquecedor de orelhas, um chapéu e luvas Gore-Tex. Em seu porta-malas, há barras de granola, um fardo de garrafas de água e um enorme *kit* de primeiros socorros.

A senhora na bilheteria do elevador a direciona para o teleférico três.

Kyle a vê antes que ela o veja, como se a presença dela tivesse acionado um alarme em seu cérebro, fazendo-o olhar para cima e em volta para encontrá-la. A cabeça dele se inclina com surpresa, e um sorriso lhe enche o rosto. Ele bate no ombro da outra operadora do elevador e diz algo que faz a garota olhar para Mo; ela balança a cabeça e dá a Kyle um empurrão encorajador.

Ele passa apressado pelos *snowboarders* e esquiadores que esperam na fila do elevador para chegar até Mo, que cautelosamente sobe a ladeira nevada.

– Oi – ele diz, animado.

Zap! Assim como a eletricidade estática: Mo levanta o rosto, e os olhos dos dois se encontram, causando um choque, um abalo que chega a doer, formigamentos, daqueles de ter vontade de esfregar os pés no tapete para sentir aquela sensação novamente.

– Uau – ele diz. – É você.

E testemunho algo que jamais testemunhei em vida: Mo desorientada e tímida.

– Oi – ela consegue responder.

Ele a pega pelo cotovelo.

– Vem. Vamos lá pra dentro, lá está quente.

Se ele olhasse mais de perto, perceberia que Mo está com calor. Gotas de suor em suas têmporas e faces coradas pelo calor. Ela está exageradamente vestida para um clima como o da primavera, mas Kyle não enxerga isso. Como em um *déjà vu*, o cérebro dele é incapaz de saltar para a frente desde a última vez que ele a viu, e o coração dele dispara de preocupação.

Quando os dois já estão dentro do alojamento, ele relaxa.

– Posso pegar um chocolate quente pra você?

Bela jogada, Kyle. Mo adora chocolate.

Ela faz que sim com a cabeça, e ele praticamente corre em direção ao balcão.

Eu havia me esquecido de como ele é bonito. Ele tira a touca, revelando suas madeixas bagunçadas de favo de mel na altura das orelhas, mais claras do que eu me lembrava. Seus olhos também parecem mais claros, cor de sálvia com centelhas de bronze.

Mo senta-se perto da janela, com o olhar fixo na neve.

– O que você faz aqui? – Kyle pergunta, sentando-se no banco em frente a ela e colocando o chocolate na mesa. Eu percebo, e a Mo também, que ele não pega um chocolate quente para ele, e meu palpite é que seu limite seja de apenas um por dia.

Mo explica a missão dela.

– Ah – ele diz, com a boca se retraindo levemente.

– Você não se importa de falar sobre isso?

Kyle fica em silêncio por um momento, e seus olhos se fixam na mesa entre eles.

– Não sei. A verdade é que eu não falei sobre isso com ninguém.

– Nem com a sua namorada?

– Terminamos alguns dias depois daquele lance todo.

– E a sua família?

Ele encolhe os ombros.

– Não quis preocupar o pessoal. Foi aquele cara lá, o Bob, que deu a entrevista. Imagino que ele não sabia meu nome, então nunca me citaram nas notícias. Acho até que, além dos socorristas, ninguém nem soube que eu estive envolvido no acidente.

Os olhos da Mo se alargam:

– Então ninguém que te conhece sabe o que aconteceu?

Kyle dá um leve sorriso:

– Provavelmente, é melhor assim.

Mo reflete, e vejo como a expressão dela muda de choque para concordância.

– Acho que você pode estar certo mesmo. É meio que péssimo, as pessoas saberem. – Ela então toma um gole de seu chocolate quente. – Quer dizer, todos são muito simpáticos e preocupados, mas eles realmente não entendem.

– Sim, bom, é meio difícil de descrever.

Mo acena com a cabeça e envolve suas mãos na xícara enquanto observa o vapor subindo.

– É como se as pessoas pensassem que foi uma grande aventura, e é como se ficassem todas entusiasmadas ao ouvir sobre ela.

Ela estremece.

– Muito filme de ação, né? Mas não tem nada de tão incrível ou empolgante sobre adolescentes morrendo ou pessoas perdendo dedos.

A cor se esvai do rosto da Mo.

– Desculpa – Kyle diz rapidamente. – Sinto muito mesmo.

– Não, está tudo bem. É por isso que vim aqui. Quero ouvir isso, tudo isso.

Os olhos dela estão marejados, e a pele, branca como a neve lá fora.

– Tem certeza? – Kyle pergunta, com o semblante preocupado.

Ela balança a cabeça e levanta o rosto para que seus olhos estejam totalmente voltados aos dele.

– Preciso saber que não estou louca – ela fala, e meu coração se parte um pouco ao perceber o quanto ela tem sofrido, tudo isso é demais para ela e sem ninguém por perto com quem falar.

– Você não está – Kyle diz, claramente aflito e como um peixe fora d'água, sem familiaridade com uma situação em que uma bela garota lhe pede para recontar a coisa mais terrível, especialmente sabendo que isso sem dúvida a aborrecerá, a última coisa no mundo que ele quer fazer.

– Então, preciso saber o que aconteceu, tudo. – O nariz dela se contrai de tensão, e ela fecha os olhos. Com um suspiro profundo, Mo os abre, fixa seu olhar no dele novamente e diz: – E aí depois preciso que você me diga que isso nunca mais vai acontecer.

Kyle se aproxima da mesa, envolve suas mãos nas dela e, respirando fundo, começa:

– Meu carro quebrou quando eu estava indo de casa para o trabalho...

Ele leva quase uma hora para contar a história. As mãos dele seguram as dela o tempo todo, e Mo escuta com os olhos fixos na mesa entre os dois. Em vários pontos do relato, ela estremece; em outros, ela chora. Em todas as vezes, Kyle para, e eu vejo como as narinas dele inflam em uma respiração acelerada, desesperado para acalmá-la e, de alguma forma, tornar isso mais fácil.

Minutos se passam com Mo tentando juntar as peças, e ela então corajosamente gesticula para ele continuar.

A única mentira que ele conta na verdade é uma omissão. Ele deixa de fora a parte sobre a queda e sobre a minha mãe soltá-lo. Observo a expressão dele: um estremecimento levíssimo ao rememorar o momento antes de seguir em frente.

– E então fui levado para o pronto-socorro, e agora estou aqui com você. – Ela olha para cima, e ele dá um sorriso torto, fraco. As mãos dele deslizam mais por cima das dela, até envolvê-las por completo, e ele acrescenta: – E isso nunca mais vai acontecer.

– Obrigada.

– Imagina. – Ele solta as mãos dela e se inclina para trás.

Mo afunda na cadeira, exausta.

– Como vocês souberam pra que lado ir?

– A senhora Miller. Ela foi incrível. Ainda não sei como ela fez aquilo, mas, de alguma forma, ela sabia pra que lado a gente precisava ir. Quando volto a pensar naquele dia, fico tentando entender como fizemos aquilo, como saímos dali. A gente não tinha nem comida nem água, e estava congelante. A gente não tinha ideia se estava indo pelo caminho certo e continuava a dar de cara com becos sem saída de novo e de novo. Eu me lembro de chegar a pensar que aquilo era impossível, mas então eu olhava para a senhora Miller e chegava à conclusão de que, se ela poderia continuar, eu também conseguiria. E...

Ele para, inclina-se para trás, balança a cabeça e sorri.

– E o quê?

Ele agora ri tanto que até dá uma daquelas risadas de porquinho.

– E eu não parava de pensar em você e naquelas botas ridículas que você usava.

– Minhas botas?

– Sim. Como se você estivesse indo para um show ou algo assim, com aquele couro brilhante e os saltos altos.

Mo fica vermelha.

– Só para a sua informação, aquelas eram botas Prada.

– Tá, mas não importa, era nisso que eu não parava de pensar. Como elas eram ridículas e como seus pés deviam estar congelando, e assim me dei conta de que eu não poderia parar, não importava o quê, eu tinha que continuar.

Meu *não corpo* inteiro se acende, fogos de artifício *à la* Dia da Independência dos Estados Unidos estourando em todos os lugares. Mo tem a mesma sensação. Que garota não teria? O cara atravessou uma tempestade de neve para salvá-la, impulsionado pela preocupação com os pés gelados dela em suas botas ridículas.

Mo levanta uma de suas botas Sorel:

– Melhor assim?

– Muito melhor. Muito *sexy*.

Mo joga um guardanapo nele, e ele o rebate dando uma risada doce e muito cativante. Tudo o que ele faz agora é tão atraente. Ele poderia assoar o nariz que eu acharia sensual.

– Então, agora que conseguiu o que veio buscar, você já terminou comigo?

– Eu teria, exceto que você está mentindo.

Kyle se agita e inclina a cabeça.

– O que aconteceu que você não está me contando?

– Eu contei tudo – ele responde, contorcendo-se com uma consciência que não permite a ele mentir com frequência ou facilmente, o que me faz gostar ainda mais dele.

– Você me contou *quase* tudo – Mo corrige. – Alguma coisa aconteceu que tem feito a senhora Miller atravessar momentos difíceis.

– Ela perdeu dois dos filhos dela.

– Não é isso. Alguma coisa aconteceu que não tem nada a ver com a Finn ou o Oz. Eu a agradeci pelo que ela fez, e ela surtou. Achei que ela fosse me dar um tapa. E você é um péssimo mentiroso. Então, o que aconteceu?
– Não foi nada.
– Não pra ela.
– Estou dizendo, não foi nada de mais.

Ela franze a testa para ele. Kyle passa a mão nos cabelos, inclina-se para a frente e para trás, e aperta os lábios.

– Não foi nada – ele repete, e então acrescenta: – Algumas coisas... não são... não vale a pena falar sobre elas. Todos nós fizemos o que tivemos que fazer naquele dia...

A dureza das palavras dele a destrói. A cabeça dela estremece, e o queixo cai no peito enquanto as lágrimas rolam.

– Sinto muito – a voz dele se agita com um arrependimento imediato. – Não queria te chatear.

– Não é você – ela se contém. – É toda essa situação. Odeio. Odeio o que aquele dia fez com a gente. E eu achei que poderia fazer isso – os olhos dela então deslizam para a neve –, mas estar aqui e lembrar...

Kyle se aproxima e pega nas mãos dela novamente. Ele as traz para perto dos lábios dele e sopra o ar quente na ponta dos dedos dela.

Ela levanta seu rosto tomado pelas lágrimas e olha para o dele.

– Você vai fazer isso toda vez que eu me lembrar?

– Todas as vezes – ele responde.

– Você nem me conhece.

Mas até Mo sabe que as palavras dela estão erradas. Mais foi revelado naquela única noite trágica do que a maioria das pessoas revela em uma vida inteira.

75

Minha mãe corre até ficar sem ar, depois tropeça até parar e se curva, ofegante. É final de tarde, e ela está sozinha. Além do campo de golfe, as casas ao redor cintilam vida: famílias com maridos, esposas e filhos, fazendo todas as coisas maravilhosas que as famílias com maridos, esposas e filhos fazem.

O tremor começa como um pequeno soluço que faz os ombros dela darem um solavanco. Como uma ondulação, o espasmo cresce, transformando o corpo da minha mãe em líquido, os ossos derretendo-se e fazendo-a afundar na calçada dura e fria.

Um homem de meia-idade e com a aparência de um maratonista corre acompanhado de um cachorro. Ele avista a minha mãe e acelera o passo.

– Você está bem? – ele pergunta ao se aproximar.

– Como faço pra isso passar? – ela murmura, não necessariamente para ele. Ódio. Dor. Culpa. E tristeza. Tão intensos que é como se eu pudesse sentir a espessura e o peso desses sentimentos, como se ela estivesse se afogando e não pudesse respirar.

– Um passo de cada vez – o homem diz, falando a partir de alguma profunda experiência particular e com imensa compreensão, fazendo-me refletir se toda dor pode ser igual, independentemente da origem. – Você ainda está aqui – ele continua. – Então, não existe realmente uma escolha. Alguns centímetros, alguns metros, não necessariamente na direção certa, mas em frente, apesar de tudo.

Minha mãe respira fundo e olha para ele.

– Até que finalmente o presente vai se tornar o passado, e você vai estar em um lugar completamente diferente. E, tomara, em um melhor que o de hoje.

Minha mãe abaixa a cabeça novamente e assente, e o homem se endireita e continua. E sinto-me tão grata que faço uma prece para que Deus testemunhe a gentileza deste homem e ele seja agraciado de alguma forma. Enquanto o observo ir embora, reflito que, de certa forma, esta minha perspectiva não é tão ruim e que, às vezes, os humanos podem surpreender positivamente.

76

Kyle acompanha Mo até o carro dela no estacionamento. Uma única e graúda gota de chuva a acerta na face, e ela olha para o céu escuro. Outra a acerta na testa, depois outra, então Kyle a agarra pelo cotovelo e a guia rapidamente até a BMW. Ele pega as chaves das mãos atrapalhadas dela, abre o carro e quase a empurra para o banco do passageiro antes de correr para o lado do motorista e sentar-se ao lado dela.

Todo o corpo da Mo estremece, e ele a envolve nos braços.

– Shhh – ele a acalma –, é só chuva.

Ainda segurando-a com o braço direito, ele liga o carro e o ar quente, depois a enrola em um abraço completo até o tremor parar.

Com uma respiração profunda para sugar suas emoções, ela se afasta.

– Eu sou patética.

– Você é o máximo – ele responde, com uma expressão reverente enquanto tira uma mecha molhada do rosto dela e a coloca atrás da orelha. – Nem consigo acreditar que você veio até aqui. Foi incrivelmente corajoso.

– Ou estúpido. Eu deveria saber que eu ficaria desorientada.

E então acontece... como se não pudesse deixar de acontecer... como se o que ela disse tivesse sido algo inteiramente diferente, algo sedutor ou romântico: Kyle se inclina e a beija, não um daqueles beijos em que os lábios se pressionam e se espremem, mas um suave e gentil, seus lábios mal roçando nos dela enquanto os olhos dela se fecham e a boca dele se molda na dela. Os braços dele a envolvem, e eles se derretem um no outro.

A chuva tamborila no teto do carro, mas Mo nem se importa. Seu corpo está aquecido, protegido e alheio a tudo o mais, exceto a Kyle beijando-a. É fantástico e grandioso e belo, e eu vibro e vibro e vibro, cada parte de mim feliz e com inveja enquanto observo e finjo ser ela. Todos os nossos sonhos juvenis realizados no banco da frente do carro, na chuva, aos pés de uma montanha coberta de neve.

A mão direita dela desliza do pescoço para o zíper do casaco dele, e ele coloca a mão sobre a dela para detê-la.

– Aqui, não – ele sussurra e, com a confiança de um cavaleiro branco, ele se endireita, coloca o cinto de segurança, olha para ter certeza de que ela colocou o dela e, por fim, sai do estacionamento pegando a estrada.

Ele dirige até o Timberline Inn, e eu testemunho, atordoada, pois Mo nada diz em protesto contra a incrível ousadia de tudo isso. Ele estaciona em frente ao saguão e se apressa para abrir a porta.

Meus nervos estão a mil. Isso é uma loucura. Mo *não é* esse tipo de garota. Ela nem beijaria um cara a menos que ele a tivesse levado em, sei lá, pelo menos em uns três encontros. Ou eu deveria dizer que Mo *não costumava ser* esse tipo de garota?

Sério, Mo? Você mal conhece esse carinha. Mas outra parte de mim ainda está vibrando. Porque eu entendo. Só se vive uma vez, e ninguém tem ideia de quanto tempo essa vez vai durar, então segure-se firme e aproveite a jornada e não se preocupe com isso e não olhe para trás.

Vai, Mo, vai! Viva, ame, faça. Apenas faça!

77

– Já te disse, eu estava no bar, segurando uma taça de vinho. Fui na direção de uma mesa onde um dos meus pacientes jantava, e aí escorreguei. A taça quebrou, e eu me cortei. Não é nada de mais.

Karen parece pouco convencida, mas sabe que a mentira é provavelmente melhor do que a verdade, então releva.

Eles estão na sala de emergência esperando a enfermeira voltar com instruções e curativos para manter os doze pontos no antebraço do Bob limpos.

Ela está péssima. Karen nunca foi uma grande beldade, mas os cuidados pessoais imaculados e as diligentes manutenções sempre a mantiveram atraente. Desde o acidente, porém, o autocuidado dela afrouxou, e, neste momento, ela parece completamente desgrenhada. Cabelo desalinhado, fios brancos se exibindo nas raízes. O rosto sem maquiagem, os olhos marcados. O corpo perdeu massa e postura, como se o sofrimento tivesse devorado os músculos dela.

O telefone dela toca. Ela o tira da bolsa, olha para o identificador de chamadas e, apesar da placa na parede proibindo o uso de celular, ela o atende.

– Ei, meu amor, está tudo bem?... Capitão Burns? De Big Bear?... Ele foi aí?... Querida, fica calma.

Vou para onde Natalie está e a encontro encolhida no *closet* com o telefone, os recortes de notícias que ela juntou do acidente espalhados na frente dela, a foto dela com as luvas se destacando. Ela está chorando e balançando para a frente e para trás.

– Mãe, e se ele veio aqui pra prender o papai?

– Prender seu pai? Por quê? – Karen pergunta, claramente perplexa com o que Natalie está falando.

Natalie não diz nada, mas seu balançar fica mais intenso.

– Querida, não se preocupe com isso. Tenho certeza de que não é nada. Ele provavelmente só tem algumas perguntas extras. Eu fiz lasanha. Está na geladeira. É só aquecer por dois minutos no micro-ondas, e não esquece de cobrir com uma toalha de papel.

Natalie desliga. Por um tempo, ela permanece olhando para os recortes. Seus olhos então se fixam em um artigo de um jornal local que mostra uma foto da Mo, e sei que ela está se perguntando se Mo a traiu. Ela aperta a palma das mãos contra os olhos, como se tentasse remover, apagar o que fez, mas acho que até Natalie sabe que algumas coisas simplesmente não podem ser desfeitas.

Volto ao hospital no momento em que Karen diz ao Bob:

– Amor, você tem certeza de que está bem? Você não parece muito bem.

Ela está certa. A pele dele está acinzentada, e ele aparenta estar doente.

– Estou bem. Que droga, por que a enfermeira demora tanto?

– Natalie disse que o capitão Burns foi até a nossa casa. Ele quer falar com a gente. Sobre o que você acha que pode ser? Será que ele vai retomar as buscas pelo Oz e acha que a gente pode ajudar? Eu gostaria de ajudar. Poderíamos organizar outra coletiva de imprensa. O que você acha? Talvez até reunir uma caravana, ligar pra nossos amigos e vizinhos, ir até lá e ajudar a procurar por ele. Eu poderia organizar tudo, criar uma página no

Facebook, ligar para os jornais locais pedindo pra publicar um artigo sobre ele. É horrível que eles nunca tenham encontrado o Oz. O que você acha?

– Acho que o Oz está morto, é isso o que eu acho – Bob chia. – Ele morreu. Se foi. O que aconteceu, aconteceu, e acabou. E não, não acho que você deveria organizar mais uma das suas malditas cruzadas pra tentar encontrar o Oz. Onde está a porra da enfermeira?

Karen se afasta dele e sai cambaleante enrolando-se na cortina em busca da enfermeira. Ela quase tromba no capitão Burns, que caminha em direção ao quarto deles.

– Senhora Gold, exatamente a pessoa que eu vim ver.

78

Minha mãe sai de debaixo das cobertas e anda pela casa. Dez minutos depois, ela está na cozinha, com uma xícara de café e o *notebook* na frente dela. Ela encontra a transmissão da coletiva de imprensa no hospital e assiste à *performance* do Bob... as mentiras, depois o genuíno pedido de ajuda. Ela se agita na beira da banqueta, sua atenção voltada ao Bob, depois a Natalie, ao fundo. Ela não chora nem se enfurece. Sem expressão, observa como a mão que não segura o café se abre e fecha, e noto que ela está se perguntando a mesma coisa que eu me perguntei antes: até onde Bob é culpado pela fraqueza e pela traição dele? O que ele fez é menos perdoável do que o que ela fez?

É estranho como sei serem esses os pensamentos dela. Não é como se eu lesse mentes ou tivesse poderes psíquicos, mas esta perspectiva me possibilita ter uma consciência mais expandida e ver coisas que jamais visualizei em vida. Quando eu estava viva, nunca olhei realmente para minha família. Existíamos em torno um do outro em nossos próprios mundos, como aquelas bolinhas das proteções de tela que se tocam intermitentemente antes de ricochetear e quicar uma na outra, afetando a força cinética um do outro, mas nunca de fato prestando atenção um no outro. Agora, se eu olhar bem e por tempo suficiente, consigo perceber tudo isso. O brilho que vem dos olhos da minha mãe, a curvatura dos ombros dela, a intensidade com que ela observa Bob na tela, o amolecimento quando ela olha para Natalie. Manifestado por detalhes quase imperceptíveis está tudo o que ela não diz: dor e decepção, culpa e arrependimento. Ao olhar para Bob, ela não o odeia, mas sinto o ódio que ela sente por si mesma por pensar que o amava e o imenso fardo que agora carrega por causa da traição dele.

Percebo como minha mãe tem um talento surpreendente para esconder seus pensamentos, sem nada revelar, seja por expressões, seja por palavras. Isso faz dela uma advogada fantástica, mas é também o que a faz parecer uma megera. Só agora, que a vejo de verdade, compreendo o quanto essa percepção é equivocada.

Uma batida leve à porta do quintal a assusta. São três da manhã. Ela olha através do vidro e vê Bob. Ele usa um *jeans* e um moletom velho da USC apertado demais na região do abdômen, pelos vinte anos de barriga crescendo, pelos vinte anos de moletom encolhendo ou os dois. O rosto dele está enrubescido pelo álcool; o cabelo, selvagem e apontando para todas as direções; o antebraço, envolvido por uma atadura.

Não me surpreende que ele esteja acordado. Assim como meu pai, nos últimos tempos ele raramente dorme, e, depois do que aconteceu hoje, duvido que ele pegue no sono por dias. Karen desembuchou tudo para Burns antes de Bob sair da sala e ver os dois. Burns levantou-se antes de Bob alcançá-los, tirou um chapéu imaginário, virou-se e foi embora, deixando Bob olhando para ele e se perguntando o que Karen havia dito e o que estava por vir.

Com um suspiro profundo, minha mãe abre a porta.

– Ann... – ele começa, mas ela o corta.

– Senta. Vou pegar um café pra você.

Ele se afunda em uma banqueta, e ela pega uma caneca do armário, enche-a de café e adiciona creme do jeito que ele gosta, sem pressa. Está tudo quieto. Os ruídos noturnos passam pela janela... os grilos, a maré, o mensageiro dos ventos da casa ao lado.

Minha mãe coloca a caneca na frente dele, depois pega o banco que está ao lado e enrola os pés. As unhas dos pés dela estão recém-feitas e têm um tom rosa pálido, e eu o observo reparar nelas e depois olhar para o lado.

A mão direita dela apoia-se no balcão, ao lado de sua própria caneca fumegante, e, enquanto olha o vapor subindo, sei que ela está pensando em Oz e luvas e dedos e calor.

Bob ergue os olhos.

– O que o Burns está falando não está certo – ele diz, e a cabeça dele treme, em negação ou descrença.

– Qual parte está errada? – ela questiona. O tom dela é frio e jurídico, e eu tento decifrá-la. Não há raiva, mas é possível que haja um motivo oculto? Será que ela quer que Bob confesse para depois poder usar a confissão contra ele ou ela realmente deseja ouvir o lado dele?

– Eu não fiz... Eu não faria... o único motivo disso ter acontecido foi o acidente.

– Você pegou as luvas dele – ela diz, sem rodeios.

– Ele deu pra mim. Você me conhece, Ann.

– Conheço?

Ele se espanta.

– Claro que sim. Você me conhece melhor do que ninguém.

Mas minha mãe agora sabe, assim como agora sei, que nenhum de nós realmente conhece um ao outro. Nós nem sequer conhecemos nós mesmos de verdade. Ela olha para ele por um longo tempo, sem expressão, e finalmente diz:

– Bob, você precisa ir. Vá pra casa, pra Karen e Natalie.

– Mas... – ele gagueja, com seus olhos vermelhos a encarando. – Mas... e nós dois?

Ela se levanta, aproxima-se dele, os quadris dela tocando nos joelhos dele, e então pega na mão dele e entrelaça os dedos. Vejo o alívio inundando o rosto do Bob.

– Não existe nós dois – ela diz objetivamente. – Você está aí. Eu estou aqui. Lá estão Karen, Natalie, Chloe. Mas se tem uma coisa que foi provada naquele dia é que não existe nós dois.

A cabeça dele balança entre os ombros.

– Ann, por favor, eu não posso te perder. Ele deu as luvas pra mim, eu juro.

Ela dá a ele um sorriso gentil, simpático, e um aperto de mão encorajador.

– Nós dois sabemos a verdade – ela diz.

Desenlaçando seus dedos dos dele, ela fecha o *notebook*, vira-se e se afasta, deixando-o sozinho.

Observo-o saindo trôpego pela porta e voltando para sua vida miserável. *Ele merece isso*, eu me lembro. No entanto, de alguma forma, não consigo me convencer totalmente disso, meu amor pelo Oz não se iguala ao meu ódio pelo Bob. Porque, no fim das contas, nada é absoluto. Bob não é inteiramente mau e, enquanto esteve com minha mãe, ele foi principalmente bom. Ele a ama, é uma pessoa melhor quando está na presença dela e, se ela estivesse lá, ele não teria feito o que fez.

Minha mãe só conhecia a melhor parte do Bob: aquela que ficou ao lado dela na tempestade e usou as próprias mãos para tampar o para-brisa com a neve. Que ajudou a tirar as pessoas do *trailer* e que cuidou da Chloe e do meu pai. Que ficou ao lado dela durante a missão de resgate e que defendeu a busca pelo Oz. Até esta tarde, quando ela recebeu a ligação do Burns, Bob tinha sido um bom homem, sem fingimentos, bom de verdade, porque ela assim o fez.

Eu o vejo cambalear pela rua e tento dizer a mim mesma novamente que ele merece isso, mas, em vez disso, vejo-me torcendo para que a Karen esteja esperando por ele, que ele consiga dormir um pouco e que, pela manhã, ele descubra uma maneira de colocar a vida de volta nos trilhos.

79

Amanhece. Pela janela, os picos de granito da montanha se iluminam em um ouro pálido enquanto Mo e Kyle dormem agarrados. Mo boceja e se vira para olhar para ele com um sorriso astucioso.

Os olhos dele se abrem, depois se assustam com a agradável surpresa ao vê-la. Ele dá um beijinho na ponta do nariz dela:

– Bom dia.

– Bom dia – ela responde, ronronando e se aconchegando nele como se fosse a coisa mais natural do mundo e como se eles estivessem juntos desde sempre. Ele a envolve nos braços e beija a cabeça dela, inalando para sentir o cheiro dos cabelos dela, e eu finjo fazer o mesmo. Mo sempre cheira a xampu caro, e o hálito dela é frutado e doce, mesmo quando ela ainda nem escovou os dentes.

Sinto falta de sentir o cheiro das coisas. É como se faltasse uma dimensão, como se eu estivesse vendo o mundo em preto e branco, em vez de em cores. Não sei como Kyle cheira. Tento imaginar. Acabo chegando à conclusão de que ele é inodoro, e fico impressionada. É muito difícil um homem não ter cheiro.

Este é meu novo jogo, lembrar ou inventar aromas. Quase funciona. Posso olhar para o oceano e me lembrar do sal e do sabor da salmoura ou ver uma criança e pensar naquele cheirinho de bebê que só existe nas muito pequenas. Espero que, para onde quer que eu vá, exista gosto e cheiro.

– É estranho – Mo comenta.

– Humm? – ele diz, fungando nela mais uma vez.

– Isso aqui parece tão certo, como se eu te conhecesse há uma vida inteira. Mas na verdade não sei nada sobre você, e você não sabe nada sobre mim.

Os dedos dele acariciam as costas dela.

– É mesmo, pensei muito sobre isso depois do acidente. Como foi estranho ter compartilhado uma experiência tão intensa com pessoas que eu não conhecia e que nunca mais vi. Pensei muito em vocês, principalmente em você, mas também no pai e na mãe do Oz. O pai dele ficou bem? Não achei que ele fosse sobreviver.

– Ele sobreviveu, mas foi por pouco. Ele não teria conseguido se a gente precisasse ficar lá por mais uma noite. – Ela então se afasta para poder olhar para ele. – O que me lembra que nunca cheguei a te agradecer pelo que você fez. Afinal de contas, você salvou minha vida.

Ele dá um sorriso de orelha a orelha, o lado esquerdo da boca mais inclinado que o direito.

– Eu diria que você me agradeceu muito bem ontem à noite, mas, se quiser me agradecer novamente... – As sobrancelhas dele arqueiam em um convite.

– Humm – ela diz e, com uma assertividade incrível, rola ficando por cima dele com as pernas abertas. O lençol cai, compartilhando a nudez dela, e eu fico megavermelha de vergonha, embora Mo pareça estar totalmente à vontade.

Kyle se levanta, ficando parcialmente sentado, envolve sua mão na parte de trás da cabeça da Mo e a puxa para um beijo, e, *zap!*, como se eu tivesse sido atingida por um raio, sinto um tranco.

Levo um susto. Quando olho em volta, percebo que estou em meu quarto, com Chloe na cama do outro lado. Por um segundo, sinto-me confusa, até que a razão pela qual não estou mais com a Mo fica clara como o sol, acompanhada por uma sensação de desconforto no estômago.

De repente, sei por que estou aqui. O porquê dessa permanência. Assim como de repente sei agora, com certeza, que em breve partirei, e essas duas epifanias colidem no meu cérebro, deixando-me tonta. Existe um futuro além deste aqui, e a revelação é quase tão assustadora quanto a minha morte. A ideia de deixar aqueles que deixarei ainda é tão horrível quanto foi no momento em que minha vida terminou, mas essa inevitabilidade não pode mais ser negada. Eu a sinto. A luz brilhante da morte, um brilho persistente e um calor fora de alcance. Ela está ali desde o dia em que morri, no entanto, até este momento, eu não tinha dado atenção a ela, distraída pelo mundo de onde vim e pelas pessoas que nele permanecem.

Olho para a Chloe, de fones de ouvido e batendo o pé ao ritmo da música, e então fecho meus olhos e me concentro no brilho distante. Sinto o sutil puxão entre os dois mundos, este e o próximo. Isso não me assusta. Muito pelo contrário. Seja céu, seja simplesmente paz, sei que o que me espera é melhor do que onde estou, e meu coração palpita com esse entendimento.

Volto meus pensamentos ao presente, e meu pulso retoma seu ritmo constante. *Chloe, minha mãe, meu pai...* os três fios preciosos que ainda me prendem. E então me dou conta de que este estado em que estou não é o inferno ou algum tipo de purgatório. Não estou aqui como uma punição pelos meus pecados. Permaneço para assegurar que haja paz no meu futuro. Minha vida foi violentamente arrancada de mim, e a vida daqueles que amo, dilacerada. Não tive tempo de me preparar ou me despedir, e não estava pronta para partir. *Descanse em paz* não é apenas um epitáfio em uma lápide: é o melhor que podemos esperar na morte.

Não é que a Mo tenha me deixado, mas, sim, que o mundo dela mudou de repente, avançou de uma maneira nova e inesperada. Mesmo que para sempre eu ocupe um lugar no coração dela, com os novos sentimentos dela por Kyle, tão grandes e extraordinários, eu não ocupo mais espaço.

É a mesma coisa com Charlie, meus colegas de equipe e meus amigos. Como uma onda que recua, eu me dissolvi em uma memória, exatamente como eu deveria ser. Ainda posso visitá-los, porém, ao contrário de antes, não sou mais uma presença constante em suas mentes que me atrai a eles. A vontade agora é inteiramente minha. Embora um pouco atordoada, não estou triste. Há leveza na minha libertação, como tirar um peso do corpo. Mo está feliz, realmente feliz, e, por causa disso, ela não é mais consumida por tudo o que foi perdido. O futuro torna-se subitamente mais brilhante do que a sombra daquele terrível dia.

Fechando meus olhos, envio uma oração de amor e gratidão à melhor amiga que uma garota poderia ter. *Você é o besouro rola-bosta mais extraordinário deste mundo*, digo com um sorriso. Nós duas usamos esse elogio há anos, desde que descobrimos que os insetos são os animais mais fortes do planeta. *Gostaria de poder estar aqui para ver todas as coisas que você alcançará.* Paro e penso sobre isso, tentando ter uma visão do que o futuro dela pode reservar, mas não consigo. São tantas as possibilidades. Então, em vez disso, digo: *Voe, Mo, alcance as estrelas ou a lua ou outro universo, e brilhe tão forte que cegue todos ao seu redor, e, mesmo eu tendo partido, carregue-me com você, mas sempre como leveza, jamais como peso...* Paro, sentindo que Chloe olha para mim, minha pulsação suspensa vendo-a inclinar a cabeça, com o mais fino sorriso. Ela olha para o lado e volta a rabiscar em seu caderno.

Um dia, um mês, um ano... não há como saber, mas, quando a hora chegar, eu estarei pronta.

80

Duas horas depois de Bob ter ido embora, minha mãe já estava vestida e a caminho de Big Bear.

Ela entra na cabana, silenciosa como uma assaltante.

– Jack? – ela chama.

Vance acorda abruptamente, cai do sofá, tropeça, pega uma estátua esculpida em formato de cervo que está na mesa e a ergue para bater com ela no intruso.

Minha mãe acende a luz, vê Vance e grita.

– Senhora Miller? – ele pergunta, os chifres da estátua a uma polegada de empalar o crânio dela.

Minha mãe grita de novo. Ela não o reconhece.

Meu pai sai mancando de muletas do quarto.

– Ann?

Os olhos dela então se desviam do Vance para o meu pai e se voltam mais uma vez para ele.

– Vance?

– Sim, sou eu.

Eu não a culpo por não o reconhecer. Ele está vestido com nada além de uma samba-canção, seu cabelo está dourado pela exposição ao sol, e ele não deveria estar aqui.

Os olhos da minha mãe correm para os dedos dele quando ele coloca a estátua no chão e, em seguida, seguem para as orelhas deformadas dele. Quando Vance se volta para minha mãe, ela o puxa para um abraço que é chocante, os braços enrolados em volta da cintura dele e a cabeça aninhada contra o peito nu dele. Estranhamente, ele a abraça de volta.

Ela então se afasta, engole o choro e leva a mão à face dele.

– Estou tão feliz por você estar bem – ela diz.

Ele acena com a cabeça, apático.

– Ann, o que você está fazendo aqui? – meu pai pergunta, com a voz áspera, mas enredada pela animação. Ele corrige o contentamento imediatamente e diz: – Você precisa ir embora. Eu já te disse que preciso de tempo pra pensar.

– Não – ela responde, marchando e parando na frente dele.

Meu pai se endireita o máximo que pode em suas muletas. Ele veste um moletom sujo e uma camiseta esfarrapada. Lavar roupa não está exatamente no topo da lista de prioridades dele ou do Vance.

A mandíbula da minha mãe vai para a frente, e o queixo dela treme de emoção.

– Não – ela diz outra vez. – Você não vai me dispensar assim.

– Ann, eu preciso...

– Não. Nós... NÓS! – ela chia, apontando para um e para o outro. – *Nós* estamos nessa juntos. Eu não te abandonei naquela montanha, e você não pode me abandonar agora.

– Não é isso.

– É tudo isso. É tudo aquele dia. Aquele dia horrível. Finn morreu. Oz morreu. Você estava certo: eu não deveria ter deixado Oz com Bob.

– Por que você veio? – meu pai ruge, a insinuação nas palavras dela como um aguilhão de gado. – O que aquele desgraçado fez?

– Ele ferrou tudo – minha mãe responde, não se intimidando nem um pouco com a bravata dele. – Assim como eu e você. – Ela aponta para Vance. – E ele também. E a Chloe. Todos nós fizemos merda, e você não pode me culpar ou me abandonar por causa disso.

Os olhos do meu pai se estreitam. Ele parece um urso raivoso. O cabelo dele está comprido e desgrenhado, apontando para todos os lados, e os olhos vermelhos e inchados pelo álcool e pela privação do sono.

Já minha mãe está maravilhosa. A corrida tonificou os músculos dela para como nos tempos de juventude. O cabelo dela cresceu muito e está amarrado displicentemente para trás, destacando as maçãs proeminentes das faces e os olhos grandes. Ela se parece com a Chloe, e, apesar da raiva do meu pai, os olhos dele passeiam por ela.

Minha mãe respira fundo para controlar as emoções e, com uma voz trêmula, continua:

– Nós. Sempre fomos nós. Foi assim que conseguimos chegar até aqui, e você não pode desistir de nós agora.

– O que ele fez? – meu pai ferve, ainda preso ao Bob, e estou grata por eles estarem separados por trezentos quilômetros de distância.

Minha mãe o ignora.

– Naquele dia, você sabe o que me fez continuar?

As narinas do meu pai inflam com os bufos dele.

– Você – ela continua. – Você e a estúpida filosofia de biscoito da sorte que sempre partilha com as meninas. *Cada viagem começa com um único passo. Limpe sua mente do* não poder. *O medo é o que te prende; a coragem é o que te faz continuar.*

Os olhos do meu pai deslizam para a janela, a raiva ofuscada por uma emoção ainda maior, difícil de definir. Através do vidro, o amanhecer radiante desenha uma fita de cristal cintilante por entre as manchas de neve que ainda permanecem.

– Eu não deveria ter deixado o Oz. Sei disso agora.

Ela para subitamente, e um pequeno suspiro escapa quando seus dedos vão aos lábios.

– Isso não é verdade – ela murmura, mais para si mesma do que para meu pai... uma revelação. – Eu já sabia.

Os olhos dela vão de um lado para o outro.

– Foi por isso que não me despedi.

Ela cambaleia para trás e se apoia no sofá.

– Eu sabia, mas fui mesmo assim.

– Ann, mas de que merda você está falando? – meu pai questiona, com sua atenção e irritação de volta.

Minha mãe levanta o rosto para olhar para ele.

– Eu fiz uma escolha. Assim como quando dei as botas pra Mo em vez de dar pra Natalie.

A mão dela se abre e se fecha, e ela não diz, mas agora está pensando no Kyle.

Meu pai balança a cabeça, confuso e aborrecido.

– Eu fiz uma escolha – ela repete. – Eu sabia que não poderia levar o Oz comigo, e sabia que ele não estaria seguro se eu fosse, mas fui mesmo assim.

E você salvou todos os outros, grito, mas não sou ouvida.

Meu pai fecha os olhos. As acusações dele se confirmam, e percebo como o último fio do casamento deles se queima. Mas talvez a seda não incendeie, porque Vance entra no meio e diz:

– E você salvou todos os outros. E, senhor Miller, sem querer ofender, mas você não está no seu estado normal, não.

Ele se volta para minha mãe.

– Ele está, sabe, meio fora de si.

Minha mãe tenta esboçar um sorriso, mas não consegue.

– Sério, cara, você tem ideia de como o que a senhora Miller fez foi incrível? Eu sinto demais pelo Oz, mas você não pode culpar a senhora Miller por ter ido. Era fazer isso e procurar ajuda ou todo mundo ia morrer. Você, eu, Chloe, todo mundo. Sério, você precisa superar isso.

Meu pai fulmina Vance com o olhar.

Vance o ignora e para em frente à minha mãe, a ansiedade estampada no rosto dele.

— Como é que a Chloe está? — ele pergunta, fazendo meu pai se esquecer da raiva por um segundo para também olhar, apreensivo, para minha mãe, a preocupação pelos vivos momentaneamente ofuscando o pesar pelos mortos.

Minha mãe levanta a mão na direção da face do Vance, assim como o olhar. Ela está tão incrivelmente feliz por vê-lo vivo e na frente dela.

— Venham ver com seus próprios olhos. A Páscoa é no domingo que vem. Vou preparar um presunto. — Ela então olha para o meu pai. — Gostaria que os dois estivessem lá.

Meu pai nada diz, mas o sinto bufar.

Ela franze o cenho para ele.

— O jantar é às seis. Não se atrasem. E faça a barba. Você parece um bode velho.

Minha mãe se vira, e Vance a acompanha até a porta. Só eu vejo meu pai tatear seu pescoço barbado, e um leve sorriso delineando-se no rosto dele.

— A Chloe não se importa que eu vá? — Vance pergunta, com a esperança fortalecendo sua voz.

Minha mãe toca novamente na face dele.

— Ela vai ficar tão aliviada quanto eu quando descobrir como você está bem.

E eu sinto isso, as palavras dela fazendo-o acreditar. O peito dele infla, e os ombros se endireitam. Minha respiração fica presa na garganta, e não consigo acreditar no quanto estou torcendo por ele.

Assim que a porta se fecha, meu pai diz:

— Nós não vamos.

Vance se vira e o encara.

— Oz ainda está lá fora, e, até que a gente o ache, não vamos embora.

81

Uma hora após minha mãe ir embora, o capitão Burns liga para meu pai. E, vinte minutos depois, Burns está no sofá da cabana explicando suas suspeitas sobre Bob.

Vance está sentado na cadeira de balanço do lado oposto deles, ouvindo.

À medida que Burns fala, os antebraços do meu pai tensionam, os músculos dos ombros se contraem, a expressão se aperta, e o olhar fica sombrio. Como um leão, ele se senta enrolado, pronto para atacar.

– Jack, deixa que eu resolvo isso – Burns diz, sentindo o desejo do meu pai de sair dali naquele instante e voltar para Laguna Beach para acabar com o Bob.

A mandíbula do meu pai se contrai.

– Pensa bem – Burns continua –, se você faz algo estúpido como confrontar ou, pior, agredir o Bob, prejudica as nossas chances de condenação e acaba você mesmo tendo problemas com a lei.

O rosto do meu pai está pegando fogo, tão quente que dá impressão de que pode explodir a qualquer momento, mas ele consegue assentir.

Por mais que ele fosse adorar desmembrar o Bob lentamente, ele sabe que Burns tem razão. Assim como sabe que uma condenação criminal por homicídio negligente destruirá Bob de uma forma muito pior do que uma surra jamais conseguiria fazer.

A entrevista de Burns com Karen no hospital mais confundiu do que esclareceu as coisas. Assim como na da Natalie, a memória da Karen sobre o que aconteceu é irregular e distorcida. Com relação ao Oz, ela apenas se lembrou de que ele estava lá e depois não estava. Sim, ele pode ter batido nela, mas ela não tinha certeza. Ela se lembrou de estar com frio e assustada. Ela não recordava estar assustada especificamente com Oz, mas poderia ter estado. Ela disse a Burns que tenta não pensar sobre isso, e que, quando o faz, o estômago dela dói. Ela não parava de perguntar se eles já tinham terminado.

Vance observa imóvel Burns contar o que aconteceu, com base nos depoimentos da Mo e da Karen. Ele não embeleza ou edita os fatos, entregando-os de um jeito direto e sem emoção, deixando a história muito mais horrível de se ouvir: Oz queria água para o cachorro, e, por causa disso, Bob o manipulou a sair na nevasca em busca da mãe, porém, antes de mandá-lo naquela missão suicida, engendrou a troca das luvas do Oz por dois pacotes de biscoitos.

– Você se lembra de alguma dessas coisas? – Burns pergunta ao meu pai após terminar o relato.

Meu pai balança a cabeça.

– Lembro de pedir ao Oz pra cuidar do Bingo. Oz era bem competente quando tinha um propósito. Ele teria levado a responsabilidade muito a sério.

– Quão sério?

– Como assim?

– Digo, Oz era perigoso?

– Ele tinha treze anos.

– Mas ele era grande pra idade dele, não era?

– Bob tem quarenta e cinco anos e é um homem. Oz não era *tão* grande assim.

– Bob estava machucado, o tornozelo gravemente torcido.

Meu pai se levanta de repente, esticando-se até sua altura máxima.

– Minha perna está quebrada... você acha que eu não conseguiria controlar uma criança de treze anos?

Burns continua sentado.

– Senta, Jack. Eu não estou justificando o que o Bob fez, apenas tentando entender.

Os punhos do meu pai estão cerrados ao lado do corpo.

– Bob pegou as luvas do Oz e o mandou pra morrer. O que mais há pra entender? Meu filho tinha treze anos. Treze!

Burns assente, mas repete a pergunta.

– Ele era perigoso?

Meu pai balança a cabeça e volta para onde estava.

– Oz estava apenas protegendo o Bingo, como eu pedi. Tudo o que Bob precisava fazer era arranjar alguma distração.

– Do contrário, o que aconteceria?

Vance fala pela primeira vez.

– Do contrário, Oz teria ficado chateado. Oz não era um típico garoto de treze anos. Oz era grande e muito forte mesmo, e, quando ele se zangava, era difícil de acalmar. – As mãos de Vance então se apertam contra os joelhos, e sua cabeça treme como se estivesse tentando clarear o que quer que esteja dentro dela. – E o que aconteceu... o que o Bob fez... não é como se ele estivesse sentado aqui como vocês dois e pensando racionalmente, dizendo pra si mesmo "só preciso distrair o Oz, e tudo vai ficar bem". Está um gelo, você está assustado e pensando *Merda, vou morrer, todos nós vamos morrer, nós dois. Eu não posso salvar a gente. Não posso salvá-la e me salvar. Só me resta tentar me salvar...* mas aí, no minuto seguinte, você muda de ideia, só que é tarde demais, porque, quando você volta, a neve já engoliu a sua decisão, e não dá mais pra mudar o que foi feito...

Ele então para, engole o ar e seus ombros tremem. Os olhos dele vagueiam pela sala até encontrar meu pai e Burns olhando para ele.

– Aposto que Bob gostaria de ter feito diferente, mas às vezes você apenas faz a maldita escolha errada.

82

Os gatinhos já têm idade suficiente para beber sozinhos, por isso Chloe e Finn se despedirão de Brutus e suas irmãs hoje, a quem Chloe chamou apropriadamente de Lindsay e Britney devido às contínuas más decisões tomadas pelas duas. A dupla já gastou, pelo menos, três de suas sete vidas.

Finn mia loucamente quando seu irmão e suas irmãs são retirados do cercadinho e colocados em uma caixa de papelão. Chloe funga um pouquinho ao levá-los para o carro.

E funga mais forte quando os leva para o abrigo.

O garoto que a cumprimenta não é muito mais velho do que ela. Ele tem *dreadlocks* compridos da cor de trigo velho e olhos penetrantes e escuros como ônix. Alto e magro, usa sandálias de couro, duas dúzias de pulseiras trançadas coloridas e uma camiseta que diz MEU CARMA ATROPELOU MEU DOGMA.

– O que temos aqui? – ele pergunta, enquanto Chloe coloca a caixa no balcão.

Ela levanta a tampa, tremulando sua deformidade como uma bandeira e fingindo não se importar, desafiando o garoto a reagir. Ele mal olha para o dedo mindinho amputado dela.

– Ahhh, como eles são pequenos.

Ele acaricia Britney, depois a levanta. Ela se contorce estranhamente, quase se esquivando das mãos dele e gastando mais uma de suas vidas.

– Shhh – ele tenta acalmá-la e, surpreendentemente, consegue. O cara é um encantador de gatos, ou algo parecido. Britney empurra a mão dele com o nariz, depois lhe lambe a palma da mão.

– Você amamentou eles?

– Como você sabe?

– Filhotes tão pequenos geralmente não se dão bem com humanos assim tão rápido.

Ele tira os olhos da Britney e os lança para Chloe, que dá um sorriso torto.

– Impressionante.

– Obrigada – ela diz, com um rubor crescente em suas faces.

– Você quer um trabalho?

– Como assim?

– Bom, obviamente, você gosta o bastante de animais pra salvar três filhotes e, obviamente, você é boa com eles e teve tempo pra cuidar deles, e é segunda-feira e você não está na escola, e nós precisamos de ajuda durante a semana. Então, você está procurando por um trabalho?

– Eu não larguei a escola – ela se defende.

Tecnicamente, isso é verdade. Chloe tem até o final do verão para entregar os trabalhos e fazer as provas, embora ainda não tenha aberto um livro sequer.

O garoto dá de ombros.

– Não me importo se você largou ou não, só estou apontando fatos. Estamos no meio do dia de uma segunda-feira, e, agora que terminou de ajudar esses pequenos aqui, você provavelmente tem algum tempo livre.

As sobrancelhas da Chloe se juntam, franzidas, ofendida, a princípio, com a presunção de que ela não tem uma vida. Vejo um sorriso se espalhando pelo rosto dele e as sobrancelhas arqueando, incitando-a a dizer que ele está errado. Surpreendentemente, a raiva dela desaparece com uma risadinha.

Ele é positivamente encantador.

Olho mais de perto. Ele é meio que fofo, ou já foi algum dia, ou poderia voltar a ser se cortasse o cabelo e raspasse os tufos de penugem marrom em seu rosto que mais se parecem com esporos de mofo que se projetam das faces e do queixo. Ele tem um perfil bonito, com um longo nariz grego e maçãs do rosto salientes. É uma daquelas pessoas que você não percebe ser bonita até que, de repente, você percebe.

Aceite o trabalho, torço, encorajando-a. Chloe está entediada, intermitentemente deprimida e constantemente solitária, e aqueles malditos comprimidos ainda estão no forro da mala dela.

– Qual é o salário?

– É voluntário.

– *Nada?*

– Um pouco de atenção e um pouco de gentileza muitas vezes valem mais do que muito dinheiro.

– Você está citando John Ruskin pra me fazer trabalhar de graça?

– Você está certa... isso foi péssimo. Você é obviamente inteligente demais pra trabalhar aqui – ele responde, e seus olhos se alargam com respeito pelo fato de Chloe ter reconhecido a citação e o autor.

Não tenho ideia de quem é John Ruskin, mas não me surpreende o fato de Chloe saber. Minha irmã é bizarramente inteligente, e sua memória é do tipo que pesca fragmentos de informações e não os deixa escapar. Ela nunca demonstrou muito interesse pelo ensino formal, mas tem mais conhecimento do que praticamente qualquer um.

Brutus não está nada feliz. Ele grita a plenos pulmões de gatinho. Chloe o tira da caixa e o acaricia, deixando Lindsay chateada por ter sido deixada sozinha. Chloe também a pega, segurando-a na outra mão. Usando o queixo, ela acaricia um de cada vez.

– Bom, acho que a gente terminou por aqui – o garoto diz. Ele então coloca Britney de volta na caixa, e ela começa a miar. As mãos da Chloe estão cheias. Ele se vira e anda em direção à porta. – Vá em frente, pode deixar os gatinhos aqui. Vou cuidar deles quando eu terminar de limpar as gaiolas.

– Eles estão com fome – Chloe protesta.

– Sim. A fórmula está na geladeira – ele aponta com a cabeça para o frigobar que está no canto. – E o micro-ondas fica ali do lado.

Depois, sem olhar para trás, ele continua a andar. Só eu vejo os lábios dele curvando-se em um sorriso triunfante ao ouvir a porta do frigobar se abrir e os palavrões murmurados da Chloe.

83

É Páscoa, e Vance e meu pai se confrontam na cozinha, ambos com uma aparência tão desleixada que me fazem compreender o porquê de Deus ter criado as mulheres. Um homem sem uma mulher é uma criatura desorientada e patética. Sacos e caixas de alimentos parcialmente comidos juntam-se a pratos, talheres e roupas empilhados por todo canto como se armários e gavetas não tivessem nenhum propósito de existir. Os dois vivem com as mesmas três mudas de roupas há mais de um mês, e a única ida deles à lavanderia resultou em tudo o que era branco tornando-se cinza.

– Eu vou, e você também deveria ir – Vance diz com uma atitude que me faz lembrar a versão antiga e arrogante dele. – Eu preciso ver a Chloe. Se você quer ficar aqui sentindo pena de si mesmo, o problema é seu. Me dá as chaves.

– Vá para o inferno.

– Com certeza, é pra lá que eu vou, mas minha hora ainda não chegou. Agora, me dá as chaves antes que eu vá até aí e pegue.

– Você acha que pode me derrubar – meu pai gargalha. – Mesmo com uma perna só, consigo chutar sua bunda magrela daqui até o próximo domingo.

— Isso é um desafio, velhote?

— Isso é um fato. Vamos lá. Tente. Tenho um pouco de energia reprimida aqui que não me importaria de descarregar nesse seu rabo triste e ingrato.

— Ingrato? Por que é que eu teria que ser grato a você?

— Para de gritar e levanta ou cala a boca.

Meu pai tira as chaves do bolso e as balança na frente dele.

— Que tal a gente deixar isso interessante? Se eu pegar as chaves, você tem que vir comigo.

— E se não?

— Se eu não pegar, fico aqui — Vance responde, sua voz vacilando com a ideia de não ver Chloe.

— Isso é estúpido. Se você não conseguir pegar as chaves, vai ficar aqui de qualquer jeito.

— Não. Eu poderia pedir carona. Mas o trato é: se você ganhar, fico até terminar as buscas pelo Oz.

Meu pai pensa.

— Tá certo, pode vir, então.

Depois de colocar as chaves de volta no bolso, ele deixa cair uma das muletas e, desajeitadamente, assume uma postura de luta, embora sua cinta e a outra muleta façam isso parecer mais um exercício de reabilitação.

Vance bufa pelo nariz e circula pela sala, tentando descobrir o melhor ângulo de ataque. Definitivamente, ele não é um lutador. Suas mãos estão empunhadas, mas os polegares estão erguidos, e me sinto mal por ele nunca ter tido um pai por perto para ensiná-lo a fechar a mão do jeito certo.

O ataque dele me choca e surpreende meu pai. Com os braços abertos, como se estivesse se lançando para pegar uma bola de tênis, ele mergulha e rola, batendo na perna boa do meu pai e o jogando no chão.

Meu pai gira de costas, como uma tartaruga. Ele levanta a perna lesionada e balança a muleta descontroladamente. Ele está absolutamente ridículo. Os dois estão.

Vance se esquiva da arma do meu pai, depois a agarra, arrancando-a da mão dele. Meu pai, ainda de costas, cerra os punhos. Vance se levanta e circula a sala mais uma vez. Meu pai o acompanha, girando de costas com a ajuda da perna boa.

Quando Vance ataca de novo, meu pai lhe acerta um soco em cheio na mandíbula, fazendo a cabeça dele chicotear para trás. Antes de ele conseguir recuperar os sentidos, meu pai o estrangula.

Enquanto meu pai está nessa posição, Vance enfia os dedos no bolso dele, tentando pegar as chaves. O rosto dele fica vermelho, e os olhos se esbugalham, mas ele continua procurando, e, quando está prestes a perder o ar, eu vejo: o ligeiro afrouxar no semblante do meu pai acompanhado de um suavíssimo deslocamento dos quadris para facilitar que Vance pegue as chaves.

Meu pai quer ir. Ele quer *ter que ir* para casa na Páscoa. Eu comemoro e comemoro e comemoro.

84

Vance liga para minha mãe do banheiro do posto de gasolina onde ele e meu pai param para abastecer e conta que eles estão a caminho. Minha mãe quase deixa o telefone cair com a surpresa.

As coisas que vejo agora que estou morta me surpreendem. Minha mãe age como uma adolescente depois de desligar. Ela dá uma pirueta, bate palmas, depois corre para o quarto e troca de roupa três vezes. Por fim, decide vestir um suéter justo no corpo e uma saia soltinha acima dos joelhos. Ela empurra os seios para cima e abaixa o decote, e eu começo a rir.

Depois, volta para a cozinha, onde mistura o alho e o cravo-da-índia às batatas, depois corta peras para a salada de maçã com pera. Minha boca fantasmagórica saliva, e meu estômago imaginário ronca.

Ela tira o presunto do forno para adicionar as cenouras, e fico fantasiando qual é o cheiro, o aroma delicioso do molho glaceado de ameixa e gengibre. Minha mãe ri, o pincel culinário suspenso sobre o presunto, e então ela ri mais alto ainda, e sei que está pensando em mim e no nosso presunto coberto de plástico. A travessa balança com a risada dela e quase cai. Nós duas choramos de rir até ela finalmente conseguir pincelar o presunto e colocá-lo de volta no forno.

Quando termina, ela vai para a sala de estar. Fica mexendo nas almofadas e penteia os cabelos com os dedos. Senta-se e depois fica de pé, olha pela janela, volta para o sofá, irrequieta como um potro recém-nascido, e isso me faz sorrir.

A porta se abre, e ela salta, a boca incerta de como se posicionar. Ela tenta uma expressão que pareça alegre, mas não muito, ainda um pouco chateada, talvez um pouquinho mal-humorada... uma tentativa fracassada de não revelar o quão pateta e entusiasmada ela realmente está.

– Ei, mãe – Aubrey diz ao entrar carregando uma torta. Ben está atrás dela com um buquê de lírios e um porta-vestido pendurado no braço.

– O que foi? – Aubrey pergunta ao ver a expressão confusa e congelada no rosto da minha mãe.

– Nada – minha mãe responde, desfazendo a careta e beijando os dois.

Chloe desce as escadas carregando Finn, a Poderosa, seu novo nome, conquistado após ter conseguido a proeza de mastigar sua caixa de papelão que estava na cozinha enquanto Chloe estava fora, no abrigo, e escalar os degraus da escada em busca da Chloe e do irmão e das irmãs dela.

– Ownnnn – Aubrey baba. – Posso segurar?

Ela coloca a gatinha nos braços da irmã.

– Mamãe comentou que você está trabalhando no abrigo.

Chloe dá de ombros, mas o orgulho irradia no rosto dela. Ela esteve lá todos os dias desta semana, chegando quando abrem pela manhã e não indo embora antes do final da tarde. Ela provavelmente ficaria a noite toda se eles deixassem. Nos últimos dois dias, ela levou Finn, a Poderosa, para fazer companhia a Brutus, já que Britney e Lindsay foram adotadas.

A porta se abre novamente, e, desta vez, minha mãe não tem tempo para posar ou se preocupar com seu sorriso. Meu pai entra como uma rajada de vento e é imediatamente engolido por abraços e apertos de mão de Aubrey, Chloe e Ben.

Minha mãe se afasta. Um sorriso verdadeiro toma conta do rosto dela, que está com os olhos vidrados vendo a nossa família reunida. No entanto, o momento é breve, porque atrás do meu pai está Vance, tão hesitante em atravessar a soleira da porta que eu gostaria de poder empurrá-lo. Chloe o vê e arregala os olhos. Então, um sorriso idêntico ao da minha mãe se escancara no rosto dela, e ela passa pelo meu pai para abraçá-lo, enterrando o rosto contra a clavícula dele. Os braços dele a envolvem, as mãos deformadas espalmadas nas costas dela. Felizmente, os olhos do Vance estão fechados. Assim, ele não vê Aubrey e Ben reprimir seus suspiros.

Chloe se afasta, agarra a mão dele, não percebendo a deformidade, e o puxa de volta para fora da casa. Ela ainda não está pronta para dividi-lo com ninguém.

Minha mãe se aproxima do meu pai com os braços erguendo-se para abraçá-lo, mas parando, incertos. Meu pai também está inseguro. Ele quer ser bruto e até tenta fechar a cara, mas seus olhos o traem, percorrendo-os pela minha mãe da cabeça aos pés e a fazendo corar. Ela escolheu bem a roupa. Os olhos dele desviam para o suéter e os seios empinados dela, e até eu sinto o batimento cardíaco acelerado dele. Aubrey e Ben passam por eles e entram na cozinha, Bingo vai atrás do Ben, e Aubrey ainda segura Finn, a Poderosa, que está aprontando um berreiro.

Minha mãe dá tapinhas na face do meu pai, recém-raspada.

– Muito melhor – ela diz.

Estou orgulhosa dele. Não apenas ele raspou aquela barba de homem da montanha, como ele e Vance pararam em uma loja de conveniência e compraram camisas novas. Ele agora quase se parece com ele mesmo.

Quem não acredita em química está errado. E qualquer um que se contente com menos subestima o valor disso. O ar está absolutamente eletrificado, com feromônios voando por toda parte. Está aí uma bela palavra: *feromônios*. O próprio som dela faz você querer beijar alguém.

– Estou feliz por você ter vindo – ela diz.

Beija ela, beija ela, eu incentivo.

E ele a beija, passando a mão na parte de trás da cabeça dela, os lábios se encontrando com os dela, e, assim, os feromônios derrotam todas as rusgas existentes entre eles. *Uhu, um viva aos feromônios!*

Ao se soltar dela, ele diz:

– Voltei só pela comida.

A mão dela dispara, agarrando a virilha dele, e me deixando chocada.

– Mentiroso – ela diz, fazendo-o beijá-la novamente, desta vez com mais força, quase violenta. Ela se derrete contra ele, os lábios sucumbindo aos dele enquanto se abrem para beijá-lo.

– Mãe, acho que o presunto está pronto – Aubrey grita da cozinha, fazendo os dois se separarem. Meu pai pisca, e a minha mãe pisca de volta. Toda essa troca dura menos de um minuto, apenas uma cintilação do calor e do romance que um dia tiveram, ainda assim, grandiosa.

Minha mãe vai para a cozinha, e seu sorriso é tão largo que as faces dela devem estar doendo. Por mais feliz que eu esteja por ela, também estou assustada. Os feromônios só podem adiar o inevitável por um tempo. Meu pai já não é mais quem costumava ser. Por baixo da aparência quase normal, uma raiva obscura fervilha. Bob está a duas portas de distância, e uma necessidade de retaliação que beira a insanidade se prolonga.

85

Chloe e Vance estão sentados na praia olhando para o oceano. Seus sapatos estão ao lado deles, que enfiam os pés na areia. Ela examina os dedos das mãos dele, depois mostra os dela. Eles fazem comparações e concordam que o cirurgião do Vance foi um amador que fez um péssimo trabalho.

Ele leva a mão machucada dela até os lábios e a beija.

– Sinto muito – ele diz com os olhos vidrados. – Eu tentei voltar.

Ela engole em seco, depois se levanta e estende as mãos para puxá-lo. Chloe não quer falar sobre isso. Ela passa o braço pela cintura dele, e ele pendura o dele no ombro dela. Ela conta sobre os gatinhos e o abrigo; ele, sobre as buscas e ter que aturar meu pai.

– Estou surpresa que vocês dois não se mataram – ela comenta, com os olhos deslizando para o hematoma na face dele, resultado da briga desta manhã.

– Foi por pouco. Seu pai é louco. Sabia? Doido de pedra.

– Coisa de família – Chloe diz, sorrindo.

Eles andam na beira da água, a maré lavando seus pés... os sete dedos da Chloe, os dez do Vance.

– Meias de seda – ele comenta, ao perceber o que Chloe está se perguntando. – O médico disse que as meias que eu estava usando eram feitas de seda, e foi isso que salvou meus dedos dos pés.

– Aposto que você não tinha noção da decisão importante que estava tomando quando comprou aquelas meias.

– Não. Nem ideia.

Ele para, vira-se para encará-la e pousa as mãos sobre os ombros dela.

– Eu teria dado pra você. Se eu soubesse que aquelas meias salvariam seus dedos, eu teria dado pra você.

Ele quer acreditar nisso, e talvez até acredite mesmo. E o que eu acredito é que, se o acidente acontecesse hoje, ele estaria dizendo a verdade. Ele daria as meias para ela. Mas, hoje, ele é uma pessoa diferente do que era naquele dia. Eu fui testemunha. Naquele dia, quando a hora chegou, ele quis viver.

Chloe também sabe disso. Com um sorriso fraco, ela se vira para continuar descendo a praia. Ela caminha de cabeça baixa, e ele anda ao lado dela, de ombros baixos e olhando para a areia. Chloe segura na mão dele de novo, depois se curva para pegar uma pequena pedra de quartzo branco. Ela a guarda no bolso e, ao chegar em casa, coloca a pedra no frasco de vidro que guardamos em nossa cômoda compartilhada, uma coleção vitalícia das nossas caminhadas na praia.

– Você é incrível – Vance diz, olhando para as mãos entrelaçadas dos dois. Mais do que um elogio, é uma declaração. Ela o perdoa pelo imperdoável, e é quase demais para suportar.

* * *

Eles voltam para casa na mesma hora em que o presunto é colocado na mesa.

– Achei que a gente teria de mandar um grupo de busca – Aubrey diz, quando eles entram, fazendo todos, exceto Ben, congelarem com a escolha de palavras dela.

Aubrey é completamente alheia à situação ou faz um trabalho incrível fingindo ser.

– Dá pra acreditar que nosso casamento já é daqui a cinco semanas? – ela diz, e mais uma vez, milagrosamente, a normalidade dela restabelece o equilíbrio.

Os seis se divertem de um jeito surpreendente durante o jantar, e eu amo e odeio isso. Também quero estar lá e me divertir.

Quando estão quase terminando a sobremesa, Aubrey diz:

– Ei, Chloe, eu trouxe o vestido pra você experimentar.

Chloe meio que sorri, meio que geme, como se não tivesse certeza de como reagir. O tipo "adolescente ranzinza" já não se encaixa bem para ela.

– Como assim? – minha mãe pergunta.

– Chloe concordou em ser minha madrinha.

Minha mãe bate palmas, grita de empolgação, e seus olhos marejam.

– E você vai usar o vestido de madrinha? – ela pergunta, como se isso fosse querer demais. – Experimenta? Por favor.

– Agora? – Chloe responde, enrubescendo.

Minha mãe parece uma criança em dia de Natal acabando de desembrulhar uma bicicleta que deseja há um ano. Ela ainda aperta as mãos em frente ao rosto e está quase pulando na cadeira.

– Isso, me torturem em plena Páscoa. Uma punição cruel e incomum essa, Aubrey, você trazer o vestido sabendo que todos estariam aqui. O que é seu tá guardado.

Ela sai pisando fundo e pega o vestido, que está ao lado da porta.

– Eu te ajudo – meu pai diz, enquanto ela carrega o vestido escada acima. – Dar o troco é minha especialidade, e nós dois aqui temos um casamento pra animar.

Ele pisca para Chloe, e eu quero chorar. Piadas e pegadinhas eram o *nosso* lance. Oz e eu éramos os parceiros dele no crime. Já estávamos criando um plano cuidadosamente elaborado para o casamento que tornaria o evento verdadeiramente memorável, mas agora ele está conspirando com a Chloe. Estar morta é uma droga. Estou presa aqui apenas observando enquanto todos os outros estão fazendo todas as coisas que quero fazer e todas as coisas que eu faria.

– Não arruínem meu casamento – Aubrey diz, meio que apavorada que meu pai possa estragar o grande dia dela, meio que esperançosa de que o plano dele acrescente uma pitada de leveza ao que está com cara de ser um evento muito entediante.

– Chloe e eu vamos apenas nos divertir um pouco – meu pai zomba.

Isso me dói. Odeio não poder mais fazer planos com meu pai para o casamento da minha irmã, ou comer o presunto da minha mãe, ou me sentar com a minha família à mesa de jantar. Isso é tão injusto.

Chloe desce as escadas usando o vestido, com seus Doc Martens espreitando por debaixo do tafetá cor de lima, que flutua ao redor dela como uma grande nuvem de tecido verde, e fazendo uma careta de dor.

O som quando ela caminha é de papel sendo amassado. Meu pai faz cara de paisagem, mas minha mãe não consegue segurar o riso e começa a gargalhar, cuspindo o vinho. Aubrey também ri, começando com uma risadinha e irrompendo em uma histeria contagiosa que se espalha como um vírus em todos eles até minha mãe jurar que vai fazer xixi nas calças.

Chloe entra na brincadeira, puxando Vance da cadeira e dançando valsa com ele pela sala. Aubrey e Ben se juntam aos dois, com Ben girando Aubrey, e eles fingindo quicar nas camadas de tule verde. Bingo pula ao redor deles como um filhotinho. Meu pai senta-se com a perna esticada para fora da mesa, sorrindo de orelha a orelha, admirando toda a cena. Minha mãe olha para ele, que sente e se vira para ela. Ela rapidamente desvia o olhar, mas o dele permanece, mais do que pelos feromônios. E eu vejo: o amor de uma vida, o primeiro e único.

Aubrey e Ben se voluntariam para lavar a louça e vão para a cozinha.

Chloe desaparece com Vance quintal afora.

Minha mãe e meu pai se sentam no sofá, e ele apoia a perna na mesa do café.

– Jack – minha mãe começa, mas ele a beija, interrompendo-a.

– Hoje não, Ann. Esta é uma noite agradável e normal, e eu só quero que isso dure.

– E amanhã? Você ainda vai estar aqui amanhã?
– Eu ainda vou estar aqui amanhã, aí conversamos.
Minha mãe encosta a cabeça no ombro dele, meu pai fecha os olhos, e eu me pergunto se as coisas não poderiam apenas continuar assim, tão simples.

* * *

Aubrey seca as mãos no pano de prato, depois o dobra e o pendura na porta do forno antes de dizer:
– Você acha que o céu existe?
Ben balança a cabeça e envolve os braços em volta dela. Ele é muito mais carinhoso do que eu pensava. Quando estão sozinhos, ele não consegue manter as mãos ou os lábios longe da Aubrey. Está sempre dando abraços e beijos nela e dizendo que a ama, maravilhando-se por ter o direito de fazê-lo, como se não pudesse acreditar que ela é realmente dele.
Gosto muito dele agora, vendo-o dessa perspectiva.
– Quando você morre, você morre – ele diz.
– Que triste – ela comenta, relaxando seu corpo contra o dele enquanto ele beija o cabelo dela.
– Mais triste do que existir em um outro mundo, separado de todos que você deixou pra trás?
Aubrey pensa sobre isso.
– É só que a outra opção é tão permanente.
De todos que amo e ainda estão vivos, sinto como se a Aubrey fosse a pessoa que menos me sentisse. Nossa conexão foi cortada quase instantaneamente após minha morte. Mas isso não significa que ela não pense em mim. Nesta noite, por exemplo, ela sente minha falta e sente falta do Oz.
– Meu irmão adorava feriados – ela diz, com o rosto enfiado na camisa do Ben.
– Eu me lembro. Nunca vi ninguém tão empolgado com o Natal em toda a minha vida.
Aubrey sorri e concorda. Oz tinha seu próprio traje de Papai Noel e já começava sua busca por presentes ainda no Halloween. Ele adorava as

decorações, a comida, os costumes, mas, principalmente, que nossa família estivesse tão unida. Ele dizia isso o tempo todo. *O Natal tá chegando. Aubrey vai vir, e mamãe não vai precisar trabalhar.*

– Ele está em paz – Ben diz, e vejo os olhos dele desviando para o céu noturno através da janela, como se imaginasse esse cenário. – Assim como a Finn.

Aubrey também observa a escuridão, depois volta a olhar para ele e sorri.

– Cinco semanas – ela diz. – Mal posso acreditar.

Ele a levanta e a rodopia.

– Sim. Em cinco semanas, você será toda minha.

Depois de colocá-la de volta no chão, ele a encosta contra a pia e passa os dedos pelo cabelo dela, beijando-a.

Não consigo acreditar que eu não gostava desse cara.

* * *

– Devo ficar? – Vance pergunta, com mais prece do que otimismo na voz. – Ou devo voltar pra Big Bear?

Chloe toca a face dele e dá um sorriso triste. No olhar dela, o desejo de que as coisas tivessem acontecido de uma forma diferente, junto da dura verdade: a maior perda do Vance naquele dia não foi a dos dedos.

– Estou tão feliz por você estar bem – ela diz.

– Queria poder refazer as coisas – ele murmura.

– Eu, não. Queria que isso nunca tivesse acontecido.

– Claro, sim, mas, se fosse acontecer de um jeito ou de outro, eu gostaria de poder fazer diferente.

O silêncio se instala entre eles.

– E agora, o que acontece? – ela pergunta. – Quando o outono chegar, você vai pra UC em Santa Bárbara?

Ele balança a cabeça.

– Estudar não é meu forte. Quero terminar de procurar pelo Oz. A gente já quase finalizou o perímetro, e eu quero concluir isso.

– E depois?

– Depois, não sei. Talvez eu fique por um tempo em Big Bear. Tem muito trabalho por lá, e eu gosto de ficar nas montanhas.

– Nada mais de tênis? – ela pergunta com pesar.

Ele exibe os dedos amputados, depois deixa as mãos caírem no colo.

– A verdade é que eu era segunda categoria. Não é como se algum dia eu fosse ser bom o bastante pra virar profissional.

– Você era bom – ela diz.

Ele dá de ombros.

– Pretérito. O que é estranho é o quanto eu não sinto falta disso, como se todo aquele peso da expectativa tivesse desaparecido. Viver com seu pai tem sido bom pra mim. Ele é um fodido, assim como eu.

Chloe fecha a cara.

– Não de um jeito ruim – Vance continua rapidamente. – Mas no sentido de que ele não foi pra faculdade, vadiou por um tempo, não seguiu um caminho certinho, mas, de alguma forma, ele fez as coisas direito, acabou ficando com sua mãe e formando uma família. Por isso é que eu disse que gostaria de poder fazer tudo de novo. Não porque eu quisesse que o acidente acontecesse de novo... eu jamais iria querer isso. Mas porque sei que faria melhor, seria mais como o seu pai.

Os olhos da Chloe marejam, e os meus, também. A intenção do meu pai não foi salvar Vance, mas foi exatamente o que ele fez.

* * *

É uma noite boa, que termina com Chloe e Finn, a Poderosa, dormindo tranquilamente no quarto ao lado do dos meus pais, e com meu pai deitado na mesma cama que minha mãe, os dedos dele tocando os dela.

86

Laguna Beach é uma cidade pequena, um lugar que ainda tem uma rua principal com lojinhas fofas e um desfile anual. É uma comunidade onde as famílias vivem por gerações. A do meu pai está em Laguna Beach desde o início dos anos 1900, e os pais da minha mãe se mudaram para cá antes de ela nascer. Todo mundo conhece todo mundo, e, como em todas as cidades pequenas, as notícias se espalham rapidamente. Dois jornais locais, um canal de notícias on-line e uma revista de cotidiano fazem um trabalho meticuloso de cobertura de todos os acontecimentos locais.

O canal foi o veículo que primeiro noticiou a história, divulgando-a por toda a internet na terça-feira à tarde, uma hora depois de Bob pagar a fiança. A manchete dizia: "Dentista local preso por homicídio negligente de garoto de treze anos".

Na quinta-feira, os dois jornais publicaram a história em suas primeiras páginas. Naquela mesma tarde, o telefone tocou em nossa casa, e meu pai foi convidado para uma entrevista à revista. Ele recusou.

À noite, decido aparecer na casa do Bob e da Karen para ver como eles estão lidando com sua fama recém-adquirida.

Eles não estão lidando nada bem.

Bob está sentado no sofá, embriagado, um copo de uísque na mão e os olhos fixos nos jornais espalhados sobre a mesa de café. A julgar pela quantidade da bebida que resta na garrafa e pelos olhos vidrados, ele já está lá há algum tempo.

Karen e Natalie estão na cozinha. Karen parece pelo menos dez anos mais velha do que há uma semana, e vinte mais do que antes do acidente. Roupas amarrotadas, cabelos sem escovar, olhos inchados e vermelhos. Natalie parece a mesma de sempre, atordoada. Ela está sentada no balcão comendo sorvete de chocolate com nozes e baixo teor de gordura.

Surpreendentemente, há pratos sujos na pia, e os balcões estão repletos de marcas e respingos. Karen está ao lado da Natalie, olhando para as portas francesas que levam ao quintal. O telefone toca, assustando-a, e eu a vejo apertar os olhos e tapar os ouvidos para bloquear aquele barulho nocivo.

Natalie levanta o rosto, depois olha para a mãe, uma sombra de culpa atravessando-lhe o rosto antes de o olhar vago retornar. Pane no sistema, penso. Ela é incapaz de lidar com tudo o que está acontecendo.

A secretária eletrônica atende no quarto toque, e uma voz animada se apresenta como repórter do *Orange County Register*. Karen escuta atentamente, o corpo tenso aguardando o término da chamada. Quando a mulher desliga, ela se levanta e caminha rigidamente até a sala de estar.

– Posso fazer alguma coisa pra você? – ela pergunta a Bob.

Bob levanta a cabeça, e seu semblante é de tanta confusão e desespero que minha respiração corta de pena.

– Como? – ele pergunta, com os olhos deixando Karen e voltando para a difamação destruidora de uma vida que está diante dele.

Os dois jornais relatam que o julgamento está marcado para o final de setembro, embora não pareça que chegará a esse ponto. O promotor público já ofereceu uma sentença reduzida no caso de uma confissão de culpa: seis meses de liberdade condicional e nenhum tempo de prisão. O advogado do Bob insiste para que ele aceite a oferta. Apesar de isso significar uma condenação criminal e o potencial fim da clínica odontológica dele, ele pensa ser a melhor opção. O advogado não acredita que Bob vá levar a melhor contra Mo e minha família no tribunal, e, se ele perder, poderá pegar até dez anos de prisão.

Karen olha para o tapete debaixo de seus pés.

– Eles estão errados. Você não fez o que eles estão dizendo.

Mas a voz vacila ao dizer essas palavras, confirmando a péssima testemunha que ela seria.

Bob olha para ela e diz com a voz carregada de ódio:

– Fiz aquilo por você.

Natalie se abala com as palavras dele. Oz está morto. Ela usou as luvas dele e depois contou a Mo o que o pai fez. Ela começa a pendular no banco, e seu olhar fica distante: a consciência é uma coisa terrível de se descobrir aos dezesseis anos e tendo vivido todos os outros sem nunca a ter reconhecido.

Karen olha para trás, vê a filha balançando e volta-se para Bob, com a expressão perturbada pelo estresse e pela preocupação.

– Acho melhor eu e a Natalie irmos pra San Diego por um tempo... sabe, pra ficar com meus pais... só um pouco, talvez até depois do julgamento... Eles estão errados... sei que eles estão errados... mas até que tudo isso acabe...

– Sai daqui! – Bob ruge, fazendo-a sair correndo e a garrafa de uísque se espatifando na parede atrás dela.

87

Chloe está no abrigo. Ela praticamente mora lá agora: sai de casa quando o sol nasce e não volta até ele se pôr. Um propósito na vida, os animais e Eric, o garoto que deu o trabalho a ela, acabaram por formar uma combinação irresistível.

Neste momento, Eric dá banho em um pastor-alemão rabugento. O pastor, que Eric chamou de Hannibal devido à sua personalidade psicopata, foi trazido há uma semana pelo controle de animais. Eles o encontraram com fome e sem coleira em uma valeta ao lado da Laguna Canyon Road. As chances de ele ser procurado pelo antigo dono ou adotado são mínimas, mas o abrigo dá a todos os animais um mês antes de eles serem eutanasiados. Para que possa ser tratado, o cão precisa ser sedado e amordaçado, e, mesmo com todos esses cuidados, Chloe mantém uma boa distância.

Quando ela passa, a cabeça do Eric levanta. Hannibal, sentindo algo, mesmo em seu sono medicado, resmunga. Eric ignora o barulho e acena com a mão enluvada para ela. Não tem nada de atrativo nisso, o que torna a situação incrivelmente atrativa. Eu adoro esse cara. Hoje, ele usa uma camiseta que diz EU TENHO O CORPO DE UM DEUS abaixo de um desenho do Buda, o que é hilário, considerando que ele se parece com o Gumby.

Chloe fica vermelha, e sua mão mal consegue se levantar da coxa para dar um pequeno aceno de volta. É assim que tem sido com eles: hesitação da parte dela e convicção da dele. Uma amizade crescente, uma química inegável e uma relutância cautelosa. As cicatrizes da Chloe têm menos de três meses, mas os ferimentos internos dela são muito piores do que os que podem ser vistos. Eric percebe isso e é carinhosamente gentil, mas isso não impede que seu rosto se ilumine quando ela passa ou que seus olhos se demorem nela enquanto ela continua a caminhar.

Chloe finge não se importar, mas é tudo uma atuação. Hoje, ela usa um *jeans* preto rasgado, uma camiseta desbotada do Metallica e tênis Converse surrados. Só eu sei que ela passou quase uma hora arrumando o cabelo para deixá-lo bonito no estilo *acabei-de-sair-da-cama-e-prendi-de-qualquer-jeito* e passou vaselina nos lábios para deixá-los brilhantes.

Ela está sentada na recepção, inserindo os dados do livro-razão desta semana no computador. Ao ouvir Eric jogando um saco de ração no chão e os passos das botas dele no concreto aproximando-se, ela se endireita. A cabeça permanece baixa enquanto ele passa pela porta, mas sinto a pulsação dela acelerar.

Ele mal diminui a velocidade ao passar, mas consegue tirar o lápis que está atrás da orelha dela. Quando ela se vira, ele joga o lápis na lombada do livro-razão e continua, cantarolando algo para si mesmo. Não parece nada de mais, mas definitivamente é alguma coisa. Chloe volta para os números, lendo a mesma coluna três vezes, com um sorriso bobo no rosto.

88

Cinco dias se passaram desde a Páscoa, e as coisas estão precariamente calmas, como se todos estivéssemos prendendo a respiração.

Meu pai retomou a fisioterapia e está dando tudo de si. A terapeuta dele, uma senhora idosa, grossa como um papel de enrolar prego, pouca misericórdia demonstra enquanto faz a perna dele obedecer aos comandos dela. Ao contrário da enfermeira anterior, aqui não há o fator flerte, o que faz meu pai resmungar, e eu, sorrir.

Todas as manhãs, depois que ela sai, meu pai vai à garagem para levantar peso e, em seguida, caminha mancando pelo bairro até a perna tremer de exaustão. A determinação dele é estimulada tanto pelo desejo de recuperar as forças quanto pelo de voltar a trabalhar, de recuperar a vida que um dia já teve, não apenas antes do acidente, mas antes de precisar desistir de um amor por outro.

Quando Oz tinha três anos, meu pai largou seu emprego de capitão de iate, decisão necessária quando ficou claro que Oz era demais para uma babá. Antes de o meu pai conhecer a minha mãe, ele foi um monte de coisas: guia de *rafting*, guarda-florestal, minerador, mas encontrou sua vocação mesmo no mar. Assim como foi comigo uma vez, a água salgada corre nas veias dele.

Ele costumava me contar como o oceano, a última fronteira, é a única parte da Terra ainda parcialmente desconhecida. Os olhos dele brilhavam quando ele falava sobre o quão pouco se sabe sobre suas profundezas, que dois terços das espécies oceânicas permanecem desconhecidas e que nem toda a tecnologia do mundo consegue ainda prever uma tempestade de vento. Ele simplesmente amava... a aventura, a camaradagem entre a tripulação, a liberdade desenfreada... e, quando foi forçado a desistir, algo adormeceu nele. Aquilo fazia tanta falta para ele que podíamos sentir. Toda vez que estávamos na praia, ele espremia os olhos mirando o horizonte e lambia os lábios. Se ouvisse notícias sobre uma tempestade em algum oceano distante, a mandíbula dele se flexionava, e os músculos ficavam tensos, ansiosos para entrar em ação.

Meu pai se despede da terapeuta, vai até a garagem e coloca os pesos no supino.

A garagem é uma espécie de santuário para ele, um lugar intocado pela borracha gigante da minha mãe. Pedaços do Oz e de mim estão por toda parte. Empilhados nas prateleiras e pendurados nas vigas estão bastões e luvas e uniformes velhos e bicicletas e pranchas de *bodyboard* e raquetes de tênis e tacos de golfe... um milhão de memórias juntando poeira, e meu pai grunhindo e desafiando seus limites.

Entre as séries dos exercícios, os olhos dele percorrem nossos vestígios enquanto ele se força a se lembrar de nós e se recusa a nos deixar ir, uma autoflagelação digna de um santo ou de um demônio. Observando-o, eu me pergunto se minha mãe não estava certa em jogar tudo fora. Este lugar é como areia movediça. Cada vez que meu pai está aqui, ele o puxa para baixo e o afoga, impedindo-o de seguir em frente.

A parte dos fundos é particularmente péssima. Ali, minha bolsa de softbol e a luva do meu último jogo ainda estão jogadas em um canto. E minha camisa, número nove, o mesmo número que meu pai usava e o pai dele usava, embolada na parte de cima. Chego à conclusão, olhando para ela – que está ficando encardida e empoeirada – e então olhando para ele – acabado, zangado e miserável – que, se pudesse, eu incineraria cada peça dessa com um calor tão abrasador que nem uma partícula de cinza sequer permaneceria.

Quando meu pai termina de se destruir, física e emocionalmente, ele vai tropeçando para dentro de casa. Estou curiosa para saber por que hoje ele não sai para caminhar e, ao me juntar a ele na cozinha, vejo que é porque os *Angels* vão jogar.

Angels é o nosso time de beisebol – meu, do meu pai e do Oz –, e nós três tínhamos uma rotina um tanto específica antes do jogo, principalmente pensando no Oz, que adorava rituais e acreditava em superstições. Antes de cada partida, dávamos as mãos, fechávamos os olhos e entoávamos: "Que a Força esteja com os Angels", repetindo e repetindo a frase até nós a berrarmos com um fervor religioso. Comíamos apenas asinhas de frango e talos de aipo com molho *ranch* da Hidden Valley, e cada um de nós era obrigado a comer nove de cada – uma asinha e um talo de aipo antes de cada uma das nove entradas. Oz era o encarregado do controle remoto, e nenhum de nós tinha permissão para encostar a mão nele durante o jogo, caso contrário, daria azar.

A casa está vazia. Talvez seja esse o motivo de o meu pai fazer isso. Com grande deliberação e cuidado, ele prepara as asinhas de frango e o aipo. Ele conversa com Oz enquanto coloca o molho em uma tigela.

– Do jeito que você gosta, amigão – ele diz. Bingo ergue a cabeça com grande interesse. – Angels contra Giants. Jogo difícil.

Reparo em como ele serve a comida – nove asinhas e nove talos de aipo – em um prato. Apenas um prato. Ele então o leva para o sofá, liga a televisão e pego meu lugar ao lado dele, imaginando o cheiro e o gosto das asinhas e sentindo muita pena de mim mesma.

Acontece na oitava entrada. Albert Pujols acerta um *home run* impulsionando duas corridas, e meu pai soca o ar em comemoração. Por um momento milagroso, ele se esqueceu de nós, e meu coração tanto vibra quanto fica apertado. Meu pai abaixa o braço quando um lampejo de culpa atravessa-lhe o rosto, fazendo minha própria culpa vir à tona. *Não!* Eu grito. *Seja feliz.*

E talvez Deus esteja ouvindo, porque, na última entrada, com dois *outs*, Kole Calhoun arranca uma rebatida dupla na parede, e, mais uma vez, meu pai não consegue deixar de se sentir vivo e aplaude com o público. Ele se inclina para a frente, e eu me inclino com ele quando Mike Trout se aproxima do *home plate*. Não consigo imaginar um jogador melhor para estar lá.

– Vamos lá, Trout. É uma contagem cheia de três bolas e dois *strikes*. *Por favor, não deixa ele andar.*

O arremessador lança a bola.

Ela está fora e é rasteira.

Trout faz o giro e consegue uma rebatida entre a primeira e a segunda bases. Calhoun decola, deslizando entre as bases.

Joe Panik volta enquanto Andrew McCutchen vem correndo pelo campo direito.

Panik mergulha, mas não chega a tempo, e a bola cai a centímetros de sua luva.

McCutchen lança a bola para o *home plate*, mas o lançamento acontece tarde demais.

As asinhas de frango e os talos de aipo se foram. Nosso ritual funcionou.

Os Angels venceram.

– Conseguimos, Oz – meu pai diz, comemorando com outro soco no ar bem no momento em que a porta se abre e a minha mãe entra.

Bingo dá um pulo quando meu pai se vira para olhar para ela.

Minha mãe examina a cena, observando o prato vazio na mesa de centro e o controle remoto ao lado de onde Oz costumava se sentar, e os olhos dela se encontram com os do meu pai.

– Vou correr – ela diz, com a mandíbula comprimida ao passar por ele. Meu pai abaixa o braço, e eu desejo desesperadamente que ela tivesse entrado um minuto depois.

Quando minha mãe desce, já com as roupas de corrida, meu pai não está mais lá. Ele está na garagem conversando com minha camisa e me contando sobre o jogo. Minha mãe olha pela porta e o ouve resmungando. Com um suspiro profundo, sai correndo pelas ruas até perder o fôlego.

Uma hora depois, ela chega ofegante em casa e encontra meu pai na cozinha lavando as louças que ele usou para preparar as asinhas.

– Eles não estão mais aqui – minha mãe diz.

Meu pai não se vira, apenas a tensão em seus ombros revelando tê-la ouvido.

– Você precisa superar – ela continua. – Se você insistir em ficar dragando isso continuamente, então nunca vai ficar pra trás.

O prato de vidro range quando ele pressiona a esponja com força demais.

Minha mãe inspira profundamente, depois suspira.

– Se você quiser que eu limpe a garagem, posso fazer isso.

Ele gira, fazendo a água respingar da pia. Com o semblante fechado, responde:

– Não encosta o dedo lá. Eles não estão mais aqui, mas não foram esquecidos, e eu não preciso *superar isso*. Ao contrário de você, eu não posso simplesmente esquecer os dois. Eu não vou, e eles nunca ficarão pra trás.

Minha mãe se vira, afastando-se, com as mãos cerradas ao lado do corpo, e eu tremo. Cinco dias. Foi o tempo que eles conseguiram ficar bem antes de tudo desmoronar mais uma vez.

89

É domingo. O abrigo está fechado ao público e não há ninguém, exceto Chloe, Eric e os animais. Os dois limpam as gaiolas e cuidam dos bichos, ambos fingindo que estar ali sozinhos não é grande coisa.

No meio da manhã, Chloe faz o movimento dela. É provável que ela diga ter sido Eric quem fez isso primeiro, mas foi ela, definitivamente. Quando Eric está colocando uma gaiola perto da parede, ela vai na direção dele com um sorriso malicioso.

– O que foi? – ele pergunta.

Com uma falta de inibição que me deixa pasma, ela o encosta contra a gaiola, fazendo-o se sentar, fica no meio das pernas dele e o beija. Ele não aparenta ser um cara com muita experiência e, a princípio, parece meio paralisado e chocado. Felizmente, Eric aprende rápido. Seus braços envolvem a cintura dela, puxando-a para perto. Ele é um homem faminto com um banquete posto à frente dele, e sua boca se abre para devorar a dela.

– Devagar – ela diz com uma risadinha, afastando-se, e então sorri timidamente. – Temos o dia todo.

Meu coração quase sai pela boca. Eu não tinha ideia de que a minha irmã era tão *sexy*.

Em um piscar de olhos

Chloe tira a blusa, exibindo um sutiã índigo tão escuro que sua pele brilha contra ele, e, apesar da advertência anterior dela, Eric a ataca novamente, primeiro com os olhos e depois com a boca, fazendo-a rir em deleite.

Com uma força surpreendente, ele fica de pé, levantando-a com ele. E com as pernas dela em torno dos quadris dele e suas bocas coladas, ele a carrega para uma cama que há ao lado das pilhas de ração para cachorro. Ele tira os tênis dela e depois as meias. Ela fica tensa quando os dedos dos pés são revelados, mas Eric não nota. Ele vê, mas não dá atenção, que está toda voltada ao corpo dela, assim como a boca de volta aos lábios dela.

90

Faz uma semana desde que minha mãe e meu pai brigaram, sete noites em que minha mãe dormia no antigo quarto da Aubrey. Porém, na noite passada, ela se fartou disso. Vestida com um shortinho de pijama e uma camiseta fina que deixava os mamilos à mostra, ela foi do quarto da Aubrey para o dela, parou na soleira da porta para ajeitar o cabelo e entrou.

Esta manhã, eles acordam nos braços um do outro.

Minha mãe vira de frente para o meu pai, e, ao sentir o olhar dela, ele abre os olhos e sorri. Vendo os dois assim desse jeito, imagino como eles eram quando se conheceram e como devem ter sido incríveis, o tipo de casal que virava pescoços e abalava estruturas por onde passava, ousado e firme, no nível Scott e Zelda Fitzgerald de maravilhosidade.

Quando eu era mais nova, fui testemunha disso, da atração extrema de um pelo outro, da energia e paixão entre os dois. À noite, Chloe e eu ouvíamos os sons que cortavam nossa parede: risos, gemidos abafados, o ranger da cama. Cobríamos a boca para abafar o riso. De manhã, minha mãe descia as escadas com o moletom do meu pai e uma samba-canção.

Ele sorria, olhava maliciosamente para as pernas dela e levantava e abaixava as sobrancelhas. Minha mãe brincava:

– Papai está de muito bom humor nesta manhã – e, quando passava por ele, a mão dele ia atrás.

– Muito, muito bom humor mesmo – ele respondia, e minha mãe corava.

À medida que crescíamos, nosso sono passou a ser menos interrompido, até que, com o tempo, as interrupções cessaram por completo.

Já fazia anos que eu não os ouvia. Mas ontem à noite, quando me sentei na minha velha cama ao lado da Chloe, as paredes ecoaram com os sons daquela paixão de tanto tempo atrás. Chloe revirou os olhos e colocou os fones de ouvido para abafá-los, mas com um sorriso no rosto.

Nesta manhã, eles estão tomados pelo bem-estar, exaustos e totalmente apaixonados. Minha mãe está deitada com a cabeça no ombro do meu pai, dedos alisando os pelos do peito dele.

Em frente a eles, na cômoda, há uma foto de família: nosso retrato anual de Natal. Como sempre, estamos vestidos com roupas combinando, todos de *jeans* e blusa preta, os seis sentados em uma grande rocha em frente ao mar.

– Ann?

– Hummm?

– Posso te contar uma coisa?

Ela fica tensa e para de acariciá-lo, pois sabe, pela rigidez da voz do meu pai, que as próximas palavras dele provavelmente quebrarão o encanto.

A mandíbula do meu pai está travada para a frente e o olhar fixo na foto. Ele fecha os olhos e diz:

– Às vezes, eu me sinto aliviado por ele não estar mais aqui.

Ele aperta os olhos com força diante do horror da confissão.

– Shhh – minha mãe diz, envolvendo-o com o braço e levantando o rosto para beijar a lágrima que escapa do olho dele. – Isso não diminui o seu amor. É apenas quem ele era.

E ela tem razão. Porque, quando pensamos em um garoto como Oz, não importa o quanto você o ama, você também odeia o que ele faz com a sua vida, a maneira como ele suga a energia dela e gasta todo o ar em volta, tão implacável e exigente que, por vezes, você não consegue respirar. Nenhum de nós admitiu isso quando ele estava vivo, mas todos sentimos.

Meu pai treme com culpa e tristeza, emoções que ele guardou desde que acordou no hospital e descobriu a terrível verdade, e minha mãe continua a abraçá-lo. Uma confissão que só ela pode entender e perdoar.

91

Finn, a Poderosa, está no abrigo com Chloe, embora hoje seja o último dia que Chloe a trará. Brutus foi adotado esta manhã, então Finn, a Poderosa, não tem mais seus companheiros de brincadeira, e ela detesta ficar trancada sem amigos.

Ela ruge de descontentamento até que, por fim, Chloe cede e a deixa sair da gaiola. Finn corre em círculos pelo escritório, tropeçando em si mesma e se divertindo em uma perseguição a uma bolinha de fiapos que sopra e gira fora do alcance dela. Chloe está sentada revisando os gráficos com as novas funções deles e fazendo anotações para o pessoal da noite.

A bola de fiapos flutua e sai pela porta holandesa que leva aos canis. Assisto, horrorizada, Finn pular atrás dela com força suficiente para abrir a porta. Chloe não percebe, sua atenção está toda voltada ao trabalho.

Ela se contorce e pula, não acertando por pouco a bola de fiapos, que continua girando na direção do canil do Hannibal, o pastor alemão. Finn salta atrás dela, esgueirando-se facilmente entre as colunas.

Rosnados.

Guinchos.

O pelo de Finn se eriça, fazendo-a dobrar de tamanho, embora, ainda assim, ela não seja maior do que uma bola de softbol. Hannibal mostra os dentes, e os outros cães, agora cientes da presença dela, latem loucamente.

Na mesma hora, Chloe já está lá, com a mão no portão.

– Não faz isso – Eric grita, vindo correndo do quintal.

Chloe olha para ele, e percebo algo de perigoso na expressão dela. Ela então abre o portão e entra.

Ela pega Finn, a Poderosa, e se vira para encarar o pastor. Os olhos dela se estreitam como se desafiasse a fera, e o cão se agacha, eriçando os pelos.

Um balde faz barulho ao lado dele, fazendo-o se virar.

– Aqui, Lecter – Eric diz entrando no canil. Ele passa pela Chloe, e Hannibal o acompanha, rosnando.

– Chloe, vai – Eric diz, balançando as mãos na frente do Hannibal para prender a atenção dele. – Isso. Vamos lá, garotão, você quer um pedaço disso? – Ele mexe os dedos em convite.

Chloe corre com Finn, a Poderosa, para fora do portão, deixando-o completamente aberto. Os olhos de Hannibal vão de Eric para sua chance de se libertar: o pátio do abrigo se iluminando através da porta aberta no fundo dos canis, e, misericordiosamente, ele escolhe a liberdade, saindo correndo pelo portão direto para as ruas.

Chloe corre atrás e bate o portão, então corre de volta para o canil.

Eric está de joelhos.

– Merda – ele diz se inclinando sobre as coxas e puxando o ar.

Em uma mão, Chloe ainda segura Finn. Com a outra, ela ajuda Eric a se levantar. Quando ele está de pé, ela pega na cabeça dele e a puxa para baixo, tocando sua testa na dele.

– Obrigada.

Eric se afasta, com o semblante sério, e levanta o queixo dela para que ela o olhe.

– Não faz isso de novo.

– Dizer obrigada?

– Me testar.

Chloe tenta recuar com um ar de desafio, mas ele não deixa. Ele a segura com força e a olha fixamente.

– Vou me atirar todas as vezes. Mas pode ser que nem sempre eu tenha tanta sorte. Então, não faça isso de novo.

Ela abaixa os olhos e consente, então deixa Eric abraçá-la.

* * *

Chloe vai embora do abrigo, deixa Finn, a Poderosa, em casa e dirige até o centro da cidade. Ela pega um frapê de caramelo na Starbucks e o leva para a praia.

A cidade praticamente não mudou em nada, mas noto as diferenças. Há uma nova lanchonete onde antes ficava a Angelino's Pizzeria, e a Hurley Surf Shop agora é uma galeria de arte. As bermudas expostas nas vitrines das lojas estão um pouco mais curtas neste ano do que no ano passado, e a tendência para biquínis agora é usar tons neon de rosa e azul. A vida continua.

Chloe passa pela sorveteria, e imagino o aroma das casquinhas de *waffle* recém-assadas e o gosto do sorvete de menta. Um adolescente que segura uma banana mergulhada em chocolate percebe a mão deformada da Chloe e a encara. Chloe acena para ele, fazendo o menino ficar vermelho de vergonha e sair correndo. É um dia tão lindo quanto qualquer dia pode ser. Nuvens fartas típicas de primavera que fazem você pensar em pipocas flutuantes no céu, o sol refletindo cintilante na água e uma brisa quente que sussurra com promessas de verão. No mar, uma dúzia de veleiros vão para o sul, e, na praia, centenas de turistas besuntados de protetor solar relaxam deitados nas toalhas de praia e brincam nas ondas.

Chloe atravessa o calçadão, senta-se na areia, aperta os olhos contra o sol para admirar as ondas, depois levanta o rosto na direção dele, deixando o brilho e o calor penetrarem em sua pele.

E é então que sinto: o momento do desapego, o elo entre nós se desvanecendo enquanto ela gentilmente me deixa ir, um leve sorriso e uma única lágrima escorrendo de seus olhos quando ela leva os dedos aos lábios para me mandar um beijo de despedida.

92

Ela está parada do lado de fora da porta da frente, visivelmente desconfortável, os olhos no chão enquanto troca o apoio dos pés, com seu conjuntinho de suéter de *cashmere* e calças estilo espinha de peixe pertencentes a outro tempo e lugar.

– Joyce? – minha mãe diz olhando para a senhora Kaminski com curiosidade. Nas mãos da mãe da Mo, um envelope pardo do tipo bolha. A maneira como ela o agarra me faz acreditar se tratar de algo importante, e me pergunto o que será que há dentro dele.

– Entra – minha mãe diz, abrindo mais a porta.

A senhora Kaminski balança a cabeça e aperta o pacote com força, fazendo-o entortar.

– Eu não percebi – ela começa, com os olhos indo de um lado a outro rapidamente como um pássaro, evitando os da minha mãe, e as palavras saindo tão baixo da boca dela que minha mãe precisa se inclinar para ouvi-las.

Minha mãe se endireita e joga a cabeça para o lado, e a senhora Kaminski lhe entrega o envelope. Minha mãe não o pega. Em vez disso, dá um passo para trás, deixando as emoções estranhamente suspensas entre elas.

– No hospital – a senhora Kaminski continua –, eles perguntaram o que eu queria que fizessem com as roupas que a Maureen vestia quando chegou lá.

Percebo o corpo da minha mãe enrijecer, mas a senhora Kaminski, não. Toda a atenção dela está voltada apenas em entregar seu fardo.

– Eu não estava prestando atenção – ela diz. – E eu não percebi – ela repete.

O envelope é pequeno demais para conter qualquer roupa, não maior do que o tamanho de uma carta e pouco mais grosso que um dedo.

– Então, eu disse a eles pra se livrar delas. Jogar fora. – A voz dela falha, e percebo que ela está à beira das lágrimas. – Eu não queria mais nada daqueles dias terríveis perto da Maureen.

Os braços da minha mãe agora estão cruzados, o semblante fechado, e eu sinto o desejo feroz dela de que a senhora Kaminski apenas vá embora.

Uma lágrima escapa do olho esquerdo da senhora Kaminski e rola pela face dela. Ela levanta a mão que não está segurando o envelope e a enxuga.

– Acabei de encontrar isto – ela diz, estendendo o envelope mais alguns centímetros e olhando para todos os lugares, menos para onde minha mãe está. – Meu marido trouxe do hospital. Estava no escritório dele. – A voz dela some, e seu braço treme.

Após uma longa pausa, quando fica claro que minha mãe não vai aceitar, a senhora Kaminski recua o braço e abre o envelope. De dentro dele, pega uma única folha de papel e o meu celular, e assisto minha mãe dar um passo para trás, seus olhos detendo-se à capa azul-marinho e às letras fosforescentes que dizem: "Somos todos vermes. Mas eu me acredito um vagalume". A capa do telefone foi um presente da Aubrey quando ela viajou a Londres pela formatura no Ensino Médio. A citação é do Winston Churchill. Ela disse que isso a fez pensar em mim, o que pode ter sido uma das coisas mais legais que alguém já me disse. Eu adorava aquela capinha e dizia essa citação o tempo todo.

Minha mãe balança a cabeça ao olhar para os objetos, mas os olhos da senhora Kaminski estão grudados no papel enquanto ela lê em voz alta:

— Inventário de itens descartados da paciente Maureen Kaminski — ela respira fundo para controlar as emoções, então continua. — Botas de couro marrom. Meias-calças pretas. *Jeans.* Suéter vermelho. Moletom bordô do time de futebol da High School Laguna Beach. Parca azul-marinho com capuz. Calça de moletom cinza. Meias pretas. Meias de lã listradas.

Ela para, funga, enxuga outra lágrima, então força seus olhos a encontrar os da minha mãe, embora apenas por um segundo. O reflexo de olhar para uma mãe que perdeu o que ela tinha tanto medo de perder foi demais para suportar.

— Até eu encontrar isto — ela diz, vacilante —, eu não tinha noção do que você fez.

O queixo da minha mãe desliza para a frente, e preocupo-me de que ela acabe batendo a porta na cara da senhora Kaminski. Mas ela não o faz. Em vez disso, permanece notavelmente imóvel enquanto a senhora Kaminski termina seu açoitamento involuntário.

— Lamento não ter percebido antes e que tenha demorado tanto tempo pra eu reconhecer.

Ela coloca a folha de papel e o telefone de volta ao envelope e passa pela minha mãe para deixá-lo na mesa ao lado da porta. Os olhos dela se abaixam quando ela volta.

— Obrigada — ela murmura, palavras completamente inadequadas para o que sente. Minha mãe ainda força um aceno rígido, e a senhora Kaminski vai embora.

A porta se fecha, e, um segundo depois, algo se choca nela. A senhora Kaminski olha para trás, e seu queixo treme ao perceber ter sido o som do pacote sendo arremessado contra a madeira.

93

Meu pai observa das sombras da cozinha minha mãe subir as escadas correndo e fechando a porta do quarto.

A expressão dele é sombria. Ele vai até a entrada e pega o envelope, levando-o para a cozinha, depois tira meu telefone e tenta ativá-lo, mas ele está sem bateria.

Ele então o conecta e, enquanto espera carregar, olha para a folha de papel. Os olhos dele percorrem as palavras, e vejo o significado delas sendo registrado, a expressão mudando de curiosidade para vergonha ao se dar conta do que minha mãe passou durante seu estado de inconsciência.

Depois de colocar a folha de lado, ele pega meu telefone e o liga. No protetor de tela, uma foto minha pendurada na boca de uma enorme estátua de leão em frente ao Zoológico de San Diego. Foi meu pai quem me ergueu e saiu correndo para tirar a foto enquanto eu me pendurava. O segurança veio apressado gritando para eu descer. Meu pai, Oz e eu saímos correndo, rindo histericamente, uma foto impagável.

Ele sorri e olha de novo para o papel, lendo as linhas atentamente, e sei que está analisando cada peça de roupa, decifrando quais pertenciam a mim e quais eram da Mo.

Ele volta ao telefone, abre minha galeria de fotos e as rola, centenas e centenas de imagens da minha notável existência. Montanhas, florestas e rios. O mar e a praia. Parques e campos esportivos e os milhares de outros lugares em que já estive. Família, amigos e companheiros de equipe. Riso, amor e diversão... tanta coisa que é impossível ficar triste ao olhar para elas.

Quando ouve minha mãe sair do quarto, ele desliga o telefone, guarda-o no bolso, amassa o envelope e o papel e os enterra bem no fundo do lixo.

Ela enfia a cabeça pela porta:

– Vou trabalhar um pouco.

Os olhos dela não encontram os dele, denunciando a mentira.

Ele finge não perceber.

Não sei para onde ela está indo, mas para o trabalho é que não é. Meu palpite é que ela irá para algum lugar lotado e barulhento, onde possa se sentar e fingir fazer parte daquilo, onde possa esquecer quem é e fingir ser a pessoa que acreditava ser.

Meu pai se levanta e se aproxima, mas ela dá um passo para trás.

– Ok – ele diz. – Eu cuido do jantar.

Ela balança a cabeça e se afasta. Os músculos dele se contraem ao vê-la ir, e, assim que o carro dela sai da garagem, ele vai para lá.

Meu pai começa com os equipamentos esportivos, jogando, sem cerimônia, tudo o que pertenceu a Oz e a mim na caçamba da caminhonete. Estremeço quando ele arremessa meu *skate* no meio da pilha e preciso parar de chorar quando ele tira minha prancha de surfe do suporte.

– Hora de limpar essa bagunça – ele diz ao Bingo, que o segue, farejando cada item e abanando o rabo ao se lembrar do nosso cheiro.

É incrível o quanto as pessoas falam com seus animais de estimação quando não há ninguém por perto. Chloe fala sem parar com Finn, a Poderosa, minha mãe e meu pai falam com Bingo, e Eric conta todos os segredos dele para qualquer animal que ele esteja cuidando no momento.

– Eu deveria comprar um *smoking* de cachorro pra você no casamento – meu pai diz. – Já que eu preciso ir todo engomadinho, você também deveria.

Ele para por um instante para enxugar o suor da testa, pensa em algo, toca o bolso onde está meu telefone e então força a mão para longe.

— Ah, quer saber? Que se dane. Se isso deixa a Aubrey feliz, vou usar o maldito *smoking*.

Ele pega a coleção de bolas de futebol americano da Nerf e a joga na caminhonete.

— Aposto que eles vão acabar engravidando rapidinho. Aubrey não é do tipo paciente. Coitado do Ben... ele não tem ideia do que está por vir.

Raquete de tênis. Tacos de golfe. Bicicleta.

— Você sabe que a gente vai cuidar da criança, não sabe? Vamos precisar de um berço, um trocador, uma daquelas coisas giratórias. Apesar de serem tão pequenos, os bebês ocupam bastante espaço, né?

Sorrio ouvindo o monólogo do meu pai, e entendo que é assim que deve ser para ele, uma missão... uma responsabilidade e uma obrigação de fazer o que precisar ser feito para proteger os que permanecem, impulsionado por aquela fina folha de papel e o que ela revelou. Sinto a determinação e o amor cego dele, a disposição de fazer qualquer coisa pela Aubrey, incluindo nos deixar ir.

— Chloe arranjou outro maldito namorado. Espero que ele seja melhor do que o último — ele considera. — Ah, droga, Vance nem era tão ruim assim, vai. Aquele garoto tinha colhões... tenho de admitir.

Bingo inclina a cabeça e bate com o rabo no chão.

Somente ao pegar meu uniforme de treino, ele hesita. Os dedos dele apertam o cetim antes de ele forçá-los a se abrir para soltar o uniforme no topo da pilha.

Vou com ele até o brechó e o vejo despejar a carga na caixa de doações. Cada item deixado ali é como um peso sendo tirado do corpo, até que finalmente o último item remanescente é jogado fora, e eu estou livre. Lançada como um balão nos céus, a luz já está tão próxima de mim que chego a senti-la, quente e magnética, enquanto flutuo acima do meu pai e o vejo entrar na caminhonete para dirigir de volta ao único fio restante.

94

No banco da frente, a senhora Kinsell dá uma cotovelada no marido para ele fazer alguma coisa, embora não haja realmente nada que ele possa fazer. Escritas nas solas dos sapatos do Ben, que encaram as duzentas testemunhas deste abençoado evento, em um esmalte rosa cheguei, estão as palavras *Me Ajude*.

Chloe, que está ao lado da Aubrey e usa seu vestido de tafetá verde ridículo, olha por cima do ombro e pisca para meu pai. Dar o troco. É isso, eles conseguiram, pregaram a melhor peça de casamento.

Fora esse momento de humor, a cerimônia acontece sem contratempos, e Aubrey acaba se prendendo mesmo à pessoa com quem ela deveria estar. Eu vibro e aplaudo e danço e canto.

A recepção é no Hotel Ritz, a alguns quilômetros da nossa casa. Minha mãe e meu pai sorriem quando o casal é apresentado. Vinte e quatro anos atrás, o casamento deles foi uma simples celebração feita por um juiz de paz à qual meu pai gosta de se referir como um evento que "me custou cem pratas e uma vida inteira de liberdade". Depois, ele sempre acrescenta um sorriso malicioso e uma piscadinha: "E eu teria pago até duzentas se soubesse que vocês entrariam no negócio".

Minha mãe está esplêndida. O vestido de seda verde-esmeralda que ela usa é bordado com rosas prata e cor-de-rosa e seu comprimento é de alguns centímetros acima dos joelhos, exibindo as pernas dela de corredora. Ela usa um daqueles penteados com o cabelo frouxinho e uma pequena presilha incrustada de joias.

Brincos longos e dourados lhe emolduram o rosto, e uma gargantilha de pérolas envolve o pescoço dela. Ela se abaixa para ajustar uma fita na borda de uma das mesas, fazendo sua saia se apertar no traseiro, e, do outro lado do salão, o calor da encarada do meu pai a faz levantar a cabeça. Ele dá um sorriso largo que a faz corar.

Mo e Kyle estão aqui e são inseparáveis... mãos, dedos, lábios, ombros, quadris, algo literalmente está sempre se tocando. Ela parece tão bem e ele parece tão bem e eles ficam tão bem juntos que eu quero aplaudir. E, já que ninguém pode me ouvir, é isso que faço. Eu grito, berro, danço e bato palmas. *Você, Maureen Kaminski, é deslumbrante, e você, Kyle Hannigan, é deslumbrante, e agora eu os declaro rei e rainha do deslumbre.*

Chloe trouxe Eric, e meu pai se interessou por ele como um urso pelo mel. Talvez seja por Eric ser tão diferente do Vance, mas acho que, principalmente, pela Chloe ser tão diferente com o Eric. Ela continua sendo abjetamente devota como era com Vance, mas Eric não é nem um pouco carente ou possessivo, e Chloe parece ser a melhor versão de si mesma quando está com ele, confiante e despreocupada e bobinha e divertida. O cabelo acobreado dela brilha loucamente na pista de dança, seu sorriso ilumina o salão enquanto a música que ela escolheu cria o acompanhamento perfeito para a noite.

A certa hora, sem fôlego e suando, Eric a leva para fora do salão para tomar um pouco de ar. Ela olha para o mar e depois se vira para ele dizendo:

– Você nunca me perguntou.

– Perguntei o quê?

– Sobre o acidente. – Ela levanta a mão, mostrando o mindinho amputado, como se quisesse deixar claro.

Ele segura a mão e beija o dedinho dela.

– Você quer me contar?

Chloe inclina a cabeça, refletindo sobre.

– Na verdade, não, mas estou curiosa do porquê de você nunca ter perguntado.

– Não mudaria nada. Eu ainda te amaria.

Ele dá um sorriso largo.

– Mas você não fica curioso?

– No começo, talvez um pouco, depois, não.

– E se eu quisesse te contar?

– Então eu ouviria.

– Mas você não quer que eu conte?

Os olhos dele se fixam nos dela, e seu rosto é marcado pela promessa do homem forte que ele se tornará.

– Sinceramente, não.

– Por quê?

– Porque eu te amo. – Ele suspira pelo nariz. – Sabe? Esse é o problema. Eu te amo, então, se você quiser me contar, eu vou ouvir, só que, ao mesmo tempo, eu sei que a história vai ser horrível, realmente horrível, então eu sei que eu deveria me sentir mal, mas a verdade é que eu não me sentiria mal nem perto o suficiente, porque uma parte egoísta de mim seria grata por isso ter acontecido.

Chloe fica rígida.

– Viu só como isso é terrível? É por isso que prefiro olhar pra frente, não pra trás, e apenas ser grato que Deus ou Buda ou quem quer que seja que governe o universo tenha poupado você e te trazido pra minha vida.

Ele abre a boca para dizer mais, mas não consegue porque os lábios da Chloe já encontraram os dele, e eu me pergunto se ele está certo, se algum estranho destino cármico está em ação. Oz e eu partimos, mas Chloe, minha mãe e meu pai foram poupados, e seus destinos, alterados. Não sei se acredito ter sido uma providência, mas, olhando para Chloe e Eric na sacada sob as estrelas, completamente apaixonados, sei que, por mais que algo tenha sido perdido naquele dia, outro algo foi ganho.

Chloe se afasta, com um semblante perplexo.

– Tem mais alguma coisa em mente? – Eric pergunta.

– Por que você me ama?

Ele ri. Eric tem uma risada ótima, profunda e estrondosa.

– Tá de brincadeira, né?

Ela balança a cabeça e o encara, sem achar a pergunta nem um pouco engraçada.

– Acho que é o jeito que você olha pra mim quando está com raiva.

Ela dá um soco no peito dele.

– Minha pergunta foi séria. Não brinca.

Ele a puxa para perto, seus olhos ainda sorriem com humor.

– Foi a sua boca que chamou minha atenção primeiro.

– Minha boca?

– Sim. Quando você entrou pela primeira vez com os gatinhos lá no abrigo, foi sua boca que notei, a maneira como ela se inclinou para a esquerda. Sua atitude era toda durona e segura, mas sua boca te denunciou.

Ela o puxa para outro beijo, então se afasta.

– Você ainda gosta da minha boca?

– Sim. Devo dizer que sou um bom avaliador de bocas à primeira vista. Mas não foi por isso que me apaixonei por você, isso foi apenas o que eu percebi primeiro. Foram seus olhos que fizeram isso, o jeito como você os revira quando alguém diz algo bom pra você, como quando eu digo que você é linda.

Chloe revira os olhos.

– Isso aí – Eric diz. – Eles são de uma cor estranha, principalmente verdes, mas, quando você está feliz ou... sabe... no momento – ele empurra os quadris ligeiramente, e eu faço uma careta –, eles são de um cinza-claro.

Chloe enrubesce.

– Mas, sério, quem vai saber por que a gente se apaixona? – Ele leva as mãos dela aos lábios dele, depois as abaixa para segurá-las contra o coração. – Tudo o que sei, com certeza, é que meu coração bate mais forte quando você chega em qualquer lugar, olha pra mim ou sorri.

Vance ficou com Chloe por mais de um ano, e, em todo esse tempo, duvido que ele tenha dito algo assim. Destino cármico ou apenas destino aleatório? Não tenho ideia. As únicas coisas definitivas são minha gratidão por esses dois terem se encontrado e minha certeza de que era para ser assim.

Deixo o casal de lábios grudados no lado de fora do salão e volto para dentro, onde a trilha sonora da Chloe fez todos se levantarem e dançarem superanimados. Todo mundo, exceto meu pai, que ainda está fora de combate, e minha mãe, que não tem um parceiro de dança.

Mo, que está dançando ao som de *Into the Groove*, da Madonna, com Kyle, percebe minha mãe sentada em um canto e sussurra algo ao ouvido dele que o manda na direção dela.

No início da noite, na fila da recepção, minha mãe e Kyle se cumprimentaram. Foi estranho e breve, os olhos dela desviando dos dele, Kyle inseguro sobre como deveria se portar.

– Gostaria de dançar comigo? – ele a convida, estendendo a mão direita.

Os olhos da minha mãe se arregalam quando ela olha para a palma estendida dele, e eu sinto o coração dela disparar.

Ele continua com o braço estendido, resoluto e sorridente.

Sem frio, sem fome, sem sede.

Ele usa um *smoking*. Ela, um vestido.

Chloe não está perdida na neve com Vance. Meu pai não está machucado e sangrando. Ninguém está esperando que ela os salve.

A mão dele está nua, e a dela, também.

Os dedos dela tremem ao estender a mão, e é quando sinto: o último fio áureo se soltando quando a mão dele envolve a dela, e ele a ajuda a se levantar.

Com a mesma capacidade atlética que os salvou, eles se movem graciosamente pelo salão, e eu vejo o mundo se iluminar e seus contornos começarem a brilhar, minha mãe e Kyle no centro, dançando no resplendor, até que tudo o que resta é luz.

Nota da autora

Caro leitor,

Esta história teve como inspiração um evento ocorrido em minha vida quando eu tinha oito anos. Na época, eu morava no interior do estado de Nova York. Era inverno, e meu pai e o melhor amigo dele, "tio Bob", decidiram levar meu irmão mais velho, os dois filhos do tio Bob e a mim para fazer uma trilha nas Montanhas Adirondack. Quando saímos naquela manhã, o tempo estava frio e claro, mas, em algum lugar perto do topo da trilha, a temperatura caiu abruptamente, o céu se abriu, e fomos pegos de surpresa por uma nevasca torrencial e congelante.

Meu pai e tio Bob temeram por nossas vidas. Não fomos vestidos para enfrentar tamanho frio e estávamos a horas da base. Usando uma pedra, tio Bob quebrou a janela de uma cabana de caça abandonada para nos tirar da tempestade.

Meu pai se ofereceu para descer e pedir ajuda, deixando meu irmão, Jeff, e eu esperando com o tio Bob e os filhos dele. Minha lembrança das horas que passamos esperando a chegada do resgate é um tanto vaga, exceto pela minha memória visceral do frio: meu corpo tremia incontrolavelmente, e minha mente era incapaz de raciocinar direito.

As crianças estavam sentadas em um banco de madeira que ocupava toda a extensão da pequena cabana, e tio Bob se ajoelhou no chão à nossa frente. Lembro-me dos filhos dele assustados e chorosos e do tio Bob falando sem parar, dizendo a eles que tudo ia ficar bem e que o "tio Jerry" voltaria em breve. Ao mesmo tempo em que os acalmava, ele andava de lá para cá entre os dois meninos, tirando as luvas e botas e esfregando cada uma das mãos e dos pés deles alternadamente.

Jeff e eu permanecemos ao lado deles, em silêncio. Eu peguei a deixa do meu irmão. Ele não reclamou, então também não o fiz. Talvez tenha sido por isso que tio Bob nunca considerou esfregar nossos dedos das mãos e dos pés. Talvez ele não tenha percebido que também estávamos sofrendo.

Essa é uma visão generosa que, sendo adulta hoje e com meus próprios filhos, tenho dificuldade em aceitar. Se a situação fosse inversa, meu pai jamais teria ignorado os filhos do tio Bob. Ele poderia até ter cuidado deles mais do que dos próprios filhos, sabendo o quão assustados eles ficariam por estar ali sem os pais.

Perto do anoitecer, um jipe de resgate chegou, e fomos levados montanha abaixo para os paramédicos, que já nos esperavam. Os meninos do tio Bob estavam bem – com frio e exaustos, famintos e com sede, mas, tirando isso, ilesos. Fui diagnosticada com congelamento superficial nos dedos das minhas mãos, o que não foi tão ruim. Doeu quando elas foram reaquecidas, mas, assim que a circulação foi restabelecida, eu fiquei bem. Jeff, por outro lado, teve queimaduras de frio de primeiro grau. As luvas precisaram ser cortadas, e a pele por baixo estava esfolada, branca e com bolhas. Foi horrível de se ver, e lembro-me de pensar o quanto aquilo deve ter doído, um dano muito pior do que o meu.

Ninguém, incluindo meus pais, jamais perguntou a Jeff ou a mim o que aconteceu na cabana ou questionou por que estávamos machucados e os filhos do tio Bob, não. Tio Bob e tia Karen continuaram sendo os melhores amigos dos meus pais.

No inverno passado, fui esquiar com meus dois filhos, e, ao andarmos no teleférico, minha memória daquele dia voltou. Fiquei chocada com o quão insensível e indiferente o tio Bob foi – um homem que eu conhecia por toda a minha vida e acreditava nos amar –, assim como, depois do acontecido, ele não demonstrou nenhum remorso. Lembro-me dele rindo com o xerife, como se tudo aquilo tivesse sido uma grande aventura que, felizmente, acabou bem. Acho que ele até se via como uma espécie de herói, gabando-se de ter quebrado a janela e de sua ideia inteligente de nos levar para a cabana. Quando chegou em casa, provavelmente contou a Karen sobre como esfregou as mãos e os pés dos filhos e como os consolou e nunca os deixou sentir medo.

Olhei para meus próprios filhos ao meu lado, e um arrepio percorreu minha espinha ao pensar em todas as vezes que os confiei a outras pessoas assim como meu pai nos confiou ao tio Bob, contando com a mesma presunção ingênua de que existia um acordo tácito de que meus filhos seriam cuidados da mesma forma que os deles. Parques de diversões, praias, *shoppings*, férias, seja perto de casa, seja longe, em todas as vezes, acreditando que meus filhos estariam em boas mãos.

Este livro é sobre uma catástrofe, mas a verdadeira história se passa após o agente catalítico, no rescaldo da calamidade, quando as ramificações das escolhas de cada um dos sobreviventes voltam para assombrá-los. Sempre acreditei que o arrependimento é a emoção mais difícil com a qual se conviver. No entanto, para ter arrependimento, você também precisa ter uma consciência: um paradoxo interessante que permite que o pior de nós sofra o mínimo após uma malfeitoria.

Escolhi contar a história do ponto de vista da Finn para proporcionar ao leitor uma perspectiva ampliada, como se uma mosquinha fosse, que permitisse uma compreensão honesta dos personagens, mesmo quando eles acreditavam estar sozinhos. Escrever a história através dos olhos da Finn acabou sendo um presente. Embora ela não seja eu, gostaria de ser mais parecida com ela em muitos aspectos. Raramente, consegue-se criar um personagem tão puro de espírito. Ela ocupa um lugar especial no meu coração, e espero que você tenha gostado de ler a história dela tanto quanto eu gostei de contá-la.

Saudações,
Suzanne

Agradecimentos

Deixo aqui um enorme agradecimento às seguintes pessoas, sem as quais este livro não teria sido possível:

Kevan Lyon, meu agente, que manteve a fé e me ofereceu uma orientação inestimável.

Alicia Clancy, minha editora, por "captar a ideia" e me dar *insights* e *feedbacks* que levaram a história ao próximo nível.

Minha família, por simplesmente existir e acreditar em sonhos impossíveis e milagres.

Meu irmão Jeff, por aquele dia há muito esquecido e sua bravura, e meu pai, que heroicamente correu montanha abaixo em busca de ajuda.

Toda a equipe da Lake Union, a primeira editora a publicar meu livro, incluindo Riam Griswold, Bill Siever e Nicole Pomeroy, por transformar um humilde manuscrito na bela obra acabada que ele se tornou.

Sally Eastwood, pela primeira leitura. Halle e Cary, pela segunda. Lisa Hughes Anderson e minhas irmãs artísticas – Amy Eidt Jackson, Helen Pollins-Jones, Cindy Fletcher, Lauren Howell, Nancy Deline, Lisa Mansour, Jacquie Broadfoot, April Brian e Sharon Hardy – pela magia mística do nosso círculo que continua a se espalhar.